Jan 20

CARRETERAS DE OTOÑO

CARRETERAS DE OTOÑO

UNA NOVELA

LOU BERNEY

HarperCollins *Español*

Editora-en-Jefe: *Graciela Lelli*
Traductor: Carlos Ramos Malavé

ISBN: 978-1-40021-257-6

Impreso en Estados Unidos de América
19 20 21 22 23 LSC 7 6 5 4 3 2 1

Para Adam, Jake y Sam

1963

1

¡Mirad! ¡La ciudad de Nueva Orleans en todo su esplendor!

Frank Guidry se detuvo en la esquina de Toulouse Street para deleitarse con aquel brillo de luces de neón. Había pasado en Nueva Orleans la mayor parte de sus treinta y siete años de vida, pero el brillo deslucido y la energía del barrio francés seguían metiéndosele en las venas como una droga. Paletos y lugareños, atracadores y estafadores, tragafuegos y magos. Una bailarina gogó se hallaba asomada a la barandilla de hierro forjado del balcón de una segunda planta, con un pecho fuera del camisón de lentejuelas, balanceándose como un metrónomo al ritmo de un trío de *jazz* que sonaba en el interior. Un bajo, una batería y un piano que interpretaban *Night and Day*. Pero así era Nueva Orleans. Incluso el peor grupo de música en cualquier antro de mala muerte de la ciudad era capaz de llevar el ritmo.

Un tipo apareció corriendo por la calle, gritando como loco. Tras él, una mujer que empuñaba un cuchillo de carnicero, gritando también.

Guidry se apartó de su camino. El policía que hacía su ronda en la esquina bostezó. El malabarista de delante del 500 Club no dejó caer una sola pelota. Era una noche de miércoles como otra cualquiera en Bourbon Street.

—¡Vamos, muchachos! —La gogó del balcón meneó el pecho para atraer a un par de marineros borrachos. Estaban tambaleándose en el bordillo, viendo a su amigo vomitar en la alcantarilla—. ¡Comportaos como caballeros e invitad a una dama a tomar algo!

Los marineros la miraron con lascivia.

—¿Cuánto?

—¿Cuánto tenéis?

Guidry sonrió. Así gira el mundo. La gogó llevaba unas orejas de gato de terciopelo negro enganchadas al pelo y unas pestañas falsas tan largas que Guidry no sabía cómo era capaz de ver. Quizá de eso se trataba.

Se metió por Bienville Street y se abrió paso entre la multitud. Llevaba un traje gris oscuro, del color del asfalto mojado, hecho de una mezcla ligera de lana y seda que su sastre encargaba directamente a Italia. Camisa blanca, corbata carmesí. Sin sombrero. Si el presidente de Estados Unidos no necesitaba sombrero, entonces tampoco Guidry.

Giró a la derecha en Royal. El botones del Monteleone se acercó a abrirle la puerta.

—¿Cómo le va, señor Guidry?

—Muy bien, Tommy —respondió Guidry—. No me puedo quejar.

El Carousel Bar estaba abarrotado, como de costumbre. Guidry dijo «hola, hola, qué tal, qué tal» mientras atravesaba el local. Estrechó manos, dio palmaditas en la espalda y le preguntó a Phil Lorenzo el Gordo si se había comido la cena o al camarero que se la sirvió. Todos se rieron. Uno de los chicos que trabajaba para Sam Saia le pasó un brazo por los hombros y le susurró al oído.

—Tengo que hablar contigo.

—Entonces hablemos —respondió Guidry.

La mesa del rincón del fondo. A Guidry le gustaba la vista. Una de las verdades indiscutibles de la vida: si algo te persigue, es mejor verlo venir.

Una camarera le sirvió un Macallan doble, con el hielo a un lado. El chico de Sam Saia empezó a hablar. Guidry dio un sorbo a su vaso y observó la actividad en el local. Los hombres manejando a las chicas, las chicas manejando a los hombres. Sonrisas, mentiras y miradas veladas por el humo. Una mano que se deslizaba por debajo de una falda, unos labios que rozaban una oreja. A Guidry le encantaba. Todo el mundo allí buscaba algo, todo el mundo tenía un plan.

—Ya tenemos el lugar, Frank. Es perfecto. El tipo es el dueño del edificio y del bar de abajo. Se conformará con una miseria. Es casi como si nos lo diera gratis.

—Juegos de mesa —dijo Guidry.

—Un tugurio de primera clase. Pero la poli no quiere hablar con nosotros. Necesitamos que tú nos allanes el camino con ese poli imbécil, Dorsey. Tú sabes cómo le gusta el café.

El arte del soborno. Guidry sabía cuál era el precio de cada uno, el aliciente indicado para cerrar un trato. ¿Una chica? ¿Un chico? ¿Una chica y un chico? El teniente Dorsey, del distrito ocho, según recordaba Guidry, tenía una esposa que agradecería unos pendientes de diamantes de Adler's.

—Entiendes que Carlos tendrá que dar el visto bueno —dijo Guidry.

—Carlos dará el visto bueno si tú le dices que merece la pena, Frank. Te daremos un cinco por ciento por tu participación.

Una pelirroja que había en la barra se había fijado en Guidry. Le gustaba su pelo oscuro y su piel bronceada, su constitución atlética y el hoyuelo de su barbilla, el rasgado cajún de sus ojos verdes. Gracias a ese rasgado, los italoamericanos sabían que Guidry no era uno de ellos.

—¿Un cinco? —dijo Guidry.

—Vamos, Frank. Nosotros vamos a hacer todo el trabajo.

—Entonces no me necesitáis, ¿verdad?

—Sé razonable.

Guidry se fijó en que la pelirroja iba armándose de valor con cada vuelta del tiovivo. Su amiga la animaba. El respaldo acolchado de seda de cada asiento del Carousel Bar mostraba un animal salvaje pintado a mano. Tigre, elefante, hiena.

—Oh, «La naturaleza, de dientes y garras enrojecidos» —dijo Guidry.

—¿Qué? —preguntó el chico de Saia.

—Estoy citando a lord Tennyson, bárbaro inculto.

—Diez por ciento, Frank. Es lo máximo que podemos hacer.

—Quince. Y poder echar un vistazo a los libros cuando se me antoje. Ahora, pírate.

El muchacho de Saia echaba chispas por los ojos, pero esa era la cruda realidad de la oferta y la demanda. El teniente Dorsey era el policía más testarudo de Nueva Orleans. Solo Guidry tenía la capacidad de ablandarlo.

Pidió otro *whisky*. La pelirroja apagó su cigarrillo y se acercó. Tenía ojos de Cleopatra —la última moda— y una piel bronceada. Quizá fuera una azafata y estuviera en casa después de un vuelo a Miami o a Las Vegas. Se sentó sin preguntar, impresionada con su propio descaro.

—Mi amiga me ha dicho que me mantuviera alejada de ti —dijo.

Guidry se preguntó cuántas frases habría ensayado en su cabeza para iniciar una conversación antes de decantarse por aquella.

—Y aun así aquí estás.

—Mi amiga dice que tienes amigos muy interesantes.

—Bueno, también tengo amigos aburridos —respondió Guidry.

—Dice que trabajas para ya sabes quién —dijo ella.

—¿El famoso Carlos Marcello?

—¿Es cierto?

—Nunca he oído hablar de él.

Ella se entretuvo jugueteando de manera sugerente con la cereza de su copa. Tendría diecinueve o veinte años. En un par de años se casaría con la mejor cuenta bancaria que pudiera encontrar y sentaría la cabeza. Sin embargo, ahora buscaba una aventura. Y él estaría encantado de hacerle el favor.

—¿No sientes curiosidad? —preguntó la pelirroja—. ¿No quieres saber por qué no he hecho caso a mi amiga y me he mantenido alejada de ti?

—Porque no te gusta que la gente te diga que no puedes tener algo que deseas —dijo él.

La chica entornó los ojos, como si Guidry hubiera cotilleado dentro de su bolso cuando ella no miraba.

—No me gusta.

—A mí tampoco —dijo él—. Solo se vive una vez. Si no disfrutamos cada minuto, si no recibimos el placer con los brazos abiertos, ¿de quién es la culpa?

—A mí me gusta disfrutar de la vida —dijo ella.

—Es bueno saberlo.

—Me llamo Eileen.

Guidry vio que Mackey Pagano había entrado en el bar. Demacrado y sin afeitar, Mackey parecía haber estado viviendo debajo de una roca. Divisó a Guidry y lo saludó con un movimiento de cabeza.

Oh, Mackey. No podía llegar en peor momento. Pero tenía ojo para las oportunidades y nunca le ofrecía un trato que no diese dinero.

Guidry se puso en pie.

—Espera aquí, Eileen.

—¿Dónde vas? —preguntó ella, sorprendida.

Guidry atravesó el local y abrazó a Mackey. Dios. El olor de Mackey era tan malo como su aspecto. Necesitaba una ducha y un traje limpio con urgencia.

—Debió de ser una fiesta increíble, Mack —comentó Guidry—. Cuéntame.

—Tengo una proposición que hacerte —contestó Mackey.

—Ya me imaginaba.

—Demos un paseo.

Agarró a Guidry del codo y lo condujo de nuevo hacia el vestíbulo. Pasaron frente al puesto de tabaco, tomaron un pasillo vacío y después otro.

—¿Vamos a llegar hasta Cuba, Mack? —preguntó Guidry—. No me sienta bien la barba.

Por fin se detuvieron frente a las puertas de la entrada trasera del servicio.

—¿Qué tienes para mí? —preguntó Guidry.

—No tengo nada —respondió Mackey.

—¿Qué?

—Simplemente necesitaba hablar contigo.

—Habrás notado que tengo cosas mejores que hacer en este momento.

—Lo siento. Estoy en un aprieto, Frankie. Puede que sea algo serio.

Guidry tenía una sonrisa para cada ocasión. En esa ocasión, para ocultar la inquietud que empezó a apoderarse de él. Le apretó el hombro a Mackey con cariño. «Todo saldrá bien, viejo amigo, compañero. No puede ser tan malo». Pero observó con preocupación que a Mackey le temblaba la voz y que no le soltaba la manga de la chaqueta.

¿Les habría visto alguien salir juntos del Carousel? ¿Y si alguien doblaba esa esquina ahora y los pillaba merodeando? Los problemas en aquel negocio se propagaban con facilidad, como un resfriado o la gonorrea. Guidry sabía que podías contagiarte de problemas con un mal apretón de manos, con una mirada desafortunada.

—Me pasaré por tu casa este fin de semana —dijo Guidry—. Te ayudaré a solucionarlo.

—Necesito solucionarlo ahora.

Guidry trató de apartarse.

—Tengo que marcharme. Mañana, Mack. Te lo juro.

—Llevo una semana sin pasar por mi casa —explicó Mackey.

—Dime dónde. Me reuniré contigo donde quieras.

Mackey lo observó. Esos ojos caídos casi parecían tiernos bajo una determinada luz. Mackey sabía que Guidry mentía al asegurarle que quedarían al día siguiente. Claro que mentía. Guidry tenía un talento natural para la mentira, pero Mackey le había enseñado los matices, le había ayudado a pulir y perfeccionar su capacidad.

—¿Hace cuánto que nos conocemos, Frankie? —preguntó Mackey.

—Entiendo —dijo Guidry—. La carta sentimental.

—Tú tenías dieciséis años.

Quince. Guidry acababa de caerse del guindo, recién llegado de Ascension Parish, Luisiana, y deambulaba por el barrio de Faubourg Marigny. Vivía con lo justo, robaba latas de carne de cerdo y judías de las estanterías del supermercado. Mackey lo vio como un muchacho prometedor y le dio su primer trabajo de verdad. Cada mañana durante un año, Guidry recogía la recaudación de las chicas de St. Peter y se la llevaba a Snake González, el legendario proxeneta. Cinco dólares al día y una manera rápida de acabar con cualquier idea romántica que Guidry pudiera albergar aún sobre la especie humana.

—Por favor, Frankie —le suplicó Mackey.

—¿Qué quieres?

—Habla con Seraphine. Tantea el terreno por mí. Quizá esté loco.

—¿Qué ha ocurrido? Da igual, no me importa. —A Guidry no le interesaban los detalles del dilema de Mackey. Solo le interesaban los detalles de su propio dilema, el que Mackey acababa de plantearle.

—¿Recuerdas hace un año? —dijo Mackey—. Cuando fui a San Francisco a hablar con un tipo sobre esa historia con el juez. Carlos lo canceló todo, te acordarás, pero...

—Para —dijo Guidry—. Me da igual. Maldita sea, Mack.

—Lo siento, Frankie. Eres el único en quien puedo confiar. De lo contrario no te lo pediría.

Mackey esperó mientras Guidry se aflojaba el nudo de la corbata. ¿No consistía en eso la vida? Una serie de cálculos rápidos: el equilibrio en la balanza. La única decisión mala era aquella que permitías a otra persona tomar por ti.

—Está bien, está bien —dijo Guidry al fin—. Pero no puedo interceder por ti, Mack. Entonces me jugaría el pellejo yo también. ¿Lo entiendes?

—Lo entiendo —respondió Mackey—. Simplemente averigua si tengo que largarme de la ciudad. Me largaré esta noche.

—No te muevas hasta que yo no te avise.

—Estoy en Frenchmen Street, en casa de Darlene Monette. Pásate después. No dejes ningún mensaje.

—¿Darlene Monette?

—Me debe una —repuso Mackey. Observó a Guidry con esos ojos caídos. Suplicante. Como diciéndole: «Me debes una».

—No te muevas hasta que yo no te avise —repitió Guidry.

—Gracias, Frankie.

Guidry llamó a Seraphine desde un teléfono que había en el vestíbulo. No estaba en casa, de modo que lo intentó llamando al despacho privado de Carlos, en la autopista Airline, en el suburbio de Metairie. ¿Cuántas personas tendrían ese número? No debían de ser más de una docena. «¡Mírame ahora, mamá!», pensó.

—¿Ya no quedamos el viernes, *mon cher*? —dijo Seraphine.

—Sí quedamos —respondió él—. ¿Acaso un amigo no puede llamar para darle a la lengua?

—Es mi pasatiempo favorito.

—Corre el rumor de que el tío Carlos está buscando un centavo que se le ha caído. Nuestro amigo Mackey. ¿O me equivoco?

Guidry oyó un roce como de seda. Cuando Seraphine se estiraba, arqueaba la espalda como un gato. Oyó el tintineo de un cubito de hielo dentro de un vaso.

—No te equivocas —respondió ella.

Maldita sea. De modo que los miedos de Mackey no eran infundados. Carlos lo quería muerto.

—¿Sigues ahí, *mon cher*?

Maldita sea. Mackey le había preparado la cena a Guidry miles de veces. Le había presentado a los hermanos Marcello. Había puesto la mano en el fuego por él cuando nadie más sabía que Guidry existía.

Pero todo eso quedaba en el ayer. A Guidry solo le importaban el hoy y el mañana.

—Dile a Carlos que eche un vistazo en Frenchmen Street —dijo Guidry—. Hay una casa con contraventanas verdes en la esquina con Rampart. Es la casa de Darlene Monette. Última planta, el piso del fondo.

—Gracias, *mon cher* —dijo Seraphine.

Guidry regresó al Carousel. La pelirroja le había esperado. La observó durante un minuto desde la puerta. ¿Sí o no, damas y caballeros del jurado? Le gustaba que hubiese empezado a languidecer un poco, con el lápiz de ojos de Cleopatra corrido y los bucles de su melena un poco aplastados. Espantó a un tipo que intentaba pasar el rato con ella y pasó el dedo por el borde de su vaso de tubo vacío. Mientras decidía que iba a concederle a Guidry cinco minutos más, eso era todo, ni un minuto más, y esta vez hablaba en serio.

Él deseó que las cosas hubieran salido de otro modo con Mackey. Deseó que Seraphine hubiera dicho: «Te equivocas, *mon cher*, Carlos no está enfadado con Mackey». Pero ahora lo único que Guidry podía hacer era encogerse de hombros. El equilibrio en la balanza, la simple aritmética. Era posible que alguien lo hubiera visto con Mackey aquella noche. No podía correr riesgos. ¿Por qué iba a hacerlo?

Se llevó a la pelirroja a su casa. Vivía quince pisos por encima de Canal Street, en un moderno rascacielos hecho de acero y cemento, sellado y refrigerado desde dentro. En verano, cuando el resto de la ciudad se derretía, él no sudaba ni una gota.

—Ooh —dijo la pelirroja—. Me chifla.

El ventanal que iba del suelo al techo, el sofá de cuero negro, el carrito de bebidas de cristal y cromo, el carísimo equipo de música. Se situó junto a la ventana con una mano en la cadera y el peso en una pierna para realzar sus curvas, mirando por encima del hombro como había visto hacer a las modelos de las revistas.

—A mí me encantaría vivir en las alturas algún día —comentó—. Con todas las luces. Y las estrellas. Es como estar en un cohete espacial.

Guidry no quería que tuviera una idea equivocada sobre él, que creyera que pretendía mantener una conversación, así que la empotró contra el ventanal. El cristal vibró y las estrellas se sacudieron. La besó. En el cuello, en ese punto sensible entre la mandíbula y la oreja. Olía como una colilla de cigarrillo flotando en un charco de perfume Lanvin.

Ella enredó los dedos en su pelo. Él le agarró la mano y se la aprisionó a la espalda. Le metió la otra mano por debajo de la falda.

—Oh —murmuró ella.

Bragas de satén. De momento, se las dejó puestas y muy muy suavemente acarició los contornos de debajo, deslizando dos dedos por todos sus pliegues. Sin dejar de besarla en el cuello, cada vez con más ímpetu, dándole pequeños mordiscos.

—Oh —repitió ella, esta vez de verdad.

Guidry apartó el elástico de las bragas e introdujo los dedos en su interior. Dentro y fuera, estimulándole el clítoris con la yema del pulgar, buscando el ritmo que a ella le gustara, la presión justa. Cuando notó que se le entrecortaba la respiración y empezaba a girar las caderas, apartó los dedos. Ella tensó los músculos del cuello, sorprendida. Él esperó unos segundos y volvió a empezar. Su alivio fue como una corriente eléctrica que estremeció su cuerpo. Cuando retiró los dedos una segunda vez, ella dejó escapar un grito ahogado, como si hubiera recibido una patada.

—No pares —le dijo.

Él se echó hacia atrás para poder mirarla. Tenía los ojos vidriosos y su cara era una mezcla de felicidad y deseo.

—Di «por favor».

—Por favor.

—Dilo otra vez.

—Por favor.

La llevó hasta el orgasmo. Cada mujer se corría de un modo diferente. Con los ojos entornados o con la barbilla levantada, con los labios separados o las fosas nasales hinchadas, con un suspiro o un gemido. Sin embargo, siempre había un instante en el que el mundo a su alrededor dejaba de existir, un segundo de un blanco atómico.

—¡Oh, Dios mío! —El mundo de la pelirroja volvió a reconstruirse—. Me tiemblan las piernas.

El equilibrio en la balanza, la simple aritmética. Mackey habría hecho los mismos cálculos si hubieran estado en la situación contraria. Mackey habría descolgado el teléfono y habría hecho la misma llamada que había hecho Guidry, sin dudarlo. Y Guidry lo habría respetado por ello. *C'est la vie.* Al menos así era esa vida en particular.

Dio la vuelta a la pelirroja, le levantó la falda y le bajó las bragas. El cristal volvió a vibrar cuando la penetró. El casero de Guidry aseguraba que las ventanas del edificio podían resistir la fuerza de un huracán, pero eso estaba por ver.

2

Charlotte se imaginó que estaba sola en el puente de mando de un barco, en plena tormenta, con el mar invadiendo la cubierta. Las velas rasgadas y las cuerdas rotas. Y además algunos tablones astillados, ¿por qué no? El sol se desangraba y proyectaba una luz fría y sin color que hacía que ella se sintiese como si ya se hubiera ahogado.

—Mami —la llamó Rosemary desde el salón—. Joan y yo tenemos una pregunta.

—Os he dicho que vengáis a desayunar, pichoncitas —respondió Charlotte.

—Septiembre es tu mes favorito del otoño, ¿verdad, mami? Y noviembre es tu menos favorito.

—Venid a desayunar.

El beicon se estaba quemando. Charlotte tropezó con el perro, espatarrado en mitad del suelo, y perdió un zapato. Mientras atravesaba la cocina, porque la tostadora había empezado a echar humo, tropezó con el zapato. El perro se sacudió y frunció el hocico, como si le fuese a dar un ataque. Charlotte rezó para que fuera una falsa alarma.

Platos. Tenedores. Charlotte se pintó los labios con una mano mientras con la otra servía el zumo. Ya eran las siete y media. El tiempo pasaba volando. Aunque a ella no se lo parecía.

—¡Niñas! —gritó.

Dooley entró en la cocina arrastrando los pies, todavía con el pijama puesto y el tono verdoso y la postura de mártir de un santo del Greco.

—Vas a llegar tarde a trabajar otra vez, cariño —dijo Charlotte.

Él se dejó caer en una silla.

—Esta mañana me siento fatal.

Charlotte no lo dudaba. Era más de la una de la madrugada cuando por fin oyó abrirse de golpe la puerta de entrada, y a él dando tumbos por el pasillo. Se había quitado los pantalones antes de meterse en la cama, pero estaba tan borracho que se le olvidó la americana. En otras palabras, tan borracho como siempre.

—¿Quieres café? —le preguntó—. Te prepararé unas tostadas.

—Creo que podría ser gripe.

Ella admiraba la habilidad de su marido para poner cara de póquer. O quizá se creía realmente sus propias mentiras. Al fin y al cabo, era un alma confiada.

Dio un sorbo al café y después salió de la cocina para ir al cuarto de baño. Le oyó vomitar y después enjuagarse.

Las niñas se sentaron a la mesa. Rosemary tenía siete años y Joan ocho. Al mirarlas, uno nunca adivinaría que eran hermanas. La melena rubia de Joan siempre estaba tan limpia y brillante como la cabeza de un alfiler. Por el contrario, algunos de los mechones castaños y rebeldes de Rosemary ya habían escapado de la diadema de carey que llevaba puesta; en cuestión de una hora, parecería que la habían criado los lobos.

—Pero a mí me gusta noviembre —aseguró Joan.

—No, Joan, mira, septiembre es mejor porque es el único mes en todo el año en que tenemos la misma edad —dijo Rosemary—. Y en octubre es Halloween. Halloween es mejor que Acción de Gracias, claro. Así que noviembre tiene que ser tu mes menos favorito del otoño.

—Vale —dijo Joan. Siempre se mostraba dispuesta a ceder. Cosa buena, con una hermana pequeña como Rosemary.

Charlotte buscó su bolso. Hacía unos minutos lo tenía en la mano. ¿No era así? Oyó a Dooley vomitar de nuevo y volver a enjuagarse. El perro se había dado la vuelta y se había calmado. Según el veterinario, la nueva medicina tal vez redujese la frecuencia de los ataques, o tal vez no. Tendrían que esperar a ver.

Encontró el zapato perdido debajo del perro. Tuvo que sacarlo de debajo de todos aquellos pliegues de piel.

—Pobre papi —dijo Rosemary—. ¿Se encuentra mal otra vez?

—Podría decirse que sí —contestó Charlotte.

Dooley regresó del cuarto de baño con un aspecto menos verde, pero más mártir.

—¡Papi! —gritaron las niñas.

Él frunció el ceño.

—Shh. Mi cabeza.

—Papi, Joan y yo estamos de acuerdo en que septiembre es nuestro mes favorito del otoño y noviembre el menos favorito. ¿Quieres que te expliquemos por qué?

—Pero en noviembre nieva —dijo Joan.

—¡Ah, sí! —convino Rosemary—. Si nieva, entonces es el mejor mes. Joan, vamos a fingir que ahora está nevando. Vamos a fingir que sopla el viento y la nieve se nos derrite por el cuello.

—Vale —respondió Joan.

Charlotte le puso la tostada delante a Dooley y les dio un beso a las niñas en la coronilla. Su amor hacia sus hijas desafiaba al entendimiento. A veces aquella súbita e inesperada explosión la sacudía de la cabeza a los pies.

—Charlie, no me importaría tomarme un huevo frito —comentó Dooley.

—No querrás llegar tarde al trabajo otra vez, cariño.

—Maldita sea. A Pete le da igual a qué hora llegue. De todas formas, podría llamar y decir que estoy enfermo.

Pete Winemiller era el dueño de la ferretería del pueblo. Amigo del padre de Dooley, Pete había sido el último de una larga lista de amigos y clientes en hacerle un favor al viejo y contratar al descarriado de su hijo. Y el último de una larga lista de jefes cuya paciencia con Dooley se había agotado muy deprisa.

Pero Charlotte debía proceder con cautela. Poco después de casarse había aprendido que una mala palabra, un tono de voz equivocado o un ceño fruncido en el momento menos oportuno podían hacer que Dooley se enfurruñase y el enfado le durase horas.

—¿No dijo Pete la semana pasada que te necesitaba despejado y a primera hora todos los días? —le preguntó.

—No te preocupes por Pete. Dice muchas cosas.

—Pero apuesto a que cuenta contigo. Quizá si...

—Santo Dios, Charlie —dijo Dooley—. Soy un hombre enfermo. ¿No te das cuenta? Estás intentando sacarle sangre a una piedra.

Si al menos tratar con Dooley fuera tan sencillo como eso. Charlotte vaciló y se dio la vuelta.

—De acuerdo —murmuró—. Te freiré un huevo.

—Voy a echarme un minuto en el sofá. Dame un grito cuando esté listo.

Ella lo vio salir. ¿Cómo había pasado tanto tiempo? Hacía nada, ella era una niña de once años, no una chica de veintiocho. Hacía nada, caminaba descalza y bronceada en pleno verano, corriendo entre los pastos con hierbas tan altas que le llegaban hasta la cintura, saltando desde lo alto de la orilla del río Redbud, cayendo en bomba dentro del agua. Los padres siempre advertían a sus hijos que se quedaran en las zonas poco profundas, en la orilla del río que daba al pueblo, pero Charlotte había sido la nadadora más fuerte de todos sus amigos, impertérrita ante la corriente, y era capaz de llegar hasta la otra orilla, hasta lugares desconocidos, sin apenas esfuerzo.

Charlotte recordaba tumbarse bajo el sol después de nadar, fantaseando con los rascacielos de Nueva York, con los estrenos de Hollywood y con los *jeeps* de la sabana africana, preguntándose cuál de todos esos futuros maravillosos y exóticos le aguardaría. Todo era posible.

Alcanzó el plato de Joan y tiró sin querer su zumo. El vaso cayó al suelo y se hizo pedazos. El perro comenzó a agitarse de nuevo, con más fuerza esta vez.

—¿Mami? —preguntó Rosemary—. ¿Estás llorando o riéndote?

Charlotte se arrodilló para acariciarle la cabeza al perro. Con la otra mano recogió los trozos de cristal del vaso de zumo.

—Bueno, cariño —respondió—, creo que ambas cosas.

Al final llegó al centro del pueblo a las ocho y cuarto. Aunque la palabra «centro» era una denominación demasiado grandiosa. Una plaza de tres manzanas de ancho, un puñado de edificios de ladrillo rojo con cúpulas victorianas y molduras de piedra caliza desgastada, ninguno de más de tres plantas. Una cafetería, una tienda de ropa, una ferretería, una panadería. El primer (y único) Banco de Woodrow, Oklahoma.

El estudio de fotografía estaba en la esquina de Main con Oklahoma Street, junto a la panadería. Charlotte llevaba casi cinco años trabajando allí. El señor Hotchkiss estaba especializado en retratos formales. Futuras novias radiantes, niños pequeños con trajes de marinero almidonados, bebés recién nacidos. Charlotte mezclaba los productos químicos del cuarto oscuro, procesaba la película, imprimía las hojas de contacto y teñía los retratos en blanco y negro. Hora tras hora permanecía sentada a su mesa, utilizando aceite de linaza y pintura para añadir un brillo dorado al pelo o un destello azul a los iris.

Encendió un cigarrillo y comenzó con los niños de los Richardson, un par de gemelos idénticos con gorros de Papá Noel a juego y expresión de asombro.

El señor Hotchkiss se acercó y se inclinó para examinar su trabajo. Era un viudo de sesenta y tantos años que olía a tabaco de pipa con sabor a manzana y a fijador fotoquímico. Como preludio a cualquier declaración importante, tenía la tendencia de subirse los pantalones.

Se subió los pantalones.

—Bueno, muy bien.

—Gracias —respondió ella—. No me decidía sobre el tono de rojo para los gorros. El debate conmigo misma ha subido de tono.

El señor Hotchkiss contempló el transistor que Charlotte tenía sobre la estantería. La emisora que a ella le gustaba emitía desde Kansas City, de modo que, para cuando la señal llegaba hasta Woodrow, sonaba difusa y llena de interferencias. Incluso después de pasar un buen rato manipulando el dial y la antena, Bob Dylan seguía sonando como si cantara *Don't Think Twice, It's All Right* desde el fondo de un pozo.

—Te diré una cosa, Charlie —le dijo el señor Hotchkiss—. Ese muchacho no es Bobby Vinton.

—Estoy totalmente de acuerdo —respondió ella.

—Mucho murmurar, mucho murmurar. No entiendo lo que dice.

—El mundo está cambiando, señor Hotchkiss. Habla un nuevo lenguaje.

—No, en el condado de Logan no —dijo él—. Gracias a Dios.

No, en el condado de Logan no. Eso era cierto, y Charlotte lo sabía.

—Señor Hotchkiss —le dijo—, ¿ha tenido ocasión de echar un vistazo a la nueva foto que le entregué?

Además de sus obligaciones en el estudio, el señor Hotchkiss era editor fotográfico del periódico local, el *Woodrow Trumpet*. Charlotte codiciaba uno de esos encargos *free lance*. Varios meses atrás, había convencido al señor Hotchkiss para que le prestara una de sus cámaras.

Sus primeros intentos con la fotografía habían sido lamentables. Sin embargo, había perseverado. Practicaba en la hora de la comida, si le quedaban algunos minutos entre recados, y a primera hora de la mañana, antes de que se despertaran las niñas. Cuando llevaba a sus hijas a la biblioteca los sábados, estudiaba revistas y libros de arte. Hacer fotografías, pensar en el mundo desde una perspectiva que de lo contrario no habría tenido en cuenta, le hacía sentir como cuando escuchaba a Bob Dylan y a Ruth Brown; alegre y vital, como si su pequeña vida formase parte, por un momento, de algo mayor.

—¿Señor Hotchkiss? —preguntó.

Él estaba distraído con el correo de la mañana.

—¿Mmm?

—Le he preguntado si ha tenido ocasión de echar un vistazo a mi nueva foto.

Él se levantó los pantalones y se aclaró la garganta.

—Ah, sí. Bueno. Sí.

En la foto que le había entregado aparecían Alice Hibbard y Christine Kuriger, esperando para cruzar Oklahoma Avenue al terminar el día. El contraluz, el contraste... lo que había llamado la atención de Charlotte era que sus sombras parecían más sustanciales, casi más reales, que las propias mujeres.

—¿Y qué le parece? —le preguntó.

—Bueno. ¿Te he explicado la regla de los tercios?

Varias docenas de veces nada más.

—Sí, lo entiendo —respondió ella—. Pero, en este caso, estaba intentando capturar la...

—Charlotte —dijo él—. Querida. Eres una chica lista y adorable y soy afortunado por tenerte. La chica que tenía antes de ti... bueno... Muy torpe y sin cerebro, pobrecita. No sé qué haría sin ti, Charlie.

Le dio una palmadita en el hombro y ella estuvo tentada de presentar un ultimátum. O le daba una oportunidad en el *Trumpet* —aceptaría cualquier encargo, por poco que fuera—, o de lo contrario descubriría realmente qué haría sin ella.

¿Tenía talento como fotógrafa? No estaba segura, pero pensaba que tal vez sí. Al menos reconocía la diferencia entre una fotografía interesante y una aburrida. Reconocía las diferencias entre las fotos de *Life* y de *National Geographic*, que parecían saltar fuera de la página, y las del *Trumpet*, que estaban ahí tiradas, como cadáveres en una mesa de autopsia.

—Señor Hotchkiss —le dijo.

—¿Mmm? —murmuró él mientras se alejaba.

Pero, claro, Charlotte no podía permitirse dejar el trabajo en el estudio. El dinero que aportaba semanalmente mantenía el barco a flote. Y quizá el señor Hotchkiss tuviera razón, quizá no tenía ni idea de fotografía. Al fin y al cabo, él era el profesional, con un certificado enmarcado de la Sociedad de Periodistas Profesionales de Oklahoma. Quizá estuviese haciéndole un favor. «Gracias a Dios», diría en unos pocos años cuando mirase hacia el pasado. «Menos mal que no desperdicié más tiempo con aquello».

—Nada —le dijo al señor Hotchkiss—. No importa.

Siguió trabajando con los niños de los Richardson. Sus padres eran Harold y Virginia. La hermana de Harold, Beanie, había sido la mejor amiga de Charlotte en el colegio. Su padre había sido su director del coro en el instituto. A su madre le encantaba el pastel invertido de piña, y cada año Charlotte no se olvidaba de prepararle uno para su cumpleaños.

Virginia Richardson (de soltera, Norton) había trabajado con Charlotte en el anuario del instituto. Había insistido en que ella revisara la ortografía de todos los pies de foto que escribía. Bob, el hermano mayor de Virginia, era un guapísimo deportista del instituto y destacaba en atletismo, béisbol y fútbol. Ahora estaba casado con Hope Kirby, que un año después de graduarse había pasado de ser un patito feo a un precioso cisne. La madre de Hope Kirby, Irene, había sido la dama de honor de la madre de Charlotte.

Charlotte los conocía de toda la vida, a los Richardson, a los Norton y a los Kirby. Sabía que conocía a todo el mundo en aquel pueblo. Y todo el pueblo la conocía a ella. Siempre sería así.

¿Sería egoísta desear algo más de la vida? ¿Desear más para Rosemary y Joan? Woodrow era idílico en muchos aspectos. Pintoresco, seguro, amable. Pero también era increíblemente aburrido, tan testarudo, tan corto de miras, tan reticente a las nuevas ideas como el señor Hotchkiss. Charlotte anhelaba vivir en un lugar donde no fuera tan difícil distinguir el pasado del futuro.

Hacía algunos meses, le había sugerido a Dooley que considerasen la opción de mudarse; a Kansas City, quizá, o a Chicago. Dooley se había quedado mirándola perplejo, como si le hubiese sugerido que se arrancaran la ropa y echaran a correr gritando por las calles.

Aquel día, en la hora del almuerzo, Charlotte no tuvo tiempo para la fotografía. Devoró su sándwich, recogió la medicina del perro en el veterinario y después corrió calle abajo hasta el banco. Dooley había prometido hablar con Jim Feeney esta vez, pero a nadie se le daba tan bien evitar tareas desagradables como a su marido. Charlotte, por desgracia, no podía permitirse ese lujo.

«Oh, mierda, ¿se me ha olvidado?», diría Dooley con una sonrisa tímida, pero sin arrepentimiento, como un niño pequeño que se había salido con la suya en muchas ocasiones y ya estaba acostumbrado.

En el banco, Charlotte tuvo que esperar sentada a que Jim Feeney terminase una llamada telefónica.

El pequeño Jimmy Feeney. Charlotte y él habían ido a la misma clase desde la guardería. En el colegio, él había repetido un año porque la aritmética se le resistía. En el instituto, se había roto un brazo al intentar dar un empujón a una vaca. Y, sin embargo, allí estaba, detrás de la mesa de director adjunto, porque era un hombre. Y allí estaba ella, al otro lado de la mesa, porque no lo era.

—Hola, Charlie —le dijo—. ¿En qué puedo ayudarte hoy?

¿En qué? Charlotte se preguntó si Jim disfrutaba con su vergüenza o si era ajeno a ella.

—Hola, Jim —respondió ella—. Me temo que tengo que pedir una prórroga para el pago de la hipoteca de este mes.

—Entiendo.

Bonnie Bublitz los observaba desde la ventanilla. También Vernon Phipps, que estaba cobrando un cheque. Hope Norton (de soltera, Kirby) pasó por delante y después regresó para entregarle una carpeta a Jim.

«No suplicaré», se dijo Charlotte a sí misma mientras se preparaba para hacer justo eso.

—Solo necesitamos una pequeña prórroga, Jim —le dijo—. Una semana o dos.

—Esto me pone en una situación complicada, Charlie —respondió él.

—Lo siento.

—Sería la tercera prórroga este año.

—Lo sé. Las cosas han sido difíciles últimamente, pero ya van mejor.

Jim golpeó su pluma estilográfica contra el borde de su libro de contabilidad. Pensando, o lo más cerca que estuviera de poder pensar.

—Tienes que ahorrar cada centavo, Charlie —le dijo, aunque conocía a Dooley, aunque sabía perfectamente cuál era la verdadera causa de sus dificultades económicas—. Un presupuesto detallado podría ser muy útil. Gastos de la casa y cosas así.

—Solo dos semanas más —dijo Charlotte—. Por favor, Jim.

Él siguió dando golpecitos con la pluma, cada vez más flojos, como un latido que se apaga.

—Bueno, supongo que puedo darte otra...

Earl Grindle salió del despacho del director. Miró nervioso a su alrededor, como si no lograra entender por qué todos los demás seguían sentados y tan tranquilos.

Se quitó las gafas y volvió a ponérselas.

—Alguien le ha disparado. Alguien ha disparado al presidente Kennedy.

Charlotte regresó andando al estudio de fotografía. El señor Hotchkiss no se había enterado aún de la noticia sobre el presidente. Se asomó al cuarto oscuro y lo vio trasteando, alegremente ignorante, con la lámpara de la ampliadora Beseler.

Ella se sentó a su mesa y comenzó a teñir un nuevo retrato. El bebé de los Moore, de tres meses. Estaba colocado sobre un enorme clavel de satén que necesitaba un toque sutil de marfil.

Habían disparado al presidente. Charlotte no estaba segura de haberlo asimilado aún. En el banco, había visto como Hope Norton dejaba caer las carpetas que llevaba. Bonnie Bublitz, en la ventanilla, se había echado a llorar. Vernon Phipps había salido del banco en trance, dejando tras de sí, sobre el mostrador, un fajo de billetes de cinco dólares. Jimmy Feeney no paraba de preguntar: «¿Se trata de una broma? Earl, ¿es una broma?».

El olor a aceite de linaza y tabaco de pipa con sabor a manzana. El zumbido y el crujido del radiador. Charlotte estuvo trabajando. Seguía sintiéndose indiferente, extrañamente distante, ante la noticia procedente de Dallas. Por un momento no recordaba qué día de la semana era, ni qué año. Podría haber sido cualquier día, cualquier año.

Sonó el teléfono. Oyó que el señor Hotchkiss iba a su despacho y respondía.

—¿Qué sucede? —preguntó—. ¿Qué? ¡Oh, no! ¡Oh, no!

Los padres del bebé Moore, el tercero, eran Tim y Ann Moore. El primer trabajo de Charlotte como canguro había sido con los hermanos pequeños de Tim. La hermana de Ann no era otra que Hope Norton, que estaba casada con el hermano mayor de Virginia Richardson, Bob. Y sí, otro eslabón en la cadena: el primo de Ann por parte de su madre era el jefe de Dooley en la ferretería, Pete Winemiller.

—Oh, no —oyó decir al señor Hotchkiss—. No me lo creo.

Habían disparado al presidente. Charlotte entendía que la gente estuviese sorprendida y triste. Temían un futuro incierto. Les preocupaba que sus vidas no volvieran a ser las mismas.

Y tal vez no volvieran a serlo. Pero ella sabía que su vida seguiría igual, su futuro, y el futuro de sus hijas, muy predecible. Una bala disparada a cientos de kilómetros de allí no cambiaría eso.

Humedeció su pincel y aplicó el rosa claro sobre la mejilla en blanco y negro del pequeño Moore. De niña, su película favorita era *El mago de Oz*, y su momento favorito, cuando Dorothy abría la puerta de su granja en blanco y negro y se adentraba en un extraño y maravilloso país.

Qué afortunada Dorothy. Charlotte volvió a mojar el pincel y, por enésima vez, imaginó que un tornado surgía del cielo y se la llevaba lejos, a un mundo lleno de color.

3

Guidry sintió la luz del sol y el sueño que estaba teniendo se agitó y se emborronó como la película al salirse de los engranajes de un proyector de cine. Cinco segundos más tarde, apenas se acordaba del sueño. Un puente. Una casa en mitad del puente, donde no debería haber ninguna casa. Guidry estaba de pie junto a una ventana de la casa, o tal vez fuera un balcón, y miraba hacia el agua, tratando de divisar alguna onda.

Se levantó de la cama, con la cabeza dolorida y el cerebro reblandecido como una calabaza podrida. Aspirina. Dos vasos de agua. Ya estaba preparado para ponerse los pantalones y llegar hasta el pasillo. Art Pepper. Ese era su remedio favorito para la resaca. Sacó *Smack Up* de su funda de cartón y lo colocó en el tocadiscos. *How Can You Lose* era su canción favorita de todo el álbum. Ya se sentía mejor.

Eran las dos de la tarde, o lo que los residentes del barrio francés llamaban «el amanecer». Guidry preparó una cafetera bien caliente, llenó dos tazas y añadió a la suya un generoso chorro de Macallan. El *whisky* era su otro remedio favorito para la resaca. Dio un trago y escuchó el saxofón de Pepper entrando y saliendo de la melodía como un perro que esquiva el tráfico.

La pelirroja seguía frita, con la sábana de su lado de la cama arrebujada a los pies y un brazo por encima de la cabeza. Pero, un momento. Era morena, no pelirroja. Tenía los labios más carnosos y no había pecas en su rostro. ¿Cómo era posible? Se quedó perplejo —¿seguiría soñando?— hasta que recordó que aquel día era viernes, no jueves, que la pelirroja había sido la de la noche anterior.

Una pena. Habría podido contar esa historia durante semanas: era tan bueno en la cama que había conseguido borrarle a la chica las pecas de la cara.

¿Jane? ¿Jennifer? Se había olvidado del nombre de la morena. Trabajaba para la aerolínea TWA. O quizá esa era la pelirroja. ¿Julia?

—Hora de levantarse, cielo —anunció.

Ella se volvió hacia él con una sonrisa somnolienta y el pintalabios corrido.

—¿Qué hora es?

—Hora de que te largues —le respondió él mientras le entregaba una taza.

En la ducha se enjabonó y planificó su día. Primero Seraphine, averiguar qué tenía para él. Después se pondría con el trato que el chico de Sam Saia le había ofrecido la otra noche en el Carousel. ¿El chico de Saia sería un habitual? Todo lo que Guidry había oído sobre él indicaba que sí, pero mejor preguntar por ahí y asegurarse antes de comprometerse.

¿Qué más? Pasarse por el bar situado frente a los juzgados para pagar algunas rondas y enterarse de los rumores. Cena con Al LaBruzzo, que Dios nos ayude. LaBruzzo estaba empeñado en comprar un antro de gogós. Guidry tendría que manejarlo con delicadeza; era el hermano de Sam, y Sam era el conductor de Carlos. Llegado el final de la cena, Guidry tendría que convencer a Al para que este se convenciera a sí mismo de que no, no, no deseaba el dinero de Guidry después de todo, lo rechazaría incluso aunque Guidry se pusiera de rodillas y le rogara que lo aceptara.

Guidry se afeitó, se arregló las uñas y buscó en el armario. Eligió un traje marrón de cuadros con solapas de muesca y corte continental. Camisa color crema y corbata verde. ¿Corbata verde? No. Quedaba menos de una semana para Acción de Gracias y quería imbuirse del espíritu de la temporada. Cambió la corbata verde por una de un color naranja sucio e intenso que recordaba al atardecer en otoño.

Cuando entró en el salón, vio que la morena seguía allí. Estaba acurrucada en el sofá, viendo la televisión, y ni siquiera se había vestido.

Guidry se acercó a la ventana y encontró su falda y su blusa tiradas en el suelo, donde habían acabado la noche anterior. El sujetador colgaba del carrito de las bebidas. Le lanzó la ropa.

—Uno —dijo—. Dos. Te daré hasta cinco.

—Ha muerto —dijo ella sin ni siquiera mirarlo—. No me lo puedo creer.

Guidry se dio cuenta de que estaba llorando.

—¿Quién?

—Le han disparado.

—¿A quién?

Miró hacia la televisión. En la pantalla, un presentador de telediario sentado a una mesa daba una profunda calada a su cigarrillo. Parecía perplejo y desconcertado, como si alguien acabara de tirarle un cubo de agua fría por encima.

—El desfile acababa de pasar por delante del Texas School Book Depository, en el centro de Dallas —dijo el presentador—. El senador Ralph Yarborough le comunicó a nuestro reportero que él iba tres coches por detrás del presidente cuando oyó los tres disparos de rifle.

«¿El presidente de qué?» Eso fue lo primero que Guidry pensó. ¿El presidente de alguna refinería? ¿De alguna república selvática de la que nadie había oído hablar? No entendía por qué la morena estaba tan destrozada por la noticia.

Y entonces se dio cuenta. Se agachó junto a ella y vio como el presentador leía de una hoja de papel. Un francotirador había disparado desde la sexta planta de un edificio de la plaza Dealey. Kennedy, que iba en el asiento trasero de un Lincoln Continental descapotable, había sido alcanzado por los disparos. Lo habían trasladado al Parkland Hospital. Un cura le había dado la extremaunción. A la una y media de la tarde, hacía una hora y media, los médicos habían declarado muerto al presidente.

El francotirador, según el presentador, se hallaba bajo custodia. Era un tipo que trabajaba en el Texas School Book Depository.

—No me lo creo —dijo la morena—. No me creo que haya muerto.

Guidry se quedó quieto durante unos segundos. No respiraba. La morena le buscó la mano y se la apretó. Pensaba que él tampoco podía creerse que una bala le hubiera volado la cabeza a Jack Kennedy.

—Vístete —le dijo poniéndose en pie y levantándola del sofá—. Ve a vestirte y lárgate.

Ella se quedó mirándolo, así que Guidry tuvo que meterle el brazo por la manga de la blusa. Daba igual el sujetador. La habría echado desnuda por la puerta si no le hubiera preocupado que montara una escena o que fuese a llorarle a la policía.

Después le metió el otro brazo. La chica había empezado a sollozar. Guidry se dijo a sí mismo que debía calmarse. Tenía una reputación en la ciudad: el hombre que nunca se agitaba, por muy fuerte que uno lo zarandeara. No podía echarla por tierra ahora.

—Cariño —le dijo, acariciándole la mejilla con el dorso de la mano—. Lo siento. Yo tampoco puedo creérmelo. No puedo creer que haya muerto.

—Lo sé —dijo ella—. Lo sé.

Ella no sabía nada. El presentador de televisión estaba explicando que la plaza Dealey, en Dallas, estaba situada entre las calles Houston, Elm y Commerce. Guidry sabía dónde era. Había estado allí hacía una semana, había dejado un Cadillac Eldorado azul del 59 en un aparcamiento a dos manzanas de Commerce.

Seraphine no solía pedirle que hiciera esa clase de trabajo. Estaba por debajo de su actual estatus. Pero, dado que Guidry ya se encontraba en la ciudad, para invitar a cenar y calmar los nervios de un alterado comisario de policía a quien Carlos quería mantener en el redil... ¿Por qué no? No le importaba, uno para todos y todos para uno.

«Ah, por cierto, *mon cher*, tengo un pequeño encargo para ti cuando estés en Dallas...».

Oh, mierda, oh, mierda. Un coche de intercambio para escapar era un procedimiento habitual en muchos de los asesinatos de Carlos. Cuando el sicario había terminado su trabajo, se iba directo al coche aparcado cerca de allí y huía en un vehículo limpio de huellas.

Cuando Guidry aparcó el Eldorado azul a dos manzanas de la plaza Dealey, imaginó un oscuro futuro para algún alma desafortunada: algún corredor de apuestas cuyos números no cuadraban, o el comisario de policía si Guidry no lograba calmar sus nervios.

Pero el presidente de Estados Unidos...

—Vete a casa —le dijo a la morena—. ¿De acuerdo? Lávate y después... ¿Qué quieres hacer? No deberíamos estar solos ahora mismo.

—No —convino ella—. Quiero... no lo sé. Podríamos...

—Vete a casa y lávate. Después comeremos juntos —le dijo—. ¿De acuerdo? ¿Cuál es tu dirección? Te recogeré dentro de una hora. Después de comer buscaremos una iglesia y encenderemos una vela por su alma.

Guidry asintió con la cabeza hasta que ella le devolvió el gesto. La ayudó a ponerse la falda, buscó sus zapatos.

Se dijo a sí mismo que tal vez fuese solo una casualidad que él hubiera dejado un coche para huir a dos manzanas de la plaza Dealey. Quizá fuese casualidad que Carlos despreciara a los hermanos Kennedy más que a ningún otro ser humano. Jack y Bobby habían arrastrado a Carlos frente al Senado y le habían meado en la pierna delante de todo el país. Un par de años después, habían intentado deportarlo a Guatemala.

Quizá Carlos lo hubiese perdonado y olvidado. Claro. Y quizá un tipo que cargaba cajas de libros en un almacén para ganarse la vida podía disparar así con un rifle; desde una altura de seis pisos, con un objetivo en movimiento, viento y árboles de por medio.

Guidry acompañó a la morena hasta el ascensor, bajó con ella, atravesaron juntos el vestíbulo de su edificio y la sentó en el asiento trasero de un taxi. Tuvo que chasquear los dedos al taxista, que estaba encorvado sobre su radio, escuchando las noticias, y ni siquiera había advertido su presencia.

—Vete a casa y lávate. —Le dio a la morena un beso en la mejilla—. Te recogeré dentro de una hora.

En el barrio, los hombres adultos lloraban por las aceras. Las mujeres deambulaban por la calle como si se hubieran quedado ciegas. Un vendedor de perritos calientes compartía su radio con un limpiabotas. ¿Cuándo en la historia de la civilización había ocurrido eso antes? El leopardo que se tumba junto a la cabra.

Guidry tenía quince minutos libres, así que entró en Gaspar's. Nunca había entrado durante el día. Con las luces encendidas, era un antro bastante sombrío. Se veían las manchas del suelo, las manchas del techo, el telón de terciopelo remendado con cinta aislante.

Había un grupo reunido junto a la barra, gente como Guidry, que había sido atraída hasta allí por la televisión. Un presentador, distinto del anterior, pero igualmente perplejo, leía una declaración de Johnson. Ahora el presidente Johnson.

—Sé que el mundo comparte la pena que tienen que soportar la señora Kennedy y su familia —dijo Johnson—. Yo lo haré lo mejor posible. Es lo único que puedo hacer. Pido toda su ayuda... y la de Dios.

El camarero sirvió chupitos de *whisky*, a cuenta de la casa. La mujer que había junto a Guidry, una viuda de Garden District, vieja como el tiempo y frágil como un copo de nieve, agarró un chupito y se lo bebió de un trago.

En la televisión apareció la comisaría de Dallas. Policías de uniforme con sombreros blancos de vaquero, reporteros, mirones, todos dando empujones. Y allí estaba el tipo, en medio de todo, zarandeado de un lado a otro. Un hombre pequeño, con cara de rata y un ojo hinchado. Lee Harvey Oswald, dijeron que se llamaba. Parecía atontado y perplejo, como un niño al que acaban de sacar de la cama en mitad de la noche y espera que todo sea una pesadilla.

Un reportero lanzó una pregunta que Guidry no pudo distinguir mientras los policías metían a Oswald en una sala. Otro reportero entró en plano y habló a cámara.

—Dice que no tiene nada en contra de nadie —dijo el reportero—, y que no ha cometido ningún acto de violencia.

La viuda de Garden District se tomó un segundo chupito de *whisky*. Estaba tan furiosa que parecía que iba a escupir.

—¿Cómo ha podido ocurrir? —preguntaba para sus adentros una y otra vez—. ¿Cómo ha podido ocurrir?

Guidry no podía saberlo con seguridad, pero sí que tenía una opinión fundada. Un francotirador profesional, un trabajador independiente contratado por Carlos. Ubicado en la sexta planta del Texas School Book Depository, o en la planta inferior para inculpar a Oswald, o quizá situado en el otro lado de la plaza, en un punto elevado, lejos de la multitud. Después de que el verdadero francotirador disparase, recogió su rifle y caminó por Commerce Street hacia el Eldorado azul que allí le esperaba.

Guidry abandonó Gaspar's y se dirigió hacia Jackson Square. Un sacerdote consolaba a su rebaño a los pies de la catedral. Tiempo para sembrar, tiempo para recoger lo sembrado. La jerga habitual.

Guidry caminaba demasiado deprisa. «Relájate, hermano».

Si la poli cazaba al francotirador de Carlos y lo relacionaba con el vehículo Eldorado, podrían relacionar el Eldorado con Guidry. Él había recogido el coche en el aparcamiento de un supermercado de la zona de color de Dallas. Le habían dejado la puerta abierta y las llaves debajo del parasol. Las huellas de Guidry no estaban en el coche, no era estúpido, se había puesto sus guantes de conducir, pero tal vez alguien se acordara de él. Un Cadillac Eldorado azul, un hombre blanco en la zona de color. Alguien se acordaría de él.

Porque no se trataba de un asesinato sin más, un listillo muerto a tiros en un callejón, los detectives y el fiscal comprados por Carlos. Se trataba del presidente de Estados Unidos. Bobby Kennedy y el FBI no pararían hasta levantar todas las malditas piedras.

Caía una llovizna ligera y el sol asomaba entre las nubes. Seraphine se hallaba de pie junto a la estatua del viejo Hickory, con el caballo sobre dos patas y Andrew Jackson levantando el sombrero. La sombra de la estatua partía a Seraphine por la mitad. Le dirigió una sonrisa, con un ojo brillante, vidrioso y pícaro, y el otro de un verde oscuro.

Guidry quiso agarrarla, empujarla contra la base de la estatua y exigirle saber por qué le había metido en aquello, en el crimen del siglo. En su lugar, muy sabiamente, le devolvió la sonrisa. Con Seraphine había que proceder con cautela, de lo contrario no procederías por mucho tiempo.

—Hola, muchachito —le dijo ella—. El bosque está oscuro y los lobos aúllan. Dame la mano y te ayudaré a encontrar el camino a casa.

—Me arriesgaré con los lobos, gracias —respondió él.

Ella hizo un puchero. «¿Es eso lo que piensas de mí?». Y entonces se rio. Claro que era eso lo que pensaba de ella. Guidry sería un tonto de no ser así.

—Me encanta el otoño —dijo ella—. ¿A ti no? El aire fresco. El aroma de la melancolía. El otoño nos cuenta la verdad del mundo.

No podía decirse que Seraphine fuera guapa. Regia. Con una frente alta y ancha y una nariz con un arco dramático, el pelo oscuro, ondulado y con la raya a un lado. Su piel era un poco más oscura que la de él. En cualquier otro lugar que no fuera Nueva Orleans, habría pasado por blanca.

Vestía con el mismo recato que una maestra de escuela. Aquel día llevaba un jersey de angora, una falda ajustada y guantes blancos. Quizá fuese alguna broma privada suya. Siempre parecía estar sonriendo.

—Déjate de mierdas —le dijo Guidry. Con la sonrisa adecuada, podía decirle cosas así. Incluso a Carlos.

Ella sonrió y dio una calada al cigarrillo. Uno de los caballos esqueléticos de los carruajes de Decatur Street relinchó, aunque fue casi un grito de desconsuelo. Un sonido de los que se desean olvidar nada más oírlo.

—Así que has visto lo del presidente —dijo ella.

—Imagina mi sobresalto —respondió él.

—No te preocupes, *mon cher*. Ven, te invito a tomar una.

—¿Solo una?

—Ven.

Caminaron hasta Chartres. El Napoleon House no abría hasta después de una hora. El camarero les dejó pasar, les sirvió sus copas y desapareció.

—Maldita sea, Seraphine —murmuró Guidry.

—Comprendo tu preocupación —dijo ella.

—Espero que tengas intención de visitarme en prisión.

—No te preocupes.

—Dilo otra vez y quizá empiece a creérmelo.

Ella dejó caer la ceniza del cigarrillo con un gesto lánguido de la mano enguantada.

—Mi padre trabajaba aquí —comentó—. ¿Lo sabías? Fregaba los suelos y limpiaba los lavabos. Cuando yo era pequeña, a veces me traía con él. ¿Ves aquello?

Las paredes del Napoleon House no habían sido renovadas en un siglo, y todos los viejos retratos al óleo que colgaban estaban un poco torcidos. Caras infames y altivas que los miraban con odio desde las sombras.

—Cuando era pequeña —continuó—, estaba convencida de que la gente de los retratos me miraba. Esperando a que parpadeara para poder abalanzarse sobre mí.

—Tal vez fuera así —dijo Guidry—. Tal vez trabajaban para J. Edgar Hoover.

—Te lo diré una vez más, porque somos viejos amigos. No te preocupes. Las autoridades tienen a su hombre, ¿no es así?

—Es la policía de Dallas, y simplemente creen que tienen a su hombre.

Guidry sabía que el FBI nunca se tragaría lo de Oswald, ni por un minuto. Vamos, que empezarían a indagar y a hablar. No. Mejor dicho, los federales ya estaban indagando y Oswald ya estaba hablando.

—No supondrá un problema —le aseguró Seraphine.

Oswald. Ese pequeño cara de rata, que le resultaba vagamente familiar. Guidry creía haberlo visto por la ciudad en algún momento.

—¿De modo que ahora ves el futuro? —le preguntó.

—Su futuro.

—¿Dónde está el Cadillac Eldorado? —preguntó Guidry. Seraphine podía tranquilizarlo cuanto quisiera, pero él no estaría a salvo de los federales hasta que ese coche desapareciera para siempre. El Cadillac era la única prueba física que lo relacionaba con el asesinato.

—Va de camino a Houston —respondió ella—, en estos instantes.

—Si a tu amigo con vista de águila lo para la policía...

—No le pararán. —Su sonrisa pareció menos serena esta vez. El Cadillac era también la única prueba física que relacionaba a Carlos con el asesinato.

—¿Y cuando el coche llegue a Houston? —preguntó él.

—Alguien de confianza lo enviará al fondo del mar.

Guidry estiró el brazo sobre la barra para alcanzar la botella de *whisky*. Se sentía mejor, un poco.

—¿Es cierto? —preguntó—. Lo de que tu padre trabajaba aquí.

Ella se encogió de hombros. Ese gesto significaba «Sí, por supuesto», o significaba «No, no seas idiota».

—¿Quién va a deshacerse del coche en Houston? —preguntó él—. ¿El mismo que lo conduce?

—No. A él lo necesitan en otra parte.

—¿Quién entonces? —Guidry, desde su posición privilegiada dentro de la organización, uno o dos puestos por debajo de Seraphine, conocía a casi todos los chicos de Carlos. Algunos eran más de fiar que otros—. Quien sea que lo haga, más os vale que sea de fiar.

—Por supuesto —dijo ella—. El tío Carlos tiene fe ciega en ese hombre. Nunca nos ha fallado.

Guidry estaba a punto de volver a preguntarle de quién se trataba, pero, en su lugar, se volvió para mirarla.

—¿Yo? —preguntó—. Ni hablar. No pienso acercarme a ese jodido coche.

—¿No?

—No pienso acercarme a ese jodido coche, Seraphine. —Esta vez se acordó de sonreír—. Ni ahora ni dentro de cien años.

Ella volvió a encogerse de hombros.

—Pero, *mon cher* —dijo—, en este asunto, ¿en quién podemos confiar más que en ti? ¿En quién puedes confiar tú?

Por fin Guidry concluyó el arduo ascenso hasta la cima y, casi sin aliento, se dio cuenta de que Seraphine lo había guiado hasta allí. Había sido su plan desde el principio. Pedirle que dejase aparcado el Cadillac antes del asesinato para que estuviera más motivado —dado que su culo dependería de ello— para deshacerse después del vehículo.

—Maldita sea —dijo él. Aunque había que admirar aquella estratagema, la elegancia de la maniobra. ¿A quién le hacía falta predecir el futuro cuando podía crearlo uno mismo?

En la calle, Seraphine le entregó un billete de avión.

—Tu vuelo a Houston sale mañana —le informó—. Me temo que te perderás los dibujos animados del sábado por la mañana. El coche te lo dejarán en el centro, en un aparcamiento de pago frente al Rice Hotel.

—¿Y después qué?

—En el canal de los barcos hay un almacén de tanques desmantelados. Toma La Porte Road hacia el este. Avanza hasta después de

44

pasar la refinería Humble Oil. Verás una carretera sin nombre a un kilómetro y medio.

¿Y si los federales ya habían encontrado el Cadillac? Estarían esperándolo, seguro. Esperarían a que algún pobre idiota se presentara para reclamarlo.

—Por la noche tendrás toda la privacidad que necesitas —dijo ella—. El canal de los barcos tiene doce metros de profundidad. Después, camina algo menos de un kilómetro por La Porte hacia el norte. Encontrarás una gasolinera con teléfono. Podrás llamar a un taxi desde allí. Y a mí.

Le dio un beso en la mejilla. Su carísimo aroma no había cambiado nunca a lo largo de los años: jazmín fresco y algo que olía como las especias chamuscadas en el fondo de una sartén de hierro fundido. Guidry y ella habían sido amantes una vez, pero fue tan breve y hacía tanto tiempo que recordaba aquella época solo de manera ocasional, y sin mucho sentimiento. Dudaba que Seraphine lo recordara.

—Carlos y tú no dejáis nunca ningún cabo suelto, ¿verdad? —comentó Guidry.

—¿Lo ves, *mon cher*? No te preocupes.

Mientras Guidry regresaba caminando por el barrio, el aroma de Seraphine se esfumó y su mente se puso a trabajar. Era cierto que Seraphine y Carlos nunca dejaban un cabo suelto. Pero ¿y si él era uno de esos cabos? ¿Y si le preocupaban los federales cuando, en realidad, el verdadero peligro —Carlos y Seraphine— estaba justo detrás de él?

Deshacerse del Cadillac Eldorado.

Y después deshacerse del hombre que se había deshecho del Cadillac Eldorado. Deshacerse del hombre que sabe lo de Dallas.

El sacerdote situado en los escalones de St. Louis seguía con su discurso. No era más que un crío, acabaría de salir del seminario, regordete y con las mejillas sonrosadas. Juntó las manos frente a él, como si estuviera a punto de soplar los dados para tener un golpe de suerte.

—Cuando atravesemos las aguas, Dios estará con nosotros —aseguró a su congregación—. Cuando atravesemos el fuego, no nos quemaremos.

Esa no era la experiencia de Guidry. Escuchó al sacerdote durante un minuto más y después se marchó.

4

Barone recibió la llamada a las nueve. Estaba esperándola. Seraphine le dijo que se reuniera con ella en Kolb's para cenar en media hora, que no llegara tarde.

«Zorra».

—¿Cuándo he llegado yo tarde? —preguntó Barone.

—Estoy de broma, *mon cher* —respondió ella.

—Dime. ¿Cuándo he llegado yo tarde?

Kolb's era el restaurante alemán situado en St. Charles Avenue, nada más cruzar Canal Street. Paredes con paneles de madera oscura, manchas de cerveza y bandejas de escalopes con remolacha encurtida. Carlos era italiano, pero le encantaba la comida alemana. Le encantaba todo tipo de comida. Barone nunca había visto a nadie en Nueva Orleans comer como lo hacía Carlos.

—Siéntate —le dijo Carlos—. ¿Quieres comer algo?

El local estaba casi vacío, todo el mundo estaría en casa viendo la noticia bomba.

—No —respondió Barone.

—Come algo —insistió Carlos.

El techo de Kolb's estaba provisto de un sistema de ventiladores conectados por correas de cuero que crujían. Un pequeño hombrecillo de madera vestido con *lederhosen* hacía girar la manivela que mantenía en movimiento las correas y los ventiladores.

—Se llama Ludwig —dijo Seraphine—. Incansable y de confianza, igual que tú.

Le dirigió una sonrisa a Barone. Le gustaba hacer creer que podía leer la mente, que podía predecir todos los movimientos. Tal vez fuese así.

—Es un cumplido, *mon cher* —agregó—. No pongas esa casa.

—Prueba esto —le dijo Carlos.

—No.

—Vamos. ¿No te gusta la comida alemana? Lo pasado, pasado está.

—No tengo hambre. —Barone no tenía nada en contra de los alemanes. La guerra había ocurrido mucho tiempo atrás.

Seraphine tampoco comía. Se encendió un cigarrillo y después dejó la caja de cerillas en la mesa frente a ella. La recolocó de un lado y de otro, observándola desde diversos ángulos.

—Es hora de proceder —le dijo a Barone. Como si fuera demasiado tonto para adivinarlo solo—. El asunto del que hablamos.

—¿Houston? —preguntó él.

—Sí.

—¿Qué pasa con Mackey Pagano? No tengo tiempo para eso también.

—No te preocupes —dijo Seraphine—. Eso ya está resuelto.

—¿Acaso he dicho que me preocupe? —dijo Barone.

—Tu encargo en Houston es mañana por la noche —dijo ella—. Como hablamos. Pero primero tendrás que ir a ver a Armand. Esta noche.

Carlos seguía comiendo sin decir una palabra, dejando que Seraphine se encargase de todo. Casi todo el mundo pensaba que Carlos la tenía siempre cerca, a la chica de color bien vestida y bien leída, para que le hiciera mamadas y transcripciones. Pero Barone sabía que no era así. Seraphine tenía solución para cualquier problema que le surgiera a Carlos.

—De acuerdo —dijo.

Su Impala estaba aparcado en Dumaine, a una manzana de

Bourbon. Era viernes por la noche y apenas había nadie por allí. En un rincón, un viejo hombre de color tocaba *'Round Midnight* con el saxofón para unos pocos turistas. Barone se acercó para escuchar. Tenía tiempo.

El viejo de color sabía tocar. Dio un re sostenido y lo mantuvo, elevando la nota hasta expandirla como el agua sobre un dique.

El tipo que había junto a Barone le empujó ligeramente. Barone sintió una mano que le rozaba el bolsillo. Bajó el brazo y la agarró. Pertenecía a un pandillero flacucho con las mejillas picadas. Tenía marcas de aguja por toda la cara interna del brazo.

—¿Qué haces, tío? —preguntó el drogata, haciéndose el inocente—. Si quieres darle la mano a alguien, vete a buscar una...

Barone le dobló la mano hacia atrás. La muñeca humana era frágil, un nido de pájaro hecho de ramitas y tendones. Vio como al drogata le cambiaba la cara.

—Oh —murmuró el chico.

—Shhh —dijo Barone—. Deja que el hombre termine su melodía.

Barone no recordaba la primera vez que había oído *'Round Midnight*. Al piano, probablemente. Con los años había escuchado unas cincuenta o quizá cien versiones diferentes. Piano, saxofón, guitarra, incluso trombón en un par de ocasiones. El tipo que la tocaba esa noche hacía que la canción pareciese nueva.

Terminó la música. Al drogata se le doblaron las rodillas y Barone lo dejó marchar. El chico se alejó tambaleándose, sin mirar atrás, encorvado sobre su mano como si fuera una llama que temiese que pudiera apagarse.

Barone dejó caer un billete de dólar en la funda del saxofón. El músico podría haber tenido cincuenta años, o quizá ochenta. Tenía el blanco de los ojos tan amarillento como una vieja bola blanca de billar, y también tenía marcas de aguja en los brazos. Quizá el viejo y el drogata fueran socios; uno atraía a la multitud para que el otro pudiera robar. Probablemente.

El anciano miró el billete de dólar y después levantó la mirada.

Ajustó la boquilla de su instrumento. No tenía nada que decirle a Barone.

Barone no tenía nada que decirle a él. Regresó hasta su Impala y se sentó al volante.

La orilla occidental del Mississippi, situada frente a la ciudad de Nueva Orleans, era una hilera de chatarrerías, talleres mecánicos y edificios de apartamentos torcidos, con la madera podrida. El olor de la zona era bastante desagradable. Había un par de refinerías que funcionaban día y noche, y un hedor a quemado que se pegaba a la ropa y a la piel. Los barcos descargaban la basura en la orilla de Nueva Orleans y esta acababa allí arrastrada por la corriente. Peces muertos también, los que no querían ni las gaviotas.

Abandonó la carretera principal y condujo su Impala por un estrecho camino de gravilla que circulaba paralelo a las vías del tren. Los neumáticos crujían y los faros iluminaban filas y filas de parabrisas reventados y rejillas destrozadas. Había una pila de parachoques de cromo de unos tres metros de altura.

Era más de medianoche, pero las luces de la oficina seguían encendidas. Barone lo sabía. Un hombre adquiere cierta costumbre y esta se mantiene.

La oficina de Armand era una choza: cuatro paredes y un tejado de chapa ondulada. La habitación delantera tenía un escritorio, un sofá con un brazo arrancado para que cupiese y un hornillo de *camping* que Armand usaba para preparar café. La habitación trasera se encontraba tras una puerta que se parecía a cualquier otra puerta. Acero. Si uno intentara echarla abajo de una patada, se quedaría cojo para el resto de su vida.

Armand le dedicó una gran sonrisa. Se alegraba de verlo. ¿Por qué no? Barone compraba la mejor mercancía y nunca regateaba demasiado.

—¿Qué pasa, *baby*? —dijo Armand—. ¿Dónde estabas? ¿Hace cuánto que no venías a verme? ¿Tres meses?

—Dos —respondió Barone.

—¿Quieres algo de beber? Mírate. Todo arreglado. Yo no soy así, *baby*. Yo engordo solo con mirar de reojo un plato de frijoles con arroz. —Se agarró la panza con ambas manos y la agitó para Barone—. ¿Lo ves? ¿Dónde te alojas últimamente? ¿Sigues en Burgundy Street?

—No.

—¿Qué opinas de todo ese asunto de Dallas? Una pena, ¿verdad? Si quieres saber mi opinión, creo que los rusos están detrás de esto. Cien por cien seguro. Espera y verás. Los rusos.

—Tengo un nuevo encargo —dijo Barone.

Armand se rio.

—Directo al grano, como siempre.

—Necesito algo esta noche.

—¿Qué andas buscando?

—Dime lo que tienes.

Armand sacó su llavero.

—Bueno, de revólveres, lo que quieras. De dos o cuatro pulgadas. Sin antecedentes, garantizado. O, si quieres algo más potente, tengo una Magnum del 22.

—¿Cuánto por la Magnum? —preguntó Barone.

—Me costó cinco centavos más que la anterior.

—¿Sin antecedentes?

—Garantizado.

—No pienso pagar cinco centavos extra.

—Oh, *baby*, me vas a obligar a cerrar el negocio.

—Vamos a echarle un vistazo —dijo Barone.

Armand abrió la puerta de la habitación trasera. Tenía la mitad de tamaño que la delantera, el espacio suficiente para unas pocas cajas y un baúl. Se agachó para abrir el baúl. El esfuerzo le hizo lamentarse.

—¿Cómo están LaBruzzo y los demás? —preguntó—. ¿Sabes con quién me encontré el otro día? Con ese imbécil del gimnasio de Curley. Seguro que te acuerdas de él, con mucho músculo. Sé que te acuerdas de él. Bueno, pues adivina para quién trabaja. Te diré para quién...

Armand miró por encima del hombro y vio la pistola en la mano de Barone. Una Blackhawk .357.

Tardó unos segundos en identificarla. Entonces le cambió la cara, como si se hubiera quitado una máscara, y volvió a levantarse.

—Yo te vendí eso —dijo—. ¿No es verdad? Y te regalé una caja de Colts del 38.

—Hace un par de años —confirmó Barone.

No había coches en la carretera a esas horas de la noche y la choza de Armand estaba alejada de la siguiente parcela. Pero Barone nunca corría riesgos, no si podía evitarlo. Decidió esperar a que pasara alguna barcaza e hiciera sonar su bocina.

—Escúchame, *baby* —dijo Armand—. Te estás equivocando. Carlos se está equivocando. Yo no sé de qué va todo esto.

Tenía una mano en el costado y la otra en la tripa, dibujando círculos lentos. A Barone no le preocupaba. Armand nunca llevaba pistola. Las pistolas del baúl nunca estaban cargadas.

—Por favor —dijo Armand—. Yo no le he vendido nada a nadie. Yo no tengo ni idea de lo que ocurrió en Dallas. Ponme frente al mismo Jesucristo y lo juraré.

De modo que Armand sí que tenía idea de lo que iba el asunto. A Barone no le sorprendía.

—Por favor, *baby*, sabes que sé mantener la boca cerrada. Siempre ha sido así y así seguirá siendo. Déjame hablar con Carlos. Déjame aclarar las cosas.

—¿Recuerdas la gran fiesta de Navidad en el Mandina's? —preguntó Barone—. Un par de años después de la guerra.

—Sí, claro —respondió Armand. No entendía por qué Barone le preguntaba por una fiesta de Navidad de hacía tanto tiempo. No entendía por qué no le había disparado aún. Empezaba a pensar que tal vez tuviera una oportunidad—. Claro, claro. Recuerdo la fiesta.

Invierno del 46 o del 47. Barone acababa de empezar a trabajar para Carlos. Vivía en un piso gélido a poca distancia del Hotel Roosevelt.

—Había un pianista —dijo Barone. Se preguntó si aquella fiesta de Navidad en el Mandina's fue la primera vez que oyó 'Round Midnight—. Un pianista con sombrero de copa.

—Y un árbol de Navidad —dijo Armand. Asintió, sonrió y al fin se entregó a la esperanza—. Eso es. Un enorme y viejo árbol de Navidad con un ángel en lo alto.

Barone pensó en el anciano de color que tocaba 'Round Midnight con su saxofón esa misma noche, con los dedos volando sobre las teclas. Algunas personas nacían con un don.

Por fin una barcaza hizo sonar la bocina, tan alta y grave que Barone sintió la vibración en los dientes. Apretó el gatillo.

A cuatrocientos metros de la chatarrería de Armand, mientras regresaba conduciendo por el puente, Barone vio que un coche se acercaba en dirección contraria. Un viejo Hudson Commodore con un parasol como la visera de una gorra de béisbol.

Al volante iba una mujer. Los faros de Barone le iluminaron la cara al pasar. Los faros de ella iluminaron la suya.

Pisó el freno y dio la vuelta. Cuando alcanzó al Commodore, le dio las luces. El otro vehículo se detuvo en el arcén. Barone aparcó detrás. De camino a la ventanilla del conductor, sacó su navaja automática y le dio un pinchazo rápido al neumático trasero.

—Maldita sea, me ha dado un susto de muerte. —La mujer llevaba el pelo recogido con rulos. ¿Quién era? ¿Qué hacía allí a esas horas de la noche? Barone supuso que no importaba el quién ni el por qué—. Pensaba que era la poli.

—No —respondió él.

A la mujer le faltaba un diente delantero. Su sonrisa era amistosa.

—La poli es lo último que necesito ahora mismo.

—Tiene un neumático pinchado —dijo Barone.

—Maldita sea. Eso es lo penúltimo que necesito ahora mismo.

—Venga a echar un vistazo.

La mujer bajó del coche y se acercó a la parte de atrás. Llevaba una vieja bata de andar por casa de color agua sucia. Cuando oyó el siseo del neumático trasero, se rio.

—Desde luego, esta es la guinda del pastel. —Volvió a reírse. Tenía una risa agradable, como el tintineo de las monedas en un bolsillo—. Después del día que he tenido, es lo que me faltaba.

—Abra el maletero —dijo Barone—. Se lo cambiaré.

—Mi héroe —respondió ella.

Barone comprobó que no hubiera nadie en la carretera y entonces le cortó el cuello, girándola un poco para que no le manchara el traje de sangre. Pasado un minuto, la mujer se relajó, como un vestido de seda que resbala de una percha. Barone no tuvo más que meterla en el maletero. Un mínimo esfuerzo.

5

Mientras todos los demás se reunían en torno a la televisión del salón, Charlotte inspeccionó la mesa del comedor para ver qué podría habérsele olvidado. Llevaba despierta desde las cinco y media de la mañana, horneando, rallando y picando. Y la noche anterior se había quedado levantada hasta casi medianoche, sacando brillo a la cubertería y planchando el mantel de encaje irlandés que los padres de Dooley les habían regalado por su boda.

¿Había dormido algo? No estaba segura del todo. En un momento dado, tumbada boca arriba en la oscuridad de la noche, había sentido el hocico húmedo del perro junto a su boca, asegurándose de que aún respiraba.

Martha, la madre de Dooley, apareció en la cocina.

—¿Necesitas ayuda, Charlie? —preguntó.

—No, gracias —respondió Charlotte—. Casi estoy lista.

—¿Seguro?

—Sí.

Tanto Martha como Arthur, el padre de Dooley, eran personas encantadoras, atentas y siempre amables. Si Charlotte se hubiera dejado la cubertería sin abrillantar, el mantel sin planchar, si se hubiera olvidado de los rollitos o de la salsa de arándanos, ellos no habrían comentado nada.

Lo cual empeoraba la situación por alguna razón. Charlotte deseaba que sus suegros fuesen menos atentos, menos encantadores.

Mejor un par de víboras, personas cortantes, adversarios implacables a los que no deseara complacer. La manera sincera en que el padre de Dooley examinaba a Charlotte, la forma en que su madre estiraba el brazo y le daba una palmadita en la mano; su compasión, a veces, resultaba atroz.

En el salón, la atmósfera era sombría y silenciosa. La televisión emitía la imagen de un carruaje tirado por caballos que transportaba el féretro del presidente desde la Casa Blanca hasta el Capitolio. Intervino un reportero para confirmar que Lee Harvey Oswald, que había sido disparado esa misma mañana, había fallecido.

Charlotte vio que Joan y Rosemary habían vuelto a entrar en casa para ver la televisión.

—Rosemary —dijo—. Joan.

Rosemary se dispuso a dar argumentos para la defensa.

—Pero, mami...

—Pero nada —respondió Charlotte—. Os he dicho que salgáis a jugar fuera con vuestros primos.

Las niñas ya habían estado expuestas a demasiadas horas de noticias inquietantes para las que eran demasiado jóvenes. Entendían que un hombre malo había matado al presidente de Estados Unidos. No era necesario conocer todos los macabros detalles.

—Pero están jugando al fuerte —dijo Rosemary.

—¿Y? —preguntó Charlotte.

—Dicen que no podemos jugar al fuerte con ellos porque somos niñas.

Antes de que Charlotte pudiera responder, Bill, el hermano de Dooley, le entregó su botella de cerveza vacía.

—Me vendría bien otra de estas, Charlie —le dijo.

Mientras bendecían la mesa, con los ojos cerrados y la cabeza agachada, Charlotte volvió a pensar en aquella niña de once años que nadaba sin esfuerzo por el río diecisiete años atrás. El invierno siguiente, su padre, que acababa de cumplir los treinta y dos y era la viva imagen de la salud, había sufrido un ataque al corazón y había muerto. Ella quedó destrozada por su muerte. Por primera vez,

Charlotte descubrió que las corrientes de la vida eran más traicioneras de lo que pensaba, que ella no era una nadadora tan fuerte.

Después de eso... ¿qué sucedió? Su madre, una mujer tímida y distante, se retrajo más aún. Disuadía a Charlotte de correr riesgos, la animaba a no destacar, a no tener demasiadas expectativas. Sin darse cuenta, Charlotte comenzó a desanimarse también. Se había matriculado en la Universidad de Oklahoma en vez de en una de las universidades más pequeñas y cercanas a su casa (aunque su madre la desalentó), pero, nada más poner un pie en el campus, se sintió abrumada. Acababa de cumplir diecisiete años, nunca antes había salido de Woodrow y no conocía a nadie. En octubre, solo seis semanas después de empezar el curso, hizo la maleta y volvió a casa.

Encontró trabajo en la pastelería, donde una tarde entabló conversación con un guapo cliente. Dooley era tres años mayor que ella, así que en la escuela no lo había tratado mucho. Pero era amable, divertido y no se tomaba a sí mismo tan en serio como los demás chicos del pueblo. Le pidió una cita y, poco después, empezaron a salir juntos. Poco después se casó con él y se trasladaron a una casa situada a tres manzanas de aquella en la que ella se había criado. Poco después se quedó embarazada de Joan. Poco después se quedó embarazada de Rosemary. Poco después ya estaba en el presente.

—Mami —susurró Rosemary—. Es tu turno.

—¿Mi turno? —preguntó Charlotte.

Su turno. Si la vida fuera tan fácil, pensó ella, un juego en el que en cada ronda se te permitiera hacer girar la rueda una vez más, sacar una nueva tarjeta del montón. Aunque no había manera de saber si otro giro de la rueda o una nueva tarjeta le harían avanzar en el tablero.

«Siempre hay una carretera con más baches que la que tú recorres», solía decirle siempre su madre. En otras palabras, confórmate con lo que tienes, porque la alternativa podría ser peor. Su madre compartió esa filosofía cuando, por ejemplo, Charlotte se quejó de que el profesor de matemáticas de octavo curso prohibía a las chicas de clase hacer preguntas. Cuando su jefe en la pastelería la siguió hasta el almacén y la aprisionó contra la pared. Cuando a Charlotte empezó a preocuparle que Dooley, su prometido en aquella época, bebiera demasiado.

—Te toca decir por qué das las gracias, mami —dijo Rosemary.

—Bueno, vamos a ver —respondió Charlotte—. Doy las gracias por mis dos preciosas hijas. Doy las gracias por la familia que ha podido estar hoy con nosotros. Doy las gracias por esta maravillosa cena de domingo.

Dooley trinchó el asado. Agarraba el cuchillo con firmeza. Cada rodaja de carne caía en la fuente con un grosor perfecto. Cada vez que sus padres iban a cenar, Dooley se limitaba a beber una cerveza o una copa de vino. Aunque sus padres sabían, al igual que todo el mundo, que, cinco minutos después de que se hubiera marchado el último invitado, Dooley también saldría por la puerta. Asegurando que tenía que ir a comprar cigarrillos, echar una carta al buzón o echar gasolina al coche, que volvería en un santiamén.

Era primera hora de la tarde y la luz que entraba por la ventana del comedor resultaba austera, invernal e inflexible. Una luz interesante. Rosemary alcanzó la sal, el padre de Dooley alcanzó los rollitos y Dooley le pasó a su madre la salsera. Los brazos se superponían y entrecruzaban, creando imágenes dentro del marco; cada una, un bodegón perfecto en miniatura. Un ojo, la perla de un collar, la raya de una corbata. Charlotte deseó tener su cámara a mano. Se agacharía y dispararía desde la superficie de la mesa.

—El mundo se va al infierno —estaba diciendo el hermano de Dooley—. Perdonen mi lenguaje, señoritas, pero es la verdad. Kennedy, Oswald, Ruby, los derechos civiles. Las mujeres que piensan que pueden hacer lo mismo que un hombre.

—Pero ¿no deberían permitirles al menos intentarlo? —preguntó Charlotte—. ¿Qué daño hacen?

Bill no la oyó y siguió con su discurso, elevando el tenedor con cada argumento que pronunciaba.

—Es una batalla por la civilización, como en las películas —dijo Bill—. El Fuerte Apache. Así es Woodrow. Somos los únicos que quedamos para combatir a los indios. Tenemos que rodear las caravanas, proteger lo que representa este país antes de que lo destrocen personas que están trastornadas. Los negros, por ejemplo. Lo que la gente no entiende es que los negros prefieren la segregación de las razas, igual que tú y que yo.

Dooley y su padre asintieron con la cabeza. Charlotte sentía curiosidad por saber cuándo le habrían contado los negros a Bill esa preferencia, pero carecía de la energía —¿o del valor?— para preguntársela. Bill era el segundo abogado con más éxito del condado de Logan y nunca había perdido un caso. El padre de Dooley era el abogado con más éxito del condado de Logan. Si Charlotte se atreviera a intervenir en una discusión sobre política, los hombres se apresurarían a exponer los diversos puntos débiles de su lógica, del mismo modo en que uno retira hasta la última espina de un pescado.

La cuñada de Charlotte le tocó el brazo y le habló de un nuevo patrón —una blusa con el corpiño plisado—que había descubierto.

—Es una tragedia terrible lo ocurrido —anunció el padre de Dooley—, pero lo bueno es que Johnson es una mejora con respecto a Kennedy. Johnson no es tan liberal. Es del sur y entiende la importancia de la moderación.

—No me decido entre una lana de cuadros escoceses o el algodón —le dijo a Charlotte su cuñada—. ¿Qué opinas tú?

Charlotte miró a su alrededor y vio que Joan estaba observándola. Se preguntó qué estaría viendo, qué estaría aprendiendo.

Después de la cena, los hombres se retiraron al salón, los niños salieron a jugar y Charlotte empezó con los platos. La madre de Dooley la siguió hasta la cocina. Ella intentó alejarla de los cacharros sucios, pero Martha la ignoró y comenzó a frotar.

—¿Cómo estás, querida? —Que en realidad significaba «¿Cómo está Dooley?».

—Bien —respondió Charlotte.

—Las niñas son unos angelitos.

—Bueno. Según se mire.

Martha colocó un plato en lo alto de la pila.

—Lo malcriamos terriblemente —dijo pasados unos segundos—. Era el pequeño, ya sabes.

Charlotte negó con la cabeza.

—No, Martha —respondió. Si alguien era responsable del hombre en quien Dooley se había convertido, esa era ella. Como su novia, debería haberse dado cuenta de sus defectos. Como su esposa, se lo había permitido todo porque la alternativa era demasiado difícil de imaginar.

—A Arthur y a mí nos gustaría contribuir —dijo Martha.

Charlotte negó de nuevo con la cabeza; era el ritual de siempre.

—Ya habéis hecho demasiado, Martha.

—Sabemos lo difícil que puede ser para una pareja joven.

A Charlotte se le llenaron los ojos de lágrimas sin previo aviso, se sintió avergonzada. Se giró para limpiar los fogones y que Martha no se diese cuenta. Para que Martha pudiera meterle los billetes doblados en el bolsillo del delantal.

—De verdad —dijo Charlotte—. No es necesario.

—Insistimos —respondió Martha—. Ojalá fuera más.

Treinta minutos más tarde ya se habían ido; los padres de Dooley, su hermano y su cuñada, sus tres hijos, todos de camino a casa. Cinco minutos después de que se marcharan, Charlotte estaba echando agua caliente y jabón en la bandeja del asado cuando Dooley entró en la cocina con el abrigo y los guantes puestos.

—Necesitaremos leche para mañana por la mañana, ¿verdad? —Le dio un beso en la mejilla—. Será mejor que me dé prisa antes de que cierren la tienda.

—Tu madre nos ha dado otros trescientos dólares —dijo Charlotte.

Él le acarició la nuca. Dooley prefería disfrutar de los frutos de la caridad sin tener que pensar en el árbol ni en la recogida.

—Maldita sea, Charlie —dijo—. No quiero su dinero. No lo necesitamos.

Le dieron ganas de reírse. En su lugar, cerró el grifo del agua caliente y se apartó de la nube de vapor.

—Ha insistido.

—Bueno, pues la próxima vez le dices que no, Charlie. ¿Entendido? —Se dirigió hacia la puerta—. En fin, será mejor que me dé prisa para llegar a por la leche.

—Y volverás en un santiamén —dijo ella—, justo después de tomarte solo una copa.

Eso hizo que Dooley se detuviera en seco. Su expresión le recordó a la imagen que había visto en televisión durante toda la tarde: Lee Harvey Oswald doblado hacia delante, con la boca en forma de O mientras Jack Ruby le disparaba una bala en el estómago.

Charlotte también se sorprendió. Pero ya, de perdidos al río.

—No podemos seguir así —dijo.

—¿Así cómo?

—Vamos a sentarnos y a hablar, cariño. Hablar de verdad, por una vez.

—¿Hablar de qué?

—Ya sabes de qué.

A Dooley se le oscureció el rostro, con una amenaza de tormenta cargada de indignación. Cuando estaba borracho, juraba que jamás en su vida volvería a probar una gota de alcohol. Cuando estaba sobrio, juraba que jamás en su vida había probado una gota.

—Lo que sé es que las niñas necesitarán leche para los cereales por la mañana.

—Dooley...

—¿Qué es lo que te pasa, Charlie? ¿Por qué quieres echar a perder el domingo?

Ella sintió que se quedaba sin energía. Dooley seguiría así, atacándola, el tiempo que hiciera falta. Cuando se interponía entre Dooley y una botella, él era como las olas que convierten los acantilados en arena. Rendirse era la única decisión sensata.

—Adelante —le dijo.

—¿No quieres que las niñas tengan leche para el desayuno?

—Adelante, lo siento.

Dooley se marchó y ella dobló el mantel. Barrió las migas de debajo de la mesa del comedor y fue a ver a las niñas a su habitación. Rosemary tenía nada menos que tres libros diferentes de la colección «Aventuras en la naturaleza» de Disney abiertos frente a ella. *Merodeadores de los Everglades, La llanura menguante* y *Las hectáreas de la naturaleza.* Joan estaba recortando con mucho cuidado cuadrados de cartulina de colores. El perro estaba tumbado entre ellas en la litera de abajo, su lugar habitual.

—¿Qué haces, cariño? —le preguntó Charlotte a Joan.

—Se ha inventado un juego —respondió Rosemary—. Va a enseñarme a jugar cuando termine de inventarlo. ¿Dónde está papi?

—Ha ido a la tienda —respondió Charlotte.

Joan levantó la cabeza. Rosemary y ella se miraron un instante. ¿O eran imaginaciones de Charlotte? Eran demasiado jóvenes para entenderlo.

—¿Cuáles son las reglas del juego, Joan? —preguntó Charlotte.

—Son muy complicadas —dijo Rosemary—. ¿Verdad, Joan?

—Sí —respondió su hermana.

—Mami —dijo Rosemary—. ¿La señora Kennedy está muy muy triste porque el presidente ha muerto?

—Yo creo que sí —respondió Charlotte.

—¿Qué hará ahora?

—¿Qué hará? No estoy segura. ¿Te refieres a...?

—¿Con quién vivirá? —preguntó Rosemary—. ¿Quién cuidará de ella?

Aquella pregunta sorprendió a Charlotte.

—Bueno, imagino que se cuidará sola.

Rosemary parecía tener dudas. Las hermanas volvieron a mirarse brevemente.

—Mami —dijo Rosemary.

—Solo una pregunta más —respondió Charlotte—. Que tengo que ir a quitar la ropa de la cuerda antes de que oscurezca.

—Tú estarías muy muy triste si papi muriera, ¿verdad? —preguntó Rosemary.

—Papi no se va a morir, te lo prometo.

—Pero te pondrías muy muy triste.

—Claro que sí —dijo Charlotte, y hablaba en serio. Dooley no era una mala persona, ni mucho menos. Quería a Charlotte y quería a las niñas, y jamás les había levantado la mano. En cuanto a la bebida... En el fondo Charlotte sabía que él deseaba dejarlo. Algún día, tal vez, lo lograría.

Pero ¿y si dejara de beber? Entonces ¿qué? La vida de Charlotte sería más fácil, sin duda, pero ¿sería más feliz? Los segundos, los minutos y las horas seguirían pasando. Las semanas, los meses, los años. Los futuros que podría haber tenido, las mujeres en quienes podía haberse convertido, esos fantasmas se volverían cada vez más difusos a medida que pasara el tiempo, hasta que desaparecieran por completo. Con un poco de suerte, olvidaría que alguna vez esos fantasmas la habían atormentado.

Y las niñas. Le dolía pensar que Rosemary y Joan pudieran hacerse las mismas preguntas algún día: ¿qué haremos?, ¿quién cuidará de nosotras?

Rosemary había vuelto a sus libros y Joan seguía con sus cuadrados de cartulina. Charlotte se quedó en la puerta. Pensó en su reacción inicial ante el asesinato del presidente, en cómo aquella noticia le había hecho sentir atrapada en su vida para siempre. Pero tal vez esa idea estuviese equivocada. No, su mundo nunca cambiaría... a no ser que ella hiciera algo para cambiarlo.

Quizá el tornado hubiera trasladado a Dorothy desde Kansas hasta Oz, pero Dorothy había tenido que abrir la puerta de la granja y salir.

Charlotte acarició con los dedos el dinero que llevaba en el bolsillo del delantal. Trescientos dólares. Quizá tuviera el doble en la cuenta de ahorro para la universidad de las niñas, dinero del que Dooley no sabía nada y que no podía despilfarrar.

Novecientos dólares. No era suficiente, pero no se detuvo a pensar.

—Niñas —les dijo a sus hijas—. Id a hacer las maletas.

—¿Vamos a alguna parte? —preguntó Rosemary, emocionada—. ¿Cuándo nos vamos?

De vez en cuando, Charlotte soñaba con poder volar. Iba corriendo a la escuela, siendo de nuevo una niña, y de pronto se encontraba volando por encima de los coches, los árboles y las casas. El secreto estaba en no pensar en lo que te estaba pasando, en lo que estabas haciendo. Fingir que era un día normal o, de lo contrario, el hechizo se rompería y caerías al suelo.

—Mami —dijo Rosemary—, ¿cuándo nos vamos?

—Ahora. En cinco minutos.

—¿Viene papi? —preguntó Joan.

—No. Nos vamos solo nosotras.

—¿Y Lucky? —quiso saber Rosemary.

El perro. Dios mío. Pero Charlotte no podía dejar allí a esa pobre criatura. Dooley se olvidaría de darle de comer o de administrarle su medicina. Se olvidaría quizá de que el perro existía.

—Lucky puede venir con nosotras —anunció Charlotte—. Ahora daos prisa e id a hacer la maleta.

—¿Puedo llevar una muñeca o dos muñecas? —preguntó Rosemary.

—Una.

—¿Y dos muñecas pequeñas valen como una grande?

—No.

—Pero Joan también puede llevar una muñeca. Y cada una podemos llevar un libro.

—Sí. Venga, deprisa.

Rosemary se alejó dando saltos. Joan se quedó mirando a Charlotte con solemnidad.

—¿Dónde vamos, mami? —le preguntó.

Charlotte estiró el brazo para alisarle el pelo a su hija, aunque no lo necesitara.

—Ya lo averiguaremos.

6

La cena de Guidry con Al LaBruzzo el viernes por la noche se alargó. Guidry se mostró encantador como siempre, y muy agradecido, pero le costó cierto esfuerzo. No podía ignorar la idea de que tal vez, solo tal vez, Seraphine y Carlos planeaban matarlo.

«No, no seas ridículo».

Sí, los cálculos tenían sentido. Guidry sabía lo del Cadillac Eldorado para escapar y su relación con el asesinato. Eso le convertía en un riesgo.

Pero era uno de los socios en quienes Carlos más confiaba, amigo y confidente de Seraphine. Había demostrado su lealtad una y otra vez. ¡Cuántas veces! Al LaBruzzo no tenía suficientes dedos para contarlas.

Y luego estaba la perspectiva más práctica. Guidry realizaba trabajos importantes para la organización. Abría puertas a través de las que fluían el dinero y las influencias. Carlos, un tipo ahorrador, tan agarrado que crujía cuando andaba, no se desharía de un activo tan valioso como él. Sin despilfarro no hay miseria, decía siempre Carlos.

Después de la cena, Guidry tomó un taxi hasta el Orpheum, en Canal Street, y se coló en mitad de la película, una comedia wéstern con John Wayne y Maureen O'Hara a caballo por un rancho. El cine estaba casi vacío.

Deshacerse del Cadillac.

Y después deshacerse del hombre que se ha deshecho del Cadillac. Deshacerse del hombre que sabe lo de Dallas.

El proyector repiqueteaba. El humo del tabaco se elevaba y atravesaba el haz de luz procedente de la cabina. Había tres parejas desperdigadas por el cine, más otras dos personas solas como Guidry. No había entrado nadie después de él. Estaba bastante seguro de que nadie había seguido a su taxi.

Guidry estaba dejándose llevar por su imaginación. Podría ser. Lo había visto en tipos que habían estado en la organización demasiado tiempo. El estrés de la vida iba desgastándolos como el aire salado carcome la madera, y empezaban a venirse abajo.

«Quizá esté loco». Eso era lo que Mackey Pagano le había dicho al rogarle que averiguara si Carlos lo quería muerto. «Quizá esté loco».

Pero Mackey no estaba loco. Carlos lo quería muerto y ahora, casi con total seguridad, muerto estaría.

¿Qué otras cosas había dicho Mackey el miércoles por la noche en el Monteleone? Guidry trató de recordar. Algo de un tipo de San Francisco, el atentado contra el juez hacía un año, del que Carlos finalmente había desistido.

Esa era la clase de trabajo que Mackey había estado haciendo los últimos años, contactar con especialistas de fuera de la ciudad cuando Carlos no tenía a nadie a mano que hiciera el trabajo.

Especialistas, trabajadores independientes. Por ejemplo, tal vez, un francotirador capaz de despachar al presidente de Estados Unidos y después huir en un Eldorado azul cielo.

Guidry no podía soportar más los correteos de la pantalla. Abandonó el cine antes de que terminara la película y regresó a su apartamento. Nadie lo siguió, estaba seguro al noventa y nueve por ciento.

El asesinato cancelado del juez el año anterior. Tal vez hubiera sido una de las elaboradas cortinas de humo de Seraphine. Guidry sabía cómo funcionaba. Habría usado la intimidad de la oscuridad para contactar con el francotirador que Carlos había enviado hoy a la plaza Dealey.

Mackey debió de descubrir alguna pieza del rompecabezas pocos días atrás. Debió de darse cuenta de que poseía información peligrosa.

Y ahora Guidry había descubierto la misma pieza del rompecabezas. Ahora él poseía esa misma información peligrosa. Justo lo que le faltaba. Su día iba de mal en peor.

Pero aún había esperanza. Aún era posible que lo que le había ocurrido a Mackey fuese una casualidad, que Carlos se lo hubiese cargado por razones que nada tenían que ver con el asesinato del presidente.

Guidry conocía a una fuente que tal vez pudiera arrojar algo de luz. Cuando llegó a su apartamento, rodeó el vestíbulo y fue directo al aparcamiento. Chick estaba sentado en la garita mirando la radio como si hubieran disparado a su madre en Dallas. Los negros pensaban que Jack Kennedy los quería. «Odio tener que decírtelo, Chick, pero Jack Kennedy era como cualquier gato listo: se quería a sí mismo y solo a sí mismo».

—Chick, tráeme el coche, ¿quieres? —le dijo Guidry.

—Sí, señor Guidry —respondió Chick—. ¿Ha escuchado las noticias? Dios mío, Dios mío.

—Ya sabes lo que dice la Biblia, Chick: «Cuando camines sobre el fuego, no te quemarás».

—Sí, tiene razón. —Chick se sonó la nariz con un pañuelo—. Tiene razón.

Guidry atravesó el puente con el coche hacia la orilla oeste. Primero probó en la chatarrería. Armand no estaba en la pequeña choza que tenía por despacho, cosa sorprendente. Guidry llamó y llamó hasta que se le durmieron los nudillos. Daba igual. Él sabía dónde vivía Armand. No muy lejos, por esa misma carretera, en un pequeño y problemático barrio en Algiers Point.

La mujer de Armand abrió la puerta. Esmeralda, una belleza cajún desmejorada, las ruinas de una civilización gloriosa en otro tiempo. Guidry deseó haberla conocido entonces. Era un enigma incomprensible cómo un charlatán traficante de armas como Armand había logrado encontrar una mujer como aquella.

Pero ahora había otro enigma más prioritario. Guidry cruzó los dedos para que Armand pudiera ayudarle a entender. Armand conocía a Mackey desde hacía casi medio siglo. Ambos habían crecido juntos. Armand sabría lo que se proponía Mackey.

—Siento molestarte, Esme, sé que es tarde —dijo Guidry. Tarde, pero las luces de la casa estaban encendidas y de la cocina salía el aroma a café recién hecho. Qué extraño.

—Hola, Frank —respondió Esme.

—Estoy buscando a Armand. No está en su oficina.

—No está en casa.

—Ojalá pudiera llevarte conmigo, Esme —dijo Guidry—. Sé que lleváis casados un tiempo, pero dime cuál es el plan y haré lo que haya que hacer.

—No está en casa —repitió ella.

—¿No? ¿Y sabes dónde está?

También era extraño que Esme no le hubiera invitado a pasar aún, que no le hubiera ofrecido una taza de café. Siempre que Guidry se pasaba por allí, de cuando en cuando a lo largo de los años, ella lo arrastraba al interior de la casa, lo sentaba en el sofá y flirteaba como si tuviese diecisiete años. Normalmente él tenía que hacer como Houdini para zafarse.

Y, si seguía levantada tan tarde, ¿por qué no tenía puesta la televisión ni la radio? Esme se tiraría frente al tranvía de St. Charles por Jackie Kennedy.

—Se ha ido a pescar —dijo Esme—. Pasará unos días en Atchafalaya. Sabes que le encanta aquello.

En primavera, claro, cuando picaban las percas. Pero ¿en noviembre?

—¿Cuándo volverá a casa? —le preguntó.

—No lo sé.

Sonrió, no parecía tensa, pero Guidry lo percibió. Había algo. ¿Miedo? Miró por encima de su hombro, hacia el interior de la casa, y vio una maleta junto a la puerta de la cocina.

—Mi hermana, la que vive en Shreveport. —Esme respondió

a la pregunta antes de que Guidry pudiera formularla—. Voy a ir a visitarla en autobús este fin de semana.

—¿Cómo puedo ponerme en contacto con Armand? —preguntó Guidry.

—No lo sé. Adiós, Frank.

Cerró la puerta. Guidry regresó caminando despacio hacia su coche. Armand estaba muerto. Se resistía a llegar a esa conclusión, pero era la única posibilidad. Se habían cargado a Armand, igual que a Mackey, y Esme lo sabía. Estaba muerta de miedo ante la idea de que Carlos pudiera ir a por ella si abría la boca. Chica lista.

Se habían cargado a Mackey porque él había gestionado los detalles con el francotirador.

Se habían cargado a Armand porque... Esa era fácil. Porque era la fuente de armas de Carlos más discreta y de confianza. A nadie se le ocurriría fijarse en Armand, en su choza en la chatarrería, pero podía conseguir cualquier tipo de pistola y trasladarla donde fuera.

Las pruebas crecían. Carlos estaba cortando los hilos que le conectaban con el asesinato. ¿Quién sería el siguiente si no Guidry?

«No, no seas ridículo». Guidry era un activo muy valioso, etcétera, estaba solo un puesto o dos por debajo de Seraphine en la organización. Aunque se dio cuenta de que aquella idea no le tranquilizaba, como había imaginado al principio. Desde allí arriba podía verlo todo, podía ver demasiadas cosas, podía encajar las piezas del rompecabezas.

¿Y qué había del comisario de policía nervioso de Dallas? Era la razón por la que Seraphine le había enviado hasta allí. ¿Contaría eso como otro *strike* contra Guidry?

Mientras cruzaba el puente de vuelta sobre el Mississippi, el agua negra del río le recordó a un sueño que había tenido la noche anterior. Augurios y presagios.

Carlos y Seraphine podrían haber utilizado a cualquier miembro de la organización para dejar el vehículo de huida en Dallas, a cualquiera prescindible. ¿Por qué utilizarlo a él? Porque, quizá, ya habían decidido que su tiempo se había acabado.

Alquiló una habitación en un motel barato de Kenner. No creía que Seraphine hiciese ningún movimiento antes de que él se deshiciese del Cadillac en Houston, pero era mejor no correr riesgos. Guidry siempre llevaba un traje en el coche. Un cepillo de dientes, ropa de cambio y dos mil dólares en efectivo. El sábado por la mañana estaba en la terminal de Moisant examinando la pantalla de las salidas. El vuelo a Houston que le había reservado Seraphine salía a las diez. Había un vuelo a Miami que salía a y media.

Guidry podría tomar el vuelo a Miami e intentar desaparecer. Pero y si no estaba en la lista de Carlos después de todo. Si huía ahora, pasaría a encabezar la lista, y entonces, enhorabuena.

Si huía, tendría que dejar todo atrás. Su vida. Las sonrisas y los botones del Monteleone que se apresuraban a abrirle la puerta, las hermosas pelirrojas y morenas que lo miraban desde el otro lado del local.

Sus ahorros estaban en su piso. ¿Cómo coño iba a desaparecer para siempre solo con dos mil pavos en la cartera?

Tal vez Seraphine tuviera a alguien en el aeropuerto vigilándolo. Guidry no pasó por alto esa posibilidad. Así que se acercó al bar, pidió un bloody mary y estuvo charlando con la camarera. Como si Frank Guidry no tuviera nada de qué preocuparse.

Embarcó en el avión a Houston tras la última llamada. Carlos no se lo cargaría. Seraphine no se lo permitiría. Armand y Mackey... ellos eran animales de carga, partes prescindibles del engranaje. Él, en cambio, era la mano derecha de la mano derecha del rey, intocable. O eso esperaba.

El Rice, situado en la esquina de Main y Texas Street, era el hotel más estiloso de Houston, con una piscina en el sótano y un salón de baile en el tejado. Abundaban las decoraciones de Acción de Gracias; un pavo de papel maché con un sombrero de peregrino, una cornucopia con abundancia de manzanas y calabazas de cera. Pero el vestíbulo parecía un funeral, todo el mundo caminaba despacio y hablaba en voz baja. Kennedy había pasado la noche antes de su asesinato en una *suite* de aquel hotel. Probablemente fuese una noche divertida, dadas las historias que Guidry había oído contar sobre él.

La habitación de Guidry, en la novena planta del Rice, daba al aparcamiento de pago que había al otro lado de la calle. El Cadillac Eldorado azul cielo estaba aparcado en la parte de atrás y el sol se reflejaba en su carrocería. Lo contempló durante un rato. Observó el aparcamiento. Volvió a contar su dinero. Dos mil ciento setenta y cuatro pavos. Pidió un sándwich club al servicio de habitaciones, acompañado de una botella de Macallan y un cubo de hielo. «No lo considereis una última cena. No lo hagas». Colgó su chaqueta en la parte trasera de la puerta del baño y abrió el grifo de la ducha para eliminar las arrugas de la lana con el vapor.

A las cuatro y media, cruzó la calle, se enfundó sus guantes de cuero italiano y se puso al volante del Cadillac. Tomó rumbo al sur, hacia La Porte, con la ventanilla bajada para eliminar el olor a sudor, Camel y gomina. ¿Dónde estaría ahora el especialista de San Francisco que condujo el vehículo desde Dallas? Supuso que ya se habrían deshecho de él de alguna manera.

Pisó el acelerador al máximo, atento a cualquiera que pudiera seguirlo. Pocas manzanas antes de llegar a La Porte, se detuvo en el abarrotado aparcamiento de un restaurante mexicano.

El asiento trasero estaba limpio. Abrió el maletero del coche. ¿Por qué? No estaba seguro. Simplemente quería saber todo lo que hubiera que saber. Había sido así desde que usaba pañales.

Un viejo petate del ejército, de lona verde oliva, cerrado con cordones. Guidry lo abrió. En su interior, envuelto en una camisa vaquera, había un rifle con mira telescópica. Una caja con proyectiles de 6,5 milímetros, un par de casquillos y unos prismáticos. En la insignia bordada en la camisa se leía: *EMPRESA MUNICIPAL DE TRANSPORTES DE DALLAS.*

Guidry volvió a cerrar el petate y el maletero. Se dirigió hacia el este por La Porte y pasó varios kilómetros de casas prefabricadas, todas iguales, que se irían abajo solo con soplarles un poco. Las casas dieron paso a las refinerías, plantas químicas y astilleros. Después de la refinería Humble Oil, la última de todas, se extendía una franja de marismas y pinos. «Hay placer en los bosques sin senderos». ¿Qué dandi inglés drogadicto había escrito aquello? Guidry no se acordaba. Coleridge o Keats, Byron o Shelley. Uno de ellos. «No amo menos al hombre, pero sí más a la naturaleza».

El sol se ponía a su espalda. Tampoco era un gran sol, únicamente un trozo gris brillante en un cielo gris más oscuro, como la codera desgastada de una cazadora barata.

No había más coches, ni en una dirección ni en la otra, desde que dejara atrás la refinería Humble. La carretera sin marcar era un sendero estrecho de un único sentido lleno de barro, con el asfalto destrozado, que serpenteaba entre los árboles.

Guidry la tomó y después se detuvo. ¿Continuaba? ¿O se daba la vuelta? Estuvo meditándolo. Su padre solía jugar a un juego cuando estaba un poco borracho o muy borracho, o no estaba borracho y simplemente se aburría. Colocaba las manos frente a él y les decía a Guidry o a su hermana pequeña que escogieran una mano, la derecha o la izquierda. Nunca se ganaba en ese juego. Una mano era un puñetazo, la otra era una bofetada. Si no te decidías y no elegías a tiempo, el bueno de papá te daba una de cada mientras se partía de la risa.

La carretera conducía hasta una verja metálica torcida. La puerta estaba abierta. La mitad inferior del cartel de madera pegado a la puerta estaba arrancada. Lo único que quedaba era un enorme *NO* de color rojo.

Augurios y presagios. Guidry siguió avanzando entre dos filas de inmensos barriles metálicos corroídos. Cuando llegó al muelle, puso el vehículo en punto muerto y se bajó. Algo, el fango cubierto de malas hierbas en la base de los tanques, hacía que le picaran los ojos; un olor fuerte a algo químico y venenoso.

Al cumplir los siete u ocho años, Guidry se había negado a jugar al juego de su padre; se había negado a elegir entre derecha e izquierda. Un pequeño acto de rebeldía que pagó caro, pero a Guidry no le gustaban las sorpresas. Prefería recibir un puñetazo y una bofetada a no saber qué se le avecinaba.

Miró a su alrededor. No vio ningún brillo metálico ni oyó movimiento alguno. Aunque, de producirse, seguramente no lo oiría.

Había una pesada cadena enredada entre un par de norays de hierro, pero la llave estaba puesta en el candado. Seraphine se lo había puesto fácil a Guidry. O se lo había puesto fácil al hombre enviado para matarlo. Mete a Guidry en el maletero cuando hayas acabado. Tira el coche en el canal.

Arrastró la cadena a un lado y empujó el Cadillac hasta el borde del muelle. El enorme vehículo quedó suspendido en el borde durante un segundo, con el morro hacia abajo, como si olfateara el agua, y después se sumergió bajo la superficie sin apenas una ondulación.

Caminaba entre los árboles de vuelta a La Porte, respirando profundamente. A cada paso que daba, el corazón se le iba calmando, cada vez latía más despacio, un poco más despacio. Necesitaba una copa, un filete y una chica. Y de pronto necesitaba cagar.

Estaba vivo. Estaba bien.

En la gasolinera de La Porte, el empleado lo miró con los ojos entornados.

—¿Dónde está su coche, amigo?

—A unos dos kilómetros hacia el norte, en dirección oeste, a sesenta y cinco kilómetros por hora, con mi mujer al volante —respondió Guidry—. Espero que no esté casado, amigo. Es una montaña rusa.

—No estoy casado —respondió el empleado de la gasolinera—. Aunque no me importaría estarlo.

—Ponte recto.

—¿Qué?

—Si quieres tener suerte con las damas —dijo Guidry. Se sentía generoso—. Cabeza levantada, hombros hacia atrás. Muévete con seguridad. Dedícale a la dama toda tu atención. ¿Tienes un teléfono que pueda usar?

Había una cabina de pago en un lateral del edificio. Guidry usó sus primeros diez centavos para pedir un taxi. Usó sus siguientes diez para llamar a Seraphine.

—Sin problemas —dijo.

—Por supuesto que no, *mon cher*.

—De acuerdo entonces.

—¿Pasarás la noche en el Rice? —preguntó ella.

—Será mejor que el tío Carlos se encargue de mi factura.

—Lo hará. Disfruta.

Una vez dentro, Guidry se encontró al gasolinero practicando la postura en el reflejo del cristal delantero. Cabeza levantada, hombros hacia atrás. Quizá lograra pillarle el truco. Preguntó por el lavabo y el hombre volvió a enviarlo fuera, esta vez a la parte trasera del edificio.

SOLO BLANCOS. Guidry entró en el único cubículo que había, se sentó y, con gran alivio, se liberó de la acidez que había estado acompañándole las últimas veinticuatro horas. En la pared de cemento pegada al inodoro, alguien había usado la punta de una navaja para garabatear unas palabras.

AQUÍ ESTOY, CON EL CORAZÓN ROTO
INTENTÉ

Eso era todo. La inspiración se había agotado o el poeta había terminado sus asuntos.

Cuando Guidry salió del baño, su taxi ya había llegado. Le dejó en el Rice y desde ahí se fue directo al Capital Club. Había algunas muchachas texanas muy prometedoras dispersas por ahí, pero lo primero era lo primero. Guidry se sentó a la barra y pidió un Macallan doble sin hielo, otro Macallan doble sin hielo y un entrecot con crema de espinacas.

Uno de los camareros, de pelo rubio tan claro que casi parecía blanco, se le acercó y le preguntó, sin apenas mover la boca, si deseaba comprar algo de hierba. «No me importaría». Seraphine le había ordenado que disfrutara de la velada, ¿no? El camarero le dijo que se reuniera con él en diez minutos, en el callejón situado detrás del hotel.

Guidry se había llevado a los labios el último trago de Macallan. «¿Pasarás la noche en el Rice?». Eso era lo que le había preguntado Seraphine por teléfono. ¿Por qué preguntarle una cosa así? Ella le había reservado la habitación y sabía que su vuelo de vuelta salía al día siguiente por la mañana. ¿Por qué iba a preguntarle una cosa así, y por qué Guidry no se lo había planteado hasta ahora?

—Soy imbécil —murmuró.

El camarero se quedó mirándolo.

—¿Qué?

—Me he dejado la cartera arriba —le respondió guiñándole un ojo—. Te veo en cinco minutos.

Abandonó el bar y cruzó el vestíbulo del hotel, dejó atrás los ascensores y atravesó la puerta giratoria. El botones de la entrada le dijo que le pararía un taxi, que solo tardaría un minuto. Pero Guidry no tenía un minuto. Caminó hasta el final de la manzana, dobló la esquina y empezó a correr.

7

El sábado por la tarde, Barone tomó su vuelo a Houston. En el avión, hojeó el último número de la revista *Life*. La NASA había escogido a catorce nuevos astronautas. Pelo corto, ojos brillantes, mandíbulas marcadas. Barone era incapaz de distinguirlos. Dios, mamá y la patria. Si querían atarse a una bomba e ir volando por el espacio, él no se lo impediría.

El tipo sentado junto a él era de Dallas. Le contó a Barone que todo el mundo en su oficina aplaudió al enterarse de la noticia de Kennedy. ¡Qué alivio! El tipo dijo que no sabía qué era peor de Kennedy: que fuese católico, liberal o que quisiese tanto a los negros. Apostaría lo que fuera a que Kennedy tendría también algo de sangre judía. El tipo parecía saber de buena tinta que el Despacho Oval tenía una línea telefónica directa con el Vaticano. Jack y Bobby recibían órdenes directas del papa. Los periódicos no lo decían porque sus dueños eran judíos. ¿Qué le parecía eso a Barone?

—Yo soy católico —respondió. No era cierto, o al menos ya no, pero quería ver la cara del tipo.

—Bien... —contestó el otro—. Bien...

—Y estoy casado con una chica de color. Va a recibirme en el aeropuerto, por si quiere saludarla.

El tipo se puso tenso y apretó los labios.

—No hace falta que se haga el listillo conmigo, amigo —dijo—. No voy buscando problemas.

—No pasa nada —respondió Barone—. No me molestan los problemas.

El tipo miró a su alrededor en busca de alguna azafata que presenciara los malos modales de Barone. Al no ver a ninguna, murmuró un «ejem» y abrió su periódico. Ignoró a Barone durante el resto del vuelo a Houston.

A las seis menos cuarto, el avión aterrizó en el aeropuerto Municipal. Barone salió de la terminal a tiempo de ver los últimos rayos de sol en el horizonte. O tal vez fuese una refinería expulsando gas. El aire en Houston era aún más húmedo y pesado que en Nueva Orleans.

Uno de los elfos de Carlos le había dejado un coche en el aparcamiento del aeropuerto. Barone dejó el maletín en el asiento trasero. Bajo el asiento había una Browning Challenger .22. Barone no creía que necesitara una, pero nadie terminaba en la morgue siendo demasiado cuidadoso. Retiró la culata y examinó el cañón en busca de porquería. Comprobó el tambor, el deslizamiento. La Browning era precisa en las distancias cortas y bastante silenciosa.

El tipo del avión atravesó el aparcamiento caminando. Barone le apuntó con la pistola y lo siguió con la mirada hasta que el hombre llegó hasta su coche, se montó y se alejó. «Quizá en otro momento, amigo».

Tráfico. Barone avanzaba despacio. Tardó veinte minutos en llegar a Old Spanish Trail. El motel Bali Hai era un edificio de bloques de hormigón en forma de L, de dos plantas de altura y con una piscina en el medio. Cada pocos segundos, el brillo de la piscina pasaba de verde a púrpura, de púrpura a amarillo, de amarillo a verde otra vez.

Barone aparcó al otro lado de la calle, frente a un antiguo restaurante barbacoa demolido. Casi todo aquel lado de la autopista 90 estaba en obras, habían demolido restaurantes de carretera, gasolineras y moteles para dejar sitio a un nuevo estadio y un aparcamiento. Cuando estuviera terminado, el nuevo estadio tendría tejado, una cúpula gigante que podría verse a kilómetros de distancia. Astronautas y una astrocúpula, el futuro. De momento solo habían levantado algunas vigas de acero curvadas. Parecían los dedos de una mano que surgía del interior de la tierra.

El Bali Hai tenía dos tramos distintos de escaleras que conducían hasta el pasillo techado de la segunda planta. Barone había estado allí la semana anterior para echar un vistazo al lugar. Un tramo de escaleras en el extremo norte del edificio. Otro tramo en el medio, en el recodo de la L, dando a la parte de atrás. Solo la mujer de la limpieza utilizaba esas escaleras. No se veían desde la piscina, desde la autopista ni desde la recepción.

Su objetivo tenía la habitación en la segunda planta, la más cercana a las escaleras del medio. La número 207. Seraphine le había dicho que el objetivo se registraría en el motel en torno a las cinco. Barone no sabía con certeza si estaba ya en la habitación o no. Había una luz encendida dentro, pero las cortinas estaban echadas.

Se puso cómodo. Con un poco de suerte, el objetivo saldría a tomar un poco de aire. A algunos tipos no les importaba realizar el encargo de manera improvisada. Barone no era así. A él le gustaba estar lo mejor preparado posible. Seraphine decía que el objetivo era un chico grande. Barone quería ver cómo de grande con sus propios ojos.

El objetivo era un trabajador independiente de San Francisco que respondía al nombre de Fisk. Eso era lo único que sabía de él. Eso y que tenía buena puntería. Los tiradores de largo alcance tendían a ser bichos raros. Barone había conocido a un tipo, años atrás, que apenas podía atarse solo los cordones de los zapatos, pero le ponías a un alemán entre los arbustos a trescientos metros y ¡pum!

Pasaron treinta minutos. Una hora. Barone bostezó, pensando todavía en la guerra. En Bélgica, una vez se quedó dormido en su trinchera mientras su compañía esperaba a que los alemanes salieran de entre los árboles. El sargento lo despertó a empellones y le preguntó si le faltaba un tornillo, por lo tranquilo que estaba siempre.

Quizá sí que le faltara un tornillo. Había considerado esa posibilidad. Pero ¿y qué más daba? No podía hacer nada al respecto. Se nace como se nace. Y así te quedas. Todo el mundo tiene lo que merece.

Empezó a llover. En el cartel del Bali Hai aparecía una chica hawaiana con una falda de hierba hecha de neón que se movía a un lado y a otro. La lluvia y la luz del cartel y de los faros de los coches que pasaban por delante creaban extrañas formas en su parabrisas, serpientes sinuosas y lentas. Tarareó al ritmo del solo de Coltrane en *Cherokee*.

A las nueve menos cuarto dejó de llover. Un minuto más tarde, se abrió la puerta de la 207 y el objetivo, Fisk, salió al pasillo. Era un chico grande, en efecto. Seraphine no había exagerado. Metro ochenta y cinco o noventa, con el torso ancho y una enorme tripa que hacía que sus brazos y sus piernas parecieran delgaduchos. Tendría unos cincuenta años. Se hacía pasar por turista, vestido con un polo de manga corta color mostaza oscuro y unos pantalones de vestir a cuadros.

Encendió un cigarrillo y se apoyó contra la barandilla de madera del pasillo. El extremo más profundo de la piscina estaba justo debajo de su habitación. Su reflejo hacía ondas mientras el brillo cambiaba de color. Púrpura, amarillo, verde. Cuando se terminó el cigarrillo, lo tiró y sacó un peine. Se lo pasó por la escasa melena. Era zurdo. «¿Ves?». Seraphine no había mencionado ese detalle. Por eso a Barone le gustaba tomarse su tiempo, recopilar su propia información.

No lograba ver la expresión del objetivo desde la distancia. Fisk no parecía nervioso. Una fuerte ráfaga de viento agitó las hojas de la palmera situada junto a la piscina, y Fisk apenas levantó la mirada. Pesaría unos veinte kilos más que Barone. Aunque, por otra parte, eso podría suponer una ventaja para él.

Fisk terminó de peinarse, inspeccionó los dientes del peine y volvió a entrar.

La piscina estaba vacía y el pasillo también. La chica hawaiana del cartel seguía bailando. La habitación 207 era la única de la segunda planta que tenía la luz encendida. Había un par de luces encendidas abajo, en la primera planta, pero esas habitaciones tenían las cortinas echadas.

La recepción del motel daba a Old Spanish Trail. Desde detrás del mostrador, el recepcionista podía ver la calle, la piscina, el brazo más corto de la L y el aparcamiento. Casi todo el aparcamiento. Su punto ciego era la entrada desde Old Spanish Trail y el rincón noroeste del aparcamiento.

Sonó el reloj del salpicadero. Mejor dejar que Fisk empezara a preocuparse. Que se pusiera nervioso. A las nueve y cuarto, con quince minutos de retraso, Barone se incorporó a Old Spanish Trail, dio la vuelta y aparcó en el rincón noroeste del aparcamiento del Bali Hai. Agarró el maletín del asiento de atrás, se metió la bombilla fundida en el bolsillo de la chaqueta y subió por las escaleras del centro. Toc toc.

La puerta se abrió ligeramente. Vio el pelo ralo sobre el cuero cabelludo de Fisk como las espirales de una huella dactilar. Se quedó mirando a Barone.

—¿Lo tienes?

—¿A ti qué te parece? —preguntó Barone.

Fisk le dejó pasar y cerró la puerta tras él. Señaló la cama con la Police Positive .38 en la mano.

—Siéntate mientras me aseguro —dijo Fisk.

—¿Tienes algo de beber?

—No.

—¿Nada? —preguntó Barone—. ¿O nada que quieras compartir conmigo?

Fisk abrió el maletín. Sacó el primer sobre y lo abrió. El pasaporte. Lo revisó centímetro a centímetro, utilizando la uña del pulgar para pellizcar las esquinas.

—¿Cuánto vas a tardar? —preguntó Barone—. Mi trabajo era dejar el maletín y pirarme.

—Cierra la puta boca —dijo Fisk.

Dejó el pasaporte en la mesilla de noche y abrió el segundo sobre. El billete de avión. Lo revisó con cautela también y después alcanzó el dinero en efectivo. Dos fajos bien gruesos.

—Buen disparo en Dallas ayer —comentó Barone—. ¿A qué distancia estabas? ¿Doscientos metros?

Fisk dejó de contar y le dirigió una mirada fría y muerta.

—No sé de qué estás hablando.

—Claro —contestó Barone—. Perdona.

Fisk le mantuvo la mirada durante unos segundos y después tuvo que empezar a contar otra vez.

Barone esperó a que casi hubiera terminado con el segundo fajo de billetes y se puso en pie.

—De acuerdo entonces.

—Espera —dijo Fisk.

—Que te vaya bien, compañero.

—Falta uno de los grandes.

—Yo no sé nada de eso —respondió Barone.

—Diez mil por adelantado y quince mil cuando terminara el trabajo —dijo Fisk—. Ese era el trato.

—Yo solo soy el mensajero. —Barone salió al pasillo—. Háblalo con dirección.

—He dicho que esperes, gilipollas.

Barone siguió caminando. Sintió que Fisk lo seguía con bastante ligereza, a pesar de su tamaño. Al llegar a las escaleras, agarró a Barone del hombro. Este, preparado para aquel momento, se zafó, se agachó y dio dos pasos hacia la izquierda antes de golpear a Fisk bajo la barbilla con la base de la mano. Si Fisk hubiera sido un tipo más pequeño, el golpe le habría dejado sin sentido, pero a Barone no le hizo falta dejarlo sin sentido. Fisk se golpeó la cabeza contra la pared del pasillo.

El impacto le dejó desorientado y agitando las manos. Barone se las ató con su cinturón y le hizo un barrido con el pie. Fisk cayó por las escaleras sin nada que lo detuviera. Barone había repasado sus movimientos cientos de veces en la cabeza. Fue como ver un espectáculo desde las gradas, como ver la repetición de la jugada de algo que ya había sucedido.

Fisk se estrelló con fuerza contra el suelo. Barone bajó las escaleras y recuperó su cinturón. Fisk estaba tirado boca arriba. La mitad superior de su cuerpo parecía correr hacia la izquierda, mientras que la mitad inferior corría hacia la derecha. Apenas respiraba. Tenía un ojo abierto y el otro lleno de sangre. Barone se acuclilló frente a él. Con cuidado. Debía asegurarse de que quedase bien, con un golpe certero. Levantarle la cabeza y rompérsela como una cáscara de huevo contra el borde de la sartén. Agarró a Fisk por las orejas.

Sintió el cuchillo. Fue suerte o tal vez su ángel de la guarda. Barone consiguió levantar una mano y colocarla entre el cuchillo y sus costillas. La hoja del cuchillo se le clavó en la palma y salió por el otro lado.

No sintió dolor por el momento, solo sorpresa. Resistió el impulso de apartar la mano. Si lo hacía, le devolvería el cuchillo a Fisk y le daría una segunda oportunidad. Fisk intentó recuperar la navaja. Barone la agarró. Fue entonces cuando notó el dolor, cada vez más fuerte, como una banda calentando antes del espectáculo, primero un instrumento y después los demás. Barone aguantó. Con la otra mano, agarró a Fisk del pelo. Este lo miró con el ojo lleno de sangre. Barone le levantó la cabeza y la empotró contra el suelo. Las luces se apagaron.

Lo que le preocupaba ahora era la sangre. Si se sacaba la navaja de la palma de la mano, lo mancharía todo de sangre. De modo que se la dejó clavada y volvió a subir las escaleras. Se sacó la navaja poco a poco sobre el lavabo del baño de Fisk. Se aclaró la mano con agua fría y se la envolvió con una toalla lo mejor que pudo. No tenía tiempo para esmerarse.

Lo metió todo en el maletín. El pasaporte, el billete de avión, el dinero, la pistola de Fisk y su navaja. «Tómate tu tiempo. Siempre tienes más tiempo del que tu cuerpo cree».

Barone cerró con llave la puerta tras él. Examinó el lugar del pasillo en el que Fisk se había golpeado la cabeza contra la pared. No había sangre. Bien.

Cambió su bombilla fundida por la que había en el aplique sobre su cabeza, en lo alto de las escaleras. Quien encontrara el cuerpo de Fisk pensaría que el pobre bastardo desgraciado habría tropezado en la oscuridad. Nadie adivinaría cómo había muerto en realidad, ni por qué.

Al pie de la escalera no había ni rastro de su propia sangre. Bien. Dejó el maletín en el asiento trasero del coche. Se incorporó a Old Spanish Trail. Se veía obligado a conducir solo con la mano izquierda, teniendo que pasar el brazo por delante del volante para alcanzar la palanca de cambios. Tenía la mano derecha envuelta en la toalla, apretada entre los muslos.

El dolor seguía, insistente, pero él lo ignoró. Carlos conocía a un tipo allí en Houston, un médico drogata en la parte mexicana de la ciudad. Una inyección, una pastilla y una venda en condiciones. Eso era todo lo que necesitaba. Después estaría listo para su siguiente encargo.

8

Durante casi una hora, Charlotte estuvo como en una nube. Aturdida, casi mareada. «Me marcho. Me he marchado». Las niñas se percataron de su buen humor. Fueron cantando canciones las tres juntas. *On Top of Spaguetti (All Covered with Cheese), The Ballad of Davy Crockett...* y contaron válvulas extractoras de petróleo, caballos, coches con matrículas de otro estado. El perro, con la cabeza apoyada en el regazo de Rosemary, suspiraba satisfecho y se relamía en sueños.

Pero entonces, a medida que se aproximaban a Oklahoma City, la gravedad de lo que había hecho devolvió a Charlotte a la realidad. «Me he marchado». Las alas de cera se derritieron e Ícaro se desplomó.

Divorcio. Hasta aquel día nunca se había imaginado realmente la posibilidad de hacerlo. ¿Quién se imaginaba algo así en un lugar como Woodrow? Conocías a un hombre, te casabas con él y te quedabas con él hasta el día de tu muerte. La clase de mujeres que abandonaban a sus maridos y huían a Reno o a México... esas mujeres vivían en las grandes ciudades, en las páginas de las revistas.

Cuando sus amigas descubrieran lo que había hecho, se quedarían horrorizadas. Todas las personas a las que conocía se quedarían horrorizadas. En definitiva, todos los habitantes de Woodrow.

Se sentía abrumada por todas las preguntas que se le planteaban.

¿Tendría que irse a Reno o a México para pedir el divorcio? ¿Necesitaría un abogado? ¿Cuánto costaría un abogado? ¿Dónde vivirían las niñas y ella? ¿Qué haría para mantenerse?

Habían llegado a la intersección con la autopista 66. No era demasiado tarde para darse la vuelta. Si se daba la vuelta en ese momento, en aquel lugar, llegaría a casa mucho antes de que Dooley regresara por la noche borracho. Ella estaría arropada en su cama, en su vida, como si nada de aquello hubiera ocurrido.

—¿Mami? —dijo Rosemary—. El semáforo está verde.

—Lo sé —respondió Charlotte—. Solo necesito un minuto para pensar.

El coche de atrás tocó el claxon. El hombre que iba al volante agitó el brazo, enfadado. Charlotte tomó la 66 en dirección oeste.

—Vamos a visitar a la tía Marguerite —anunció; el nombre acudió a sus labios casi antes de que acudiera a su cabeza—. En California.

—¿A quién? —preguntaron ambas niñas al unísono.

—A mi tía —explicó Charlotte—. A vuestra tía abuela. La hermana de mi madre.

Por el espejo retrovisor vio que las niñas se miraban la una a la otra. El perro levantó su enorme cabeza para evaluar el súbito silencio y después volvió a dormirse.

—Tienes una tía —dijo Rosemary.

—Sí, por supuesto —respondió Charlotte—. Seguro que os he hablado de ella. La tía Marguerite. Vive en Los Ángeles. En Santa Mónica, junto al océano.

O al menos había vivido allí en algún momento. Se había trasladado a California cuando Charlotte tenía solo seis o siete años y nunca regresó a Oklahoma, ni siquiera de visita. Cada vez que Charlotte le preguntaba a su madre por qué no, esta fruncía el ceño. «No lo sé y no me importa», decía su madre, y se negaba a hablar más del asunto.

Todos los años Marguerite le enviaba una superficial tarjeta de cumpleaños, sin saludo, sin mensaje, solo su nombre escrito apresuradamente, como si tuviera una pila de tarjetas que tuviera que firmar lo más rápido posible.

Cuando la madre de Charlotte murió, cinco años atrás, Marguerite no asistió al funeral. Las tarjetas de cumpleaños habían dejado de llegar mucho antes de aquel momento. La última vez que Charlotte supo algo de Marguerite había sido... no lo recordaba con exactitud. Antes de casarse con Dooley.

Tampoco recordaba bien a Marguerite. Había sido hacía tanto tiempo que sus recuerdos eran esquirlas de cristal que no encajaban para formar un todo. Marguerite vestía de negro. Tenía las manos muy frías y nunca sonreía. Era muy delgada y alta, una cabeza más alta que la madre de Charlotte. Usaba gafas negras con forma de ojo de gato. Una vez le dijo a la madre de Charlotte: «Oh, por el amor de Dios, Dolores».

¿Seguiría Marguerite viviendo en la misma dirección? ¿Seguiría en California? ¿Seguiría viva? De ser así, ¿qué pensaría al ver que una sobrina olvidada tiempo atrás se presentaba en su puerta con dos niñas pequeñas y un perro epiléptico?

Más preguntas. Demasiadas preguntas.

—Vamos a cantar otra canción, ¿de acuerdo? —sugirió.

—Mami —dijo Rosemary—. ¿Cuánto se tarda en llegar a California?

—No estoy segura, pichoncita.

—¿Un día?

—Es como *El mago de Oz* —explicó Charlotte—. Solo hay que seguir el camino de baldosas amarillas.

Charlotte no se paró a pensar en la ironía. La moraleja de *El mago de Oz*, la lección que Dorothy aprendía al final, era que como en casa en ningún sitio.

—Yo quiero ser el espantapájaros —declaró Rosemary—. Joan puede ser el hombre de hojalata o el león cobarde.

—Puede que Joan quiera ser el espantapájaros —dijo Charlotte.

—Joan, ¿tú quieres ser el espantapájaros? ¿No prefieres ser el hombre de hojalata o el león cobarde?

—Puedo ser el hombre de hojalata o el león cobarde —respondió Joan.

—¿Lo ves, mami?

A las nueve en punto pararon para pasar la noche en McLean, Texas. Charlotte no quería seguir conduciendo hasta más tarde y las niñas estaban agotadas. Para entonces había empezado a temer que había tomado la decisión más precipitada y desastrosa de su vida. «Me he marchado». Necesitaba una cara amable, una palabra de aliento.

En su lugar se encontró con una baptista avinagrada tras el mostrador de recepción del motel. La mujer se quedó mirándola. Después miró a las niñas y al perro. Charlotte no pudo decidir por quién sentiría más animadversión aquella mujer.

—No permitimos perros —le informó—. Bajo ninguna circunstancia.

—Lo entiendo —repuso Charlotte.

—Tendrá que dejar al perro en el coche o buscar otro lugar donde alojarse.

—Puede dormir en el coche —dijo Charlotte—. No importa.

—O puede buscar otro lugar donde alojarse —insistió la mujer—. A mí me da igual. Y no permitimos visitas masculinas. Bajo ninguna circunstancia.

«¿No me digas?», pensó Charlotte. Llevaba levantada desde las cinco y media de la mañana y había conducido durante tres horas y media. ¿Acaso tenía aspecto de estar esperando la visita de algún hombre?

—Entendido —respondió.

La mujer le entregó la llave de la habitación, pero agarró el llavero con fuerza. Miró a Charlotte con más desprecio que antes.

—El que se acuesta con perros —declaró— se levanta con pulgas.

Su habitación era pequeña y lúgubre y olía como si alguien hubiese estado cociendo repollo en el cuarto de baño. Sin embargo, a Rosemary y Joan, que nunca habían estado antes en un motel, les resultó fascinante cada detalle de la experiencia; las pequeñas pastillas de jabón, el folleto promocional de las danzas indias de guerra en Tucumcari...

Charlotte se duchó y desenvolvió los sándwiches de restos de rosbif que había cogido de casa. Comieron sentadas con las piernas cruzadas en una de las camas.

—Mami —dijo Rosemary—. Lucky no tiene pulgas.

—No es más que una expresión —le explicó Charlotte.

—¿Qué significa?

—Significa... bueno, imagino que significa que debes elegir sabiamente a tus amigos.

—¿Porque podrían tener pulgas? —preguntó Rosemary—. ¿Y las pulgas podrían saltarte encima y entonces tú tendrías pulgas?

—Algo así —respondió Charlotte—. Sí.

Mientras las niñas se bañaban, Charlotte volvió a ponerse el abrigo, se metió el pelo húmedo por debajo del cuello y llevó la colcha fuera para sacudirle las migas. Dio de comer al perro la mitad de su sándwich y lo paseó por el descampado que había detrás del motel. No le gustaba tener que dejarlo en el coche toda la noche, a oscuras, solo y con frío.

La luz de la recepción estaba apagada y a la amargada baptista no se la veía por ninguna parte. Charlotte no tenía por costumbre quebrantar las normas, pero tampoco tenía por costumbre abandonar a su marido, llevarse a las niñas y marcharse a California. De perdidos al río, decidió.

—Vamos —le dijo al perro—. Deprisa.

El perro la miró indeciso.

—Última oportunidad —le advirtió ella.

Las niñas dijeron sus oraciones, y Charlotte las arropó y las besó en la frente, en la nariz y en la barbilla. El perro ocupó el centro de la otra cama, así que tuvo que empujarlo antes de poder acostarse.

Echó otro vistazo rápido al mapa Esso de carreteras, midiendo las distancias con el pulgar. Había más de mil seiscientos kilómetros desde McLean hasta Los Ángeles. Si partían temprano por la mañana y no paraban demasiado por el camino, llegarían a Gallup, Nuevo México, al anochecer. Pasarían la noche allí y llamaría a tía Marguerite. El martes sería otro día muy largo, otro trayecto muy largo. Pero, si todo iba bien, tal vez llegaran a Santa Mónica a tiempo de ver la puesta de sol sobre el océano Pacífico.

Charlotte apagó la lámpara de la mesilla. Rosemary había empezado a roncar, pero, en la oscuridad, podía oír los pensamientos de Joan.

—¿Qué sucede, cariño? —le susurró.

—¿Vamos a llamar a papi? —preguntó Joan.

—Le he dicho que le llamaríamos mañana. Le he dejado una nota.

—¿Y si no la lee? —preguntó Joan tras pensarlo unos segundos.

—La he dejado donde pueda leerla —respondió su madre.

En la repisa del cuarto de baño, junto a la caja de Alka-Seltzer. Dooley podría pasar por alto la nota cuando llegara a casa esa noche, demasiado borracho para lavarse los dientes, pero Charlotte estaba segura de que iría directo a por el Alka-Seltzer a la mañana siguiente.

Eso pareció satisfacer a Joan. Su respiración se calmó. Charlotte trató de imaginarse la reacción de Dooley cuando leyera la nota, cuando entendiera que las niñas y ella se habían marchado. Trató de imaginar cuál sería su propia reacción si llegara a casa un día y las niñas se hubieran ido. Se sentiría... aniquilada. No quedaría de ella nada para que los cuervos pudieran comer, como decía la Biblia, ni siquiera las palmas de las manos o las plantas de los pies.

Dooley no era el padre más atento del mundo, pero era el padre de las niñas. ¿Qué derecho tenía ella para arrebatarle a Rosemary y a Joan? ¿Qué derecho tenía para alejarlas de todo y de todos los que conocían, de casa y del colegio, de su padre y de sus amigos? Deseaba darles oportunidades que jamás tendrían en Woodrow. Pero ¿estaría destrozándoles la vida en vez de salvársela?

Charlotte oyó el golpe de una puerta de coche al cerrarse en el aparcamiento y después susurros. Volvió a recordar la advertencia de su madre: «Siempre hay una carretera con más baches que la que tú recorres». Se levantó de la cama y se aseguró de que la cadena de la puerta estuviese echada.

9

Guidry sabía que Seraphine esperaría una espantada por su parte. Tendría a alguien esperando a que se bajara de cualquier avión que aterrizara en Miami o en Los Ángeles, de cada tren que llegara a Chicago y a Kansas City, de cada autobús con destino Little Rock, Louisville y Albuquerque.

Tenía que salir del país. México. Centroamérica, tal vez. Pero necesitaba dinero y un pasaporte. Era un mundo muy muy grande. ¿Tan difícil sería desaparecer de la faz de la tierra? Sí, sería difícil si quien te buscaba era Carlos Marcello.

Dolly Carmichael vivía allí, en Houston. Ella tendría muchos contactos locales. Un amigo con un barco, quizá. Tal vez Seraphine pasara por alto a Dolly, dado que llevaba unos cuantos años retirada del negocio. Quizá Dolly no supiese nada.

¿Estaba Guidry dispuesto a apostar su vida por ello? ¿Por Dolly? Reflexionaba sobre aquello mientras esperaba entre las sombras al otro lado de la calle, frente a su casa.

Al final decidió que no. No podía correr riesgos. En algún momento, Seraphine se acordaría de Dolly. Y Dolly le vendería. El corazón humano era carne podrida, pero el de Dolly estaba más podrido que los demás.

De modo que se dio la vuelta. El último autobús de la noche que recorría Scott Street lo dejó en Old Spanish Trail. Una docena de moteles entre los que elegir. Escogió uno con una temática de astronautas.

El recepcionista le entregó la llave de la habitación con un llavero de madera en forma de cohete. ¡Un cohete a la luna! Guidry pensaba que había que mantener el sentido del humor incluso en un momento así.

Durmió como un bebé, pero de esos que se despiertan sobresaltados cada vez que el viento golpea contra la ventana o una mosca pasa volando. Por la mañana se acercó a la mugrienta cafetería situada junto al motel. Pidió un plato de refrito de carne curada con dos huevos fritos encima. «Café solo, por favor, bien caliente, y siga viniendo». El hombre sentado en la mesa de al lado le ofreció una parte de su periódico del domingo. No gracias. Guidry no necesitaba más malas noticias en aquel momento.

Sabía cómo hacer amigos. Ese era su talento, su mayor activo. Con los años, trabajando para Carlos, había invitado a miles de copas y había sobornado a miles de personas, se había reído de miles de chistes malos y había escuchado con una compasión convincente miles de historias dramáticas. Tenía una chica en cada puerto. Una chica y un lavaplatos y un corredor de apuestas y un fiscal del distrito adjunto. Pero ¿a cuál de todos podría pedir ayuda ahora que Carlos la tenía tomada con él? ¿Quién de todos ellos se lo pensaría dos veces antes de venderlo al mejor postor?

Se imaginaba a Tántalo en el infierno, muriéndose de sed, metido en una piscina de agua fría hasta el cuello.

Nada de aviones, ni trenes, ni autobuses. Eso hacía que su siguiente paso fuese sencillo.

—¿Hay algún concesionario por aquí cerca? —le preguntó a la camarera—. Coches de segunda mano, no nuevos.

—¿Por qué no va a comprobarlo usted mismo? —respondió la camarera—. Yo le mantendré el plato caliente.

—Es usted un rayo de sol, ¿verdad?

—Dos semáforos hacia arriba, a la izquierda. ¿No se va a comer eso?

—Tomaré unas tostadas de pan blanco. —Guidry apartó el plato de carne. Su estómago no se había recuperado del día anterior. Tal vez nunca lo haría.

El gran Ed Zingel en Las Vegas. No se le ocurrió ninguna otra opción. Tenía que intentarlo. El gran Ed Zingel. Dios, hasta qué punto había llegado su vida. A Ed le caía bien Guidry. Podía ser generoso si le pillabas de buen humor. Pero lo importante era que Ed odiaba a los hermanos Marcello igual que Carlos odiaba a los Kennedy. Así que, si le daba la oportunidad de joder a Carlos ayudándole a él, no lo dudaría un segundo.

O eso esperaba.

Guidry siempre se había tomado la vida de manera simple: «Vive relajado, que todo te resbale». Aunque últimamente era más fácil decirlo que hacerlo. Sin embargo, no podía permitirse darle muchas vueltas, así de jodido estaba.

El hombre de la otra mesa dejó su periódico. Guidry se fijó en uno de los titulares, un artículo sobre el cirujano que había intentado salvar a Kennedy en Parkland, Dallas. *«NO SUPO LO QUE LE GOLPEÓ», DICE EL DOCTOR DE DALLAS.*

El concesionario de coches usados estaba abierto en domingo. Un vendedor desgarbado se acercó con grandes zancadas. Probablemente Guidry fuese el primer cliente que tenía en todo el fin de semana.

—¿Qué tal? —preguntó el vendedor—. Mi nombre es Bobby Joe Hunt.

—¿Como el Bobby Joe Hunt que juega como lanzador en los Piratas de Pittsburgh? —preguntó Guidry.

—Mejor aún —respondió el hombre.

—No.

—En carne y hueso.

Guidry había visto a Bobby Joe Hunt jugar en los mundiales hacía unos años.

—¿Te retiraste?

—No —respondió Bobby Joe Hunt—. Trabajo aquí al terminar la temporada.

—No os pagan lo suficiente, ¿eh?

—Ni de lejos. ¿En qué puedo ayudarle?

Guidry echó un vistazo y se decantó por un Dodge Coronet de 1957 con los neumáticos desgatados y un hámster dando vueltas en una rueda donde debería haber estado el motor. Quizá no estuviese tan mal. Logró regatearle doscientos pavos. Bobby Hunt negociaba mejor de lo que había lanzado contra los Yanks. Accedió a ponerle unos neumáticos nuevos al Coronet y cambiar los viejos cinturones por otros nuevos.

Guidry regresó conduciendo al motel e hizo la maleta. Se imaginó a Seraphine en su despacho en la autopista Airline. Con las cortinas echadas para bloquear la luz, solo la lámpara del escritorio encendida. Habría estado levantada toda la noche, ya habría hecho todas las llamadas necesarias. Estaría fumando, pensando, imaginándoselo a él. Haciéndose preguntas. «¿Dónde estás, *mon cher*? ¿Dónde crees que vas?».

Había dos rutas posibles para llegar hasta el gran Ed Zingel en Las Vegas: por el norte o por el sur. Tomar la 75 hacia el norte hasta Dallas y después la 287 hasta Amarillo, y de ahí la 66. O seguir la 90 y la nueva interestatal en dirección oeste hasta San Antonio y El Paso. Lanzó una moneda. Carlos era el dueño de todo Texas. Salió cruz. «Hacia el norte, muchacho. ¿Por qué no?».

El centro de Dallas, el domingo por la tarde, era un cementerio. La policía todavía tenía cortada la plaza Dealey, de modo que Guidry tuvo que dar toda la vuelta. A sesenta y cinco kilómetros al este de Amarillo, se detuvo a echar gasolina al Dodge y comprar algo de cena. Un pueblo llamado Goodnight. No le gustó el nombre. Augurios y presagios.

Había una cafetería junto a la gasolinera. Guidry ocupó un asiento en la barra y pidió un filete de pollo frito. Llegó tal y como lo describían: pollo frito troceado y cubierto de salsa de nata para ocultar el crimen. Guidry trató de no pensar en que probablemente nunca volvería a probar una salsa auténtica, o alubias rojas que hubieran estado guisándose en la cazuela a fuego lento durante todo el día. Son curiosas las cosas que a uno le importan, las pequeñas cosas.

—No puedo hacerme a la idea —dijo la camarera cuando le rellenó el café. Era más joven, más amable y más guapa que la camarera de Houston.

—¿Lo de Kennedy? —supuso Guidry—. Oh, es horrible.

La camarera se quedó mirándolo.

—¿No se ha enterado?

—¿Enterarme de qué?

—Esta mañana en Dallas —dijo ella—. Lo de Jack Ruby.

¿Jack Ruby? ¿El que regentaba uno de los clubes de *striptease* más sórdidos de Dallas? ¿El que, siempre que tenía ocasión, se le acercaba e intentaba ganarse su simpatía? ¿Qué tenía que ver Jack Ruby con todo aquello?

—Ha disparado a Oswald —le informó la camarera.

—¿Jack Ruby?

—En todo el estómago —explicó ella—. Cuando llevaban a Oswald abajo, en la comisaría de policía. Se ha acercado y se lo ha cargado de un tiro.

Guidry hizo los típicos aspavientos de sorpresa e inquietud para ocultar su verdadera sorpresa e inquietud. Seraphine había insinuado que Oswald tenía los días contados. Pero esto... ¿En la comisaría de policía? ¿Con Oswald rodeado, imaginaba, por una multitud de policías y periodistas? Era otro siniestro recordatorio que Guidry no necesitaba: Carlos podía alcanzar a cualquiera, en cualquier parte y en cualquier momento.

Se abrió la puerta. Entró un policía y tomó asiento en la barra, a dos taburetes de distancia. Se tocó el ala del sombrero de vaquero, que tenía el mismo color sucio que la salsa de nata.

—*Sheriff*—dijo Guidry devolviéndole el saludo con un movimiento de cabeza.

El policía se estiró. Era un muchacho huesudo con la barbilla hundida.

—Ayudante —aclaró.

—¿Cómo? —preguntó Guidry.

—Soy ayudante, no *sheriff*.

—Mis disculpas. Pero algún día de estos lo conseguirá. Espere y verá.

El policía no sabía si se le permitía sonreír o no. Se concentró en su cuchillo, su tenedor y su servilleta. Guidry había dado solo dos mordiscos a su pollo frito. Primero la noticia de Ruby y ahora un maldito ayudante de *sheriff* sentado a dos metros de distancia.

No podía levantarse e irse, aún no. «Espera un minuto, tómate tu tiempo, da la impresión de ser un hombre relajado y feliz». El policía no tenía razones para sospechar de él, ninguna en absoluto. Era el típico policía que evaluaba con la mirada a un forastero, un hombre de ciudad con traje elegante.

—¿Está de paso? —preguntó el policía.

—Así es. —Guidry le mostró su tarjeta—. Bobby Joe Hunt, Automóviles usados Greenleaf, en Houston. Voy camino de una subasta de coches en Amarillo.

La camarera frunció el ceño.

—¿Un domingo? Qué raro, ¿no? Que celebren una subasta de coches en domingo.

«Muy bien, gracias por tu aportación, cielo», pensó Guidry. «¿Qué haríamos sin ti?».

—Bueno, la subasta es mañana —respondió—. Pasaré la noche en Amarillo porque he oído el rumor de que hay quien llega antes de tiempo.

—No me parece bien que la gente tenga que trabajar en domingo —dijo la camarera—. Deberían estar en la iglesia o en casa con sus seres queridos.

—Eso, eso —contestó Guidry.

El policía examinó la tarjeta.

—Bobby Joe Hunt. Es lanzador de los Piratas. También es de Houston, ¿verdad?

Guidry comió tranquilo. Ni demasiado despacio ni demasiado deprisa. Se dio cuenta de que estaba a punto de cargarse el asa de la taza de café de tanto apretar, así que se relajó.

—Veo que sabe de béisbol, agente —le dijo al policía—. Sí, así es. Pero no es pariente mío, me temo.

—Tengo su cromo de béisbol —dijo el policía—. Tengo todos los cromos de béisbol desde 1957 hasta 1963. Los cromos de Topps. No me interesan los de Fleer. Fleer solo tiene a Ted Williams, y yo no daría ni un duro por tener un cromo de Ted Williams.

—Cómete la cena, Fred, y deja de aburrir a este pobre hombre. —La camarera vio que Guidry casi se había terminado el pollo y le acercó el expositor de los pasteles—. Pastel de nueces pecanas, horneado hoy mismo.

—Vaya, gracias —dijo Guidry.

El policía se giró sobre su taburete para observar a Guidry.

—¿Y dice que está de paso?

—Ya te lo ha dicho, Fred. —La camarera le entregó a Guidry un tenedor limpio para el pastel—. No le haga caso, señor. Suele tardar un minuto en arrancar.

Guidry se giró para mirar al ayudante del *sheriff*.

—Apuesto a que usted también jugaba al béisbol.

—Sí, señor, así es —respondió el joven.

—¿Y se le daba bien?

—Fui tercera base del condado durante dos años seguidos.

—Pregúntele cuántos equipos de instituto tenemos en el condado —dijo la camarera.

—Dios mío, Annabelle —dijo el agente—. Me agotas.

Guidry se había terminado la porción de pastel en cuatro bocados. Dejó su dinero sobre la mesa y se puso en pie. Sin prisa. Había oído una historia sobre Art Pepper; una vez había salido de una comisaría de policía con una bolsa de marihuana en el bolsillo de la americana. Era su héroe.

—Bueno, será mejor que me vaya —anunció Guidry—. Feliz Acción de Gracias por adelantado. Que Dios nos bendiga a todos.

El policía se quedó mirándolo unos pocos segundos más y después se tocó el ala del sombrero.

—Nos vemos —dijo.

La llanura, erosionada, curtida e interminable. Como si Dios hubiera querido ponerse con ello durante la Creación, pero se hubiese quedado sin energía. A treinta kilómetros a las afueras de Goodnight, con el sol dorado y rojo en el horizonte, Guidry empezó a relajarse después de su encuentro con el agente de policía. No debería haberse preocupado.

Un kilómetro después, vio el coche patrulla que se acercaba a toda velocidad por el espejo retrovisor, con la sirena y las luces encendidas.

10

Hasta casi medianoche, Barone no terminó con el doctor mexicano drogata amigo de Carlos, de modo que tuvo que quedarse a pasar la noche del sábado en Houston. No durmió mucho. La mano que le había atravesado la navaja no paraba de despertarlo, palpitando, recordándole que seguía herido. «No te preocupes, lo recuerdo». El doctor le había dado pastillas para el dolor, pero no hacían mucho efecto. Barone se tomó el doble de lo que le había ordenado el médico y apenas notaba la diferencia. Pensaba que podían ser de azúcar y que el médico se había quedado las buenas para él.

El doctor le había asegurado que era muy afortunado. No parecía que la navaja hubiera seccionado tendones ni nada demasiado importante. El médico se metió una raya de cocaína antes de empezar a coserle la herida. Le explicó que la droga le ayudaba a calmar los nervios. Dijo que su padre también había sido médico y que, una vez en Chihuahua, le había extraído una bala de la pierna al bandolero Pancho Villa. Barone le dijo al médico que se callara y prestara atención a lo que estaba haciendo. El doctor dijo que el infame compadre de Villa, Rodolfo Fierro, estuvo presente durante toda la operación apuntando a su padre a la cabeza con una pistola. Rodolfo Fierro, que después sería conocido como el Carnicero.

Barone le preguntó al médico si debería apuntarle él a la cabeza, que si eso le ayudaría a prestar atención. El doctor se rio.

—No, no, amigo —dijo antes de meterse otra raya.

El domingo por la mañana, Barone regresó en coche al aeropuerto. Su vuelo no salía hasta la una. Estaba deseando llegar a casa. En Nueva Orleans podría ir a un médico de verdad que no fuera un curandero. El médico de Carlos en Nueva Orleans tenía una elegante consulta en Canal Street. Vivía en una mansión en Garden District y montaba en carroza en el Mardi Gras. Él le daría las pastillas buenas de verdad.

Entró al lavabo y miró debajo de la venda. Los puntos de la mano parecían estar bien. Había dos grupos de puntos. Unos en la palma y otros en el dorso.

En la terminal encontró un asiento que no estaba lejos de la única televisión disponible y vio a Ruby disparar a Oswald. Los policías redujeron a Ruby inmediatamente después. Nunca tuvo oportunidad de escapar estando en medio de la comisaría de policía.

Ruby debía de saber que no tenía ninguna oportunidad de escapar. ¿Por qué lo hizo entonces? ¿Qué hacía que un tipo accediera a ir a la silla eléctrica en tu lugar? Carlos debía de haberlo asustado con algo mucho peor que la silla eléctrica.

Pocos minutos antes de embarcar, un tipo se sentó junto a él. No se giró para mirarlo.

—Llámala —dijo el hombre—. Ahora mismo.

Se puso en pie y se alejó. Barone se levantó y caminó hasta el teléfono de pago.

—Te pedí que llamaras anoche —dijo Seraphine.

—No llamo a no ser que haya un problema —respondió Barone—. No hubo ningún problema.

—Se suponía que debías alojarte en el Shamrock.

—¿Por qué necesitas saber dónde me alojo?

Oyó el sonido de una cerilla al encenderse.

—Ha habido un cambio de planes —le explicó Seraphine.

—Para mí no. Yo me voy a casa.

—Necesitamos que te quedes en Houston.

Barone vio que la azafata de su vuelo salía, se ajustaba el casquete y sonreía a la gente que esperaba junto a la puerta. «Billetes, por favor». Barone apoyó la mano herida en lo alto de la cabina. La palpitación disminuyó durante unos segundos.

—Sé que eres un hombre muy ocupado, *mon cher* —le dijo ella—. Sé que debes de estar muy cansado, pero el deber te llama.

—Estoy a punto de subirme al avión —respondió él.

—He dicho que lo siento.

—No lo has dicho. ¿Carlos necesita que me quede en Houston? ¿O eres tú?

—Carlos está echándose una siesta —dijo Seraphine—. ¿Le despierto para que puedas hablarlo con él?

«Zorra».

—¿De quién se trata?

—Frank Guidry. ¿Lo conoces?

—Lo he visto por ahí —respondió Barone—. No sabía que él estuviese en la lista.

—Se suponía que Remy debía encargarse del asunto —explicó ella—, dado que tú estabas ocupado. Se suponía que debía recogerlo en el Rice anoche, pero nuestro amigo no apareció. Eso dice Remy.

Parecía que Seraphine estaba pensando lo mismo que pensaba Barone. Remy estaría intentando salvar el culo. Era tonto como un ladrillo y lo más probable era que hubiese espantado a su objetivo. Al menos eso le proporcionaba a Barone un lugar por donde empezar.

—Quiero que quede absolutamente claro —dijo Seraphine—. Es un tema de máxima prioridad.

«Porque la jodisteis y usasteis a Remy en vez de a mí». Pero Barone no lo dijo. Seraphine ya lo sabía. Sabía que Carlos ya lo sabía también. Bien. Quería hacerla sudar.

—¿Lo entiendes, *mon cher*? —preguntó ella.

—¿Guidry está casado? —preguntó Barone.

Si Guidry estaba casado, su trabajo sería fácil. Encontrar a la esposa, esperar a que Guidry la llamara. Guidry llamaría en algún momento; el marido siempre llamaba. Y entonces Barone sostendría el teléfono cerca de la boca de la mujer. Permitiría que Guidry imaginase lo que le había ocurrido hasta el momento. Le permitiría imaginar lo que le sucedería después si no acudía corriendo a casa.

—No está casado —respondió Seraphine.

—¿Exmujer? —preguntó Barone—. ¿Novia? ¿Hermano o hermana?

—Nadie.

—¿Cuánta gente tienes vigilándolo aquí en el aeropuerto?

—Dos personas, desde anoche. Otras dos en la estación de tren y dos más en la terminal de autobuses del centro. Y he informado a todos los de la organización.

—Necesitaré un coche nuevo —dijo Barone.

—El Pontiac negro que hay al final del aparcamiento.

Barone regresó en coche al centro. El recepcionista del hotel Rice le dijo que el turno de noche comenzaba a las cuatro. Barone esperó en el bar. Se tomó las dos últimas pastillas con un vaso de cerveza fría.

El jefe de botones del turno de noche, con sus hombreras y su fila doble de botones de latón, dijo que sí, que conocía al hombre del que Barone estaba hablando. Un tipo guapo, bien vestido, de pelo oscuro y ojos claros. Sí, lo había visto la noche anterior. En torno a las ocho, atravesando el vestíbulo aceleradamente, como si le persiguiese el mismo demonio.

Barone estaba en lo cierto. Remy la había fastidiado con Guidry. «Hasta la vista, Remy, fue un placer conocerte».

—¿Se subió a un taxi? —le preguntó al jefe de botones.

—No quiso esperar.

—¿En qué dirección se marchó?

Barone se acercó hasta la esquina de Fannin Street. Miró a izquierda y derecha. A dos manzanas de distancia hacia el sur se hallaba el Texas State Hotel. Allí era donde él iría si le persiguiese el mismo demonio y tuviese que tomar un taxi a toda prisa.

El primer taxista con el que habló frente al Texas State Hotel no sabía nada. El segundo taxista le envió al tercero.

—Sí —respondió el tercer taxista—. Lo llevé al aeropuerto anoche.

—¿Está seguro de que era él? —preguntó Barone.

—Sí, estoy seguro. Lo recuerdo porque me dio una propina de cinco dólares por una carrera de un dólar.

Así que Guidry había tomado un taxi al aeropuerto y se había subido en el primer avión para salir de Houston. Los espías de Seraphine debían de haberlo pasado por alto. Pero ella podría averiguar qué vuelo había tomado y hacia dónde se dirigía.

—¿A qué hora le dejó en el aeropuerto? —preguntó Barone—. ¿A qué hora exacta?

—Dios, no lo sé. Déjeme pensar. A las ocho y media o así.

«Pero, un momento», se dijo Barone. «Retrocedamos. Guidry dejó una propina de cinco dólares por una carrera de un dólar». Eso era mucha propina. O Guidry era tonto, o era listo. Claro que el taxista recordaría una propina así de generosa. Tal vez Guidry quería que el taxista se acordara de él.

—¿Le vio entrar? —preguntó Barone.

El taxista parecía confuso.

—¿Cómo?

—¿Le vio cruzar la puerta y entrar en la terminal?

—¿Por qué no iba a entrar? —preguntó el hombre—. No sé. No me quedé. No te permiten quedarte parado después de dejar a un pasajero. Tienes que tener un permiso para esperar en la fila de recogida.

Barone utilizó el teléfono de pago del vestíbulo del hotel para llamar a Seraphine.

—Que uno de tus chicos del aeropuerto pregunte en la fila de taxis y averigüe si tomó un taxi de vuelta a la ciudad anoche —le dijo.

—¿Un taxi de vuelta desde el aeropuerto? —preguntó Seraphine.

—Eso es lo que he dicho.

Ella no hizo más preguntas. Veinte minutos después le volvió a llamar.

—Un taxista dice que quizá —le dijo—. No está seguro.

—¿Dónde dejó al pasajero? —preguntó Barone.

—En la esquina de Lockwood y Sherman.

Un barrio de viejas casas victorianas al sureste del centro. Barone parecía estar acercándose a algún lado.

—¿Estás seguro de ello, *mon cher*? —le preguntó Seraphine—. Hay un vuelo que salió con destino Miami a las nueve en punto, así que...

—¿Es listo? —preguntó Barone—. Guidry.

—Sí.

—Entonces sigue en Houston. ¿Quién de aquí le debe un favor?

Ella lo pensó unos instantes.

—Ah.

—¿Quién?

—Dolly Carmichael vive en Second Ward. Antes llevaba los clubes de Vincent Grilli, hasta hace un año o dos.

Seraphine le dio su dirección, en Edgewood, a diez minutos andando desde la esquina de Lockwood y Sherman, donde el taxista del aeropuerto había dejado a su pasajero. Barone anotó la dirección y colgó. Salió del hotel y miró a su alrededor. Un chico de color, muy delgado, estaba esperando en la parada de autobús del otro lado de la calle. Barone se acercó.

—¿Sabes conducir? —le preguntó.

—Joder —respondió el muchacho—. Que si sé conducir.

Si Barone seguía manejando el volante, la palanca de cambios y el intermitente con la mano izquierda, que era su mano sana, tarde o temprano acabaría estrellando el Pontiac contra un muro.

—Te daré un dólar si me llevas a Second Ward —le dijo al chico—. Tengo coche.

—Joder. Me dará un dólar.

—Dos dólares. Lo tomas o lo dejas.

El chico se incorporó y puso cara de fastidio. Pesaría unos cincuenta y cinco kilos y no tendría más de dieciséis años.

—Yo no hago nada de eso —dijo el muchacho—. Se lo digo desde ya. Si eso es lo que busca.

—Quiero que me lleves hasta Second Ward —repitió Barone—. Eso es lo que busco. ¿Cuántos años tienes?

—Dieciocho.

Mentira.

—Vamos.

—¿Qué le ha pasado en la mano? —preguntó el chico.

—Me la corté cuando me afeitaba las palmas. Vamos.

El muchacho sabía conducir, más o menos. Barone se aseguró de que no superase el límite de velocidad, pusiera el intermitente en cada giro y se detuviera en los semáforos. Aparcaron en la calle de las señas de Edgewood.

Era una vivienda victoriana de dos plantas, pintada de azul y con molduras blancas. El jardín y los maceteros estaban llenos de flores, sin demasiadas malas hierbas. En la casa de al lado, amarilla con molduras blancas, había una mujer mexicana sentada en el porche, meciendo en brazos a su bebé.

—Mexicanos —comentó el muchacho.

—¿Qué tienes en contra de los mexicanos?

—Joder. ¿Que qué tengo en contra de los mexicanos?

—Dímelo. ¿Qué te ha hecho a ti un mexicano?

—Nada —respondió el chico—. ¿Eres mexicano? No lo pareces.

—No, no soy mexicano —respondió Barone—. ¿Qué tiene eso que ver?

Pocos minutos más tarde, el bebé del porche de al lado se quedó dormido y la mujer volvió a entrar en casa. La vivienda de Dolly Carmichael estaba a oscuras, salvo por una luz encendida en el piso superior. Barone le dijo al muchacho que le esperase allí.

Un enorme olmo ocultaba la puerta lateral de Dolly desde la calle. Barone forzó la cerradura. Tenía la cadena echada, pero él llevaba una goma en la cartera. Metió la mano por el hueco de la puerta, enganchó un extremo de la goma en el picaporte y el otro en el botón que había al final de la cadena. Giró el picaporte. Así de fácil. La cadena quedó suelta.

Dolly estaba en el dormitorio de delante, quitándose los pendientes. Se volvió y, al verlo, no gritó. Barone se llevó un dedo a los labios de todos modos y cerró la puerta tras él sin hacer ruido.

—Siéntese —le ordenó.

Ella se sentó al borde de la cama.

—¿Puedo ponerme una bata, por favor?

—No —respondió él. Era mayor de lo que había imaginado. Rondaría los setenta años. Una vieja de ojos brillantes—. ¿Dónde está?

—¿Perdone? —dijo ella.

—¿Dónde está?

—¿Quién?

Se acercó y se sentó junto a ella.

—¿En qué dormitorio? ¿En el lado izquierdo o derecho del pasillo?

—No hay nadie en la casa, salvo yo —respondió ella—. Vaya a verlo usted mismo.

—Dígamelo.

—No le tengo miedo.

Barone ya había oído eso antes. Aunque solo al principio, nunca al final. Le tocó el lóbulo de la oreja, justo donde tenía el agujero. Ella intentó no estremecerse. El viejo que le había enseñado a Barone los trucos del negocio le dijo en una ocasión: «El miedo al dolor es más poderoso que el dolor en sí». Después le guiñó un ojo y añadió: «A no ser que sepas lo que estás haciendo».

En una mesita situada en un rincón había un gramófono portátil y una pila de discos. El álbum que había encima de todos era *'Round About Midnight*. La primera canción del disco era *'Round Midnight*.

—¿Le gusta Miles Davis? —preguntó Barone.

—Acabe de una vez o márchese de mi casa —respondió ella.

Barone estuvo a punto de preguntarle si creía en Dios. Probablemente diría que no. ¡Ya! Era posible que él sí creyera. No en un Dios de barba blanca. Pero, si la vida era color, ruido y dolor, debía de haber un respaldo para todo aquello, un lienzo para tanta pintura. El viernes por la noche había escuchado al viejo de Nueva Orleans tocar *'Round Midnight*. Lo que le hizo pensar en aquella fiesta de Navidad en el Mandina's, que, ahora que lo pensaba bien, era la primera vez que había visto a Frank Guidry. Y allí estaba otra vez esa canción, la versión de Miles Davis, en el dormitorio de la vieja.

—Ha estado aquí —dijo él—. ¿Dónde ha ido?

—¿Quién ha estado aquí, por el amor de Dios?

—Guidry.

El desconcierto de la mujer fue auténtico. Se dio cuenta. No había más que fijarse en la frente, en el ceño fruncido, en los labios apretados. Esa era otra de las cosas que le había enseñado aquel anciano.

—¿Frank Guidry? ¿Se refiere a Frank Guidry?

—Puede ponerse la bata —respondió Barone, poniéndose en pie.

—Santo Dios —dijo ella—. Ni me acuerdo del tiempo que hace que no veo a Frank Guidry. Por lo menos tres años.

Barone registró las habitaciones, solo para asegurarse. Cuando regresó, la mujer estaba sirviéndose un *whisky*. Le temblaba la mano y el licor se salía del vaso.

—¿Tiene una aspirina? —le preguntó él.

—En el baño. En el armario de las medicinas.

Se tomó cuatro aspirinas y un poco de *whisky*.

—¿Tiene idea de hacia dónde se dirige? Carlos agradecería su ayuda.

—Supongo que intentará salir del país —respondió ella.

Él también lo suponía.

—¿Quién le debe un favor?

La mujer se rio, esparciendo un sonido como el de una roca que rompe otra roca.

—¿A quién le ha hecho Frank Guidry un favor en su puñetera vida?

Barone se dispuso a marcharse.

—Espere —dijo ella.

—¿Qué?

—Debería ir a ver al doctor Ortega por lo de su mano. Vive ahí, en Navigation Boulevard.

—Ya he estado —respondió Barone.

Llamó a Seraphine desde la cabina que había en Scott Street.

—Guidry no ha acudido a Dolly Carmichael —le dijo—. Es listo.

—No pasa nada, *mon cher* —respondió Seraphine—. Tengo buenas noticias. Tienes un largo camino por delante.

—¿Dónde voy? —preguntó él.

—Goodnight, Texas.

—¿Cuál es la buena noticia?

—Lo que una vez se perdió —dijo ella— ha vuelto a aparecer.

11

El coche patrulla aparcó detrás de Guidry. De dentro salió un policía mayor con sombrero vaquero. El *sheriff* de «Mitad de ninguna parte», Texas. Se movía con rigidez, como si acabara de bajarse de un caballo. Fred, el ayudante que estaba en la cafetería, se colocó al otro lado del coche de Guidry, con una escopeta en los brazos.

Guidry bajó la ventanilla.

—Buenas tardes, *sheriff.*

El *sheriff* se agachó y observó el interior del vehículo. Llevaba un bigote francés canoso que le tapaba casi toda la boca y parte de la barbilla. Miró a su ayudante.

—Creo que tienes razón, Fred.

—Hola, Fred —dijo Guidry saludando al ayudante, que levantó una mano de la culata de la escopeta para devolverle el saludo, pero en su lugar decidió rascarse la nariz—. ¿En qué puedo ayudarle, *sheriff*? ¿Iba demasiado deprisa?

Guidry rezó para que se tratase de la típica extorsión habitual. El urbanita que pasa por el pueblo; lo paras, le vacías la cartera y dejas que se vaya. Pero, si el *sheriff* trabajaba para un hombre que trabajaba para un hombre que trabajaba para Carlos, si se había corrido la voz para que estuviesen atentos a aquel urbanita en particular...

—¿Lo eres? —le preguntó el *sheriff* a Guidry.

—¿Que si soy qué?

—La espina de los Proverbios que se clava en la carne. La mosca en la sopa. El tipo que causa problemas.

Justo las palabras que Guidry no quería oír. Pero siguió sonriendo. A la desesperada, podría decirse.

—Me llamo Bobby Joe Hunt —respondió—. Vendo coches de segunda mano en Houston. Me gustaría que me dijera a qué viene todo esto, *sheriff*.

—Salga del coche, hijo —dijo el *sheriff*—. Las manos donde pueda verlas.

—Claro.

—Billetera. Póngala aquí. —El *sheriff* revisó la cartera de Guidry—. ¿Dónde está su carné de conducir?

«Hecho trizas y enterrado bajo un montón de basura dentro de un cubo metálico detrás del hotel de Houston».

—¿No está ahí? —preguntó Guidry—. Debería estar. Y una tarjeta. Mi nombre es Bobby Joe Hunt. Como ya le he dicho, soy de Houston y voy de camino a Amarillo para una subasta de coches. Pregúntele a Fred.

El *sheriff* tiró la tarjeta y sacó la pistola de su funda.

—Dese la vuelta —le ordenó—. Las manos en la espalda.

A Guidry le enfurecía que su final hubiese llegado tan rápido. Menos de veinticuatro horas de libertad, eso era lo mejor que había podido hacer. Y le enfurecía que su final se produjese de esa forma, en aquel lugar, a manos de un *sheriff* paleto, en las llanuras de Texas, un lugar tan feo que ni siquiera una gloriosa puesta de sol podía compensarlo.

El *sheriff* lo esposó y lo cacheó.

—Fred —le dijo al ayudante—. Conduce su coche y síguenos hasta la comisaría.

El *sheriff* iba silbando mientras conducía. Guidry no reconocía la melodía. Podría intentar dar una patada al asiento delantero. Dar una patada y rezar para que el *sheriff* se saliese de la carretera. Pero ¿entonces qué? Incluso aunque el *sheriff* se abriese la cabeza y él no, seguiría esposado y atrapado. El ayudante iba detrás de ellos, a treinta metros de distancia, con la escopeta.

—Creo que son los Corintios, *sheriff*, no los Proverbios —dijo Guidry—. La espina en la carne de Pablo que ha mencionado antes.

—Creo que tiene razón —respondió el *sheriff*.

—Si la memoria no me falla, la espina era un mensajero de Satán, enviada para atormentar a Pablo cuando se volvió demasiado engreído.

El *sheriff* siguió silbando y conduciendo.

—Se ha equivocado de hombre, *sheriff* —le dijo Guidry.

—Si es así —respondió el *sheriff*—, le ofreceré mi más sincera disculpa y un apretón de manos.

La comisaría de policía de Goodnight era solo una habitación. Paneles de madera falsa en las paredes y suelo de linóleo color verde vomitivo. En la pared, detrás del mostrador, había una docena de cuadros enmarcados. A través de los barrotes de la celda, Guidry los veía todos. Un faro, un puente cubierto en otoño, patos en un estanque. Dos versiones diferentes de la Última Cena, una con el Espíritu Santo detrás de Jesús y otra sin él.

—Tengo que ir al otro lado de la calle a hacer una llamada, Fred —dijo el *sheriff*—. Mantén vigilados a los comanches.

—Sí, señor —respondió el ayudante.

¿Cuánto tiempo le quedaría a Guidry? El *sheriff* llamaría a quien tuviera que informar en Dallas. Se correría la voz sobre él hasta llegar a Seraphine, en Nueva Orleans. En cuanto descubriera que estaba en Goodnight, enviaría a alguien *tout de suite*.

—Fred —dijo Guidry.

Nada.

Era posible que Seraphine tuviera a alguien en Dallas. Pero lo más probable era que su sicario estuviera ahora en Houston, a ocho horas de camino. ¿Qué hora era? Las siete y media. Supongamos que Seraphine se enteraba de su paradero a las diez de la noche.

Las seis de la mañana del día siguiente. Ese era el plazo al que se enfrentaba Guidry. Tic, tac.

—A Annabelle, la de la cafetería —le dijo al ayudante—, creo que le gustas. ¿Por qué si no iba a fastidiarte tanto?

Nada.

—¿A quién se suponía que debías estar buscando, Fred? ¿A un pez gordo de la mafia de la ciudad? Yo ni siquiera soy italiano, lo juro por Dios. Soy cajún francés con algo de irlandés, un chico de campo como tú, de Ascension Parish, Luisiana. Un pueblecito llamado St. Amant. Apuesto a que nunca has oído hablar de él. Yo era parador en corto en el equipo de mi instituto.

Había alterado un poco la verdad. Guidry había sido amigo del parador en corto del equipo del instituto.

—¿Qué más te ha contado el *sheriff*, Fred? —preguntó Guidry—. ¿Que soy un fugitivo en busca y captura? ¿Que unos tipos del FBI van a venir aquí a buscarme?

El ayudante del *sheriff* se levantó, se acercó al dispensador de agua y llenó un vasito de papel. Se bebió el agua, arrugó el vaso con el puño y volvió a sentarse.

—Pregúntate una cosa, Fred. ¿Por qué ha ido el *sheriff* al otro lado de la calle a hacer una llamada cuando hay un teléfono justo delante de ti, en la mesa? ¿Por qué no quería que oyeras lo que tuviera que decir?

El ayudante apoyó los pies en el escritorio y bostezó.

—Soy un testigo federal, Fred —insistió Guidry—. Es la mafia la que me quiere ver muerto. Los tipos que se presenten aquí dentro de unas horas no serán del FBI. No necesitas mi palabra. Espera y verás.

—¿Sabe una cosa? —preguntó el ayudante.

—¿Qué?

—Me da igual si le gusto o no —respondió el muchacho—. No daría ni un duro por meterle la polla a Annabelle Ferguson.

Pocos minutos más tarde, el *sheriff* regresó de hacer su llamada. Envió al ayudante a casa a pasar el fin de semana, preparó una cafetera y se sentó detrás de la mesa. Guidry examinó su celda. Una ventana en lo alto, poco más que una rendija. No lograría colarse por ahí, incluso aunque lograra arrancar la malla metálica clavada a la escayola.

—No insultaré su inteligencia, *sheriff*—dijo.

—Se lo agradezco.

El *sheriff* había alineado una docena de botecitos de pintura delante de él. Abrió uno y mojó el pincel.

—No le envidio —dijo Guidry—. Está en apuros, ¿verdad?

El bigote francés del *sheriff* se movió con sorpresa, pero él no levantó la mirada de su dibujo.

—¿Lo estoy?

—Sabe que esto tiene que ver con lo que le ha ocurrido a Kennedy.

El *sheriff* siguió sin levantar la mirada, pero, por un momento, la mano que sostenía el pincel dejó de moverse.

—Yo no sé nada de eso.

—Sabe que Oswald no pudo disparar de ese modo —dijo Guidry—. Una persona cualquiera no podría realizar un disparo como ese. Desde seis pisos de altura, con un blanco en movimiento, árboles de por medio. Pum, pum. ¿Dos veces en la diana? Se necesita a un profesional para ese trabajo.

—Le aconsejo que duerma un poco si puede —dijo el *sheriff*—. Si quiere otra manta, se la traeré.

—Sin embargo, ese profesional —continuó Guidry—, después de apretar el gatillo, dejó de ser una solución. Se convirtió en un problema. ¿No es verdad? Para la gente que lo contrató. Usted entenderá por qué.

El *sheriff* no dijo nada. Apoyó el pincel en un bote de pintura para poder masajearse los dedos.

—La gente que lo contrató tenía que solucionar el problema —dijo Guidry—. Usted es la solución. Al menos hasta que me entregue. Y adivine en qué se convertirá entonces.

Guidry medía cada palabra y dejaba que los minutos se arrastraran despacio. Había que saber cuándo tirar de la cuerda. Todos los chicos de Ascension Parish aprendían a pescar cuando eran pequeños.

El *sheriff* era un hombre listo, o al menos eso esperaba Guidry. Listo, pero no demasiado. Esa era su única oportunidad. Las probabilidades de acierto eran una entre mil.

Pasó una hora. Dos. Estaba quedándose sin tiempo.

—Maldita sea, lo he vuelto a hacer. —El *sheriff*, que seguía pintando, mojó la esquina de una servilleta en la taza de café y humedeció el lienzo—. Parece que, cuanto más cuidado tienes, más errores cometes.

—Le matarán —dijo Guidry—. Solo dígame que lo entiende y me callaré. Sabe usted demasiado, *sheriff*. Es usted una carga, igual que yo.

—Esa es su opinión —respondió el hombre.

—¿Hace cuánto que Carlos le compró?

—Yo no lo veo así.

—Claro que no —respondió Guidry—. Solo un poquito de trabajo extra. Solo una pequeña criba y nadie resulta herido. ¿Qué tiene de malo?

—¿Se ha decidido por lo de la manta extra? —preguntó el *sheriff*—. Dentro de poco hará frío.

—Le matarán, irán a buscar a Fred y lo matarán —dijo Guidry—. Si está usted casado, matarán también a su esposa, si acaso le ha contado algo. No puede culparlos por ser rigurosos, hay mucho en juego. Probablemente maten a esa chica que trabaja en la cafetería. ¿Annabelle? Cuando descubran lo que sabe. ¿Su esposa es guapa? Espero que no. ¿Quiénes se cree usted que son esas personas, paleto estúpido? ¿Qué le hizo pensar que podría venderles una parte de su alma y no toda?

La mano del *sheriff* había dejado de moverse otra vez. Pasado un minuto, dejó el pincel y empezó a tapar todos los botes de pintura, uno a uno.

—Hay una salida, *sheriff* —continuó Guidry—. Puedo mostrársela.

—Duerma un poco, hijo —dijo el *sheriff*.

—¿Para quién trabaja en Dallas? ¿Para Howie Fleck? Llame a

Howie Fleck y dígale que ha cometido un error, que resulta que su ayudante detuvo al hombre equivocado. Que se presentó aquí su esposa, que había venido desde Amarillo, y se lo llevó a casa, falsa alarma.

El *sheriff* puso las botas encima de la mesa, se recostó en su silla y se cubrió la cara con el sombrero.

—Un momento, tengo una idea mejor —dijo Guidry—. ¿Conoce a alguien de por aquí que se parezca a mí? Altura y color de piel. No tiene que ser perfecto, solo a grandes rasgos. Que sus hombres vean con sus propios ojos que ha cazado usted al hombre equivocado. Dígales: «Perdón por las molestias, chicos. Hombre prevenido vale por dos».

El *sheriff* no se movió. Guidry se estiró sobre el catre. «Espera y verás». Eso era lo único que podía hacer. Había jugado sus cartas, un discurso maravilloso. Los dados resbalaron de sus dedos y rodaron por el fieltro.

Trató de dejar la mente en blanco. Sócrates, la noche antes de que llevaran la cicuta. En la India, según había leído en alguna parte, ciertos chamanes y *sadhus* podían ralentizar su respiración, hacer que el corazón les latiera más despacio, de manera casi imperceptible. Quizá él también pudiera lograrlo. Cuando llegaran los hombres de Seraphine, pensarían que ya estaba muerto.

¿Sócrates o Sófocles? Guidry siempre se hacía un lío con sus muertes. A uno le obligaron a beber veneno y el otro murió mientras intentaba recitar una poesía increíblemente larga sin tomar aire. Uno de sus amigos le había retado.

Se preguntó qué haría cuando el *sheriff* lo entregara por la mañana. Trataría de alcanzar la pistola que llevaba enganchada a la cintura. Sería inútil, pero no permitiría que los hombres de Seraphine lo capturasen con vida, no si podía evitarlo.

Oyó el crujido del linóleo y abrió los ojos. Debía de haberse quedado dormido. Se preguntó cuánto tiempo habría estado allí tumbado. El *sheriff* estaba de pie al otro lado de los barrotes.

—¿Cuándo cree que llegarán? —preguntó el hombre.

Guidry se incorporó y miró el reloj. Eran las cinco de la mañana del lunes.

—Más o menos en una hora.

El *sheriff* abrió la celda y le devolvió la cartera y las llaves del coche.

—Váyase.

—Buena suerte, *sheriff* —le dijo Guidry.

—Váyase al infierno —respondió el *sheriff*.

Guidry condujo durante toda la mañana, hacia el oeste de Tucumcari, Nuevo México, con el granizo golpeando los cristales del coche. Pasó frente a un coche averiado a un lado de la carretera; junto a él había una mujer empapada y, en su interior, dos niñas que miraban por la luna trasera.

No aminoró la velocidad. «Lo siento, hermana». Él tenía sus propios problemas y no quería cargar con los de los demás.

12

El lunes por la mañana, Charlotte y las niñas abandonaron McLean poco después del amanecer. Cerca de Amarillo comenzó a llover con suavidad, luego con más fuerza, y después con tanta intensidad que los faros de los coches que se aproximaban en dirección contraria ondeaban como la llama de una vela. La lluvia parecía proceder de todas direcciones a la vez, de delante, de atrás y de abajo, pues el agua que salpicaba en la carretera golpeaba con fuerza el suelo bajo sus pies.

Cuando pararon a echar gasolina, el gasolinero la miró con lascivia mientras comprobaba el aceite. Desenfundó la vara metálica y fingió deslizar la lengua por ella. Charlotte se quedó mirándose las manos, que reposaban sobre su regazo. Gracias a Dios, las niñas estaban ocupadas trazando su recorrido sobre el mapa.

Le entregó al hombre un billete de cinco dólares para la gasolina. Él le devolvió el cambio y siguió mirándola lascivamente. Ella no sabía qué decir.

—Gracias —le dijo.

Estaba temblando mientras se alejaban. «No pasa nada», se dijo a sí misma. «Todo saldrá bien».

Poco después de cruzar la frontera entre Texas y Nuevo México, la lluvia se convirtió en granito y el asfalto brillaba como si fuese cristal, y, cuando llegó una curva inesperada en la carretera, se fueron a la cuneta.

Sucedió muy deprisa. Charlotte sintió que el coche flotaba y perdió el control del volante. Joan se estrelló contra Rosemary, que a su vez chocó contra el perro, que se despertó y ladró una vez con incertidumbre.

La cuneta no era profunda, solo medio metro, pero el coche había caído de culo. Lo único que Charlotte podía ver a través del parabrisas era el largo capó gris del vehículo y un cielo vacío casi del mismo color. El motor había muerto y el silencio resultaba electrizante.

—¿Estáis bien? —les preguntó a las niñas.

—¿Qué ha pasado? —preguntó Rosemary.

—¡Niñas! ¿Estáis bien?

—Sí —respondió Rosemary.

—¿Joan?

—Sí.

Las niñas treparon al asiento para poder mirar fuera. Estaban sonrojadas y emocionadas.

—¡Hemos tenido un accidente de coche! —exclamó Rosemary.

Charlotte abrió su puerta de un empujón. Trepó por la cuneta para inspeccionar la situación. Tenía mal aspecto. El coche parecía estar atrapado, con los neumáticos traseros hundidos en el barro y los delanteros suspendidos a casi medio metro del suelo, girando perezosamente.

«Toma aliento. Todo saldrá bien».

—¿Estamos atascadas, mami? —preguntó Rosemary.

—Esperad aquí —dijo Charlotte—. Poneos los abrigos y acurrucaos junto a Lucky. Fingid que es un simpático oso del bosque.

Los coches salpicaban al pasar, uno detrás de otro, sin ni siquiera aminorar. Charlotte se quedó junto a la carretera y acabó calada hasta los huesos, temblorosa. Volvió a tomar aire. Era la una de la tarde y estaban en plena autopista. Alguien acabaría por parar. Según el mapa, el próximo pueblo, Santa María, Nuevo México, estaba a pocos kilómetros de distancia.

Por fin apareció una grúa, frenó y se detuvo en el arcén. Reparaciones Santa María. Un mecánico impávido se bajó de la camioneta. Examinó el coche desde varios ángulos, masculló unas cuantas veces y negó con la cabeza. Se sacó el tabaco de mascar del carrillo y lanzó aquella pasta oscura y brillante a la carretera.

—No es su día de suerte —comentó.

Charlotte tenía tanto frío que habían empezado a castañetearle los dientes. Siempre había pensado que no era más que una manera de hablar, lo del castañeteo de los dientes.

—¿Puede sacarnos? —le preguntó.

—La gente siempre toma esa curva a demasiada velocidad —contestó él—. Eso me da trabajo.

—¿Puede sacarnos?

—Quince dólares.

No podía estar hablando en serio.

—¿Quince dólares?

—Dígamelo si encuentra un precio mejor. —El hombre se dio media vuelta y empezó a caminar hacia su camioneta.

—Espere.

El mecánico dio marcha atrás con la grúa y enganchó el coche a la cadena. Puso en marcha el motor y el coche comenzó a oscilar. Por fin salió del barro con un sonido de succión.

Charlotte vio que el guardabarros trasero había quedado dañado por el accidente, tenía una de las luces traseras destrozada y el tubo de escape machacado.

El trozo de tabaco para mascar del mecánico yacía en la carretera como si fuera un órgano arrancado de un cuerpo, como un corazón latiendo por última vez. El hombre rodeó el coche lentamente y negó con la cabeza.

—Sigue sin ser su día de suerte —murmuró.

Se subieron con él a la cabina de la grúa, Charlotte, las niñas y el perro también. Las dejó en un motel del pueblo compuesto por *bungalows* de adobe encalado dispuestos en torno a una piscina vacía. Le dijo que no podría tener el coche hasta el miércoles.

—¿El miércoles? —preguntó Charlotte—. Pero si quedan dos días. ¿No hay manera de...?

119

—El miércoles a lo mejor —respondió el mecánico—. Pásese por la tarde y se lo haré saber. De lo contrario, tendrá que ser el lunes siguiente, por Acción de Gracias.

Se alejó con su camioneta. Eran ya casi las dos de la tarde y las niñas se morían de hambre. Charlotte compró un par de cartones de leche con chocolate en la máquina expendedora y se comieron lo que quedaba de los sándwiches de rosbif. Las nubes palidecieron un poco y la lluvia cesó. Su habitación no era mejor que la de McLean, pero al menos no olía a repollo cocido. Esperó a que las niñas quedaran absortas en sus libros de aventuras de Disney, les advirtió que no abrieran la puerta a nadie salvo a ella («A nadie. ¿Entendido, Rosemary?») y siguió el camino de piedra de vuelta hacia el edificio principal.

Había un teléfono de pago en el porche frente a la recepción del motel. Charlotte hojeó su agenda hasta dar con el que esperaba que siguiese siendo el número de su tía Marguerite en Los Ángeles. Descolgó el auricular y le dijo a la operadora que deseaba hacer una llamada de larga distancia. La operadora le ordenó que insertara cincuenta centavos.

Charlotte marcó el número y esperó. Contó los tonos. Uno, dos, tres. No le preocupaba. Cuatro, cinco, seis. Marguerite habría salido a comprar, o a comer con las amigas, o estaría en el jardín cuidando de los rosales. Era probable. Era posible. Siete, ocho, nueve.

A mitad del duodécimo tono, Charlotte colgó el teléfono. Buscó los cigarrillos en el bolso. Nuevo México, o al menos aquella parte, era un lugar llano, marrón y desierto. Salvo por los *bungalows* de adobe, el cactus de adorno en forma de árbol que había junto a la entrada y una mancha difusa en el horizonte de lo que podrían ser montañas, Charlotte bien podría haber seguido en Oklahoma.

Descolgó de nuevo el auricular y le dijo a la operadora que deseaba hacer una llamada a cobro revertido.

—¿Charlie? —dijo Dooley.

—Hola, cariño —respondió ella.

—¡Pero qué puñetas, Charlie! Volví a casa anoche y las niñas y tú no estabais. Casi me da un ataque.

—Lo sé, lo siento. ¿Viste la nota que te dejé?

—Fui a su dormitorio y sus camitas estaban vacías, y no te imaginas cómo me sentí, Charlie.

La culpa, que había logrado mantener bajo control en la boca del estómago, comenzó a borbotear y a desbordarse del caldero donde hervía a fuego lento.

—Lo sé, lo siento —repitió—. ¿Viste la nota?

—Esta mañana —respondió él—. Anoche apenas pude dormir. Estaba muy preocupado.

—Estamos bien, las niñas están bien —dijo Charlotte—. Estamos en Nuevo México. Tuvimos un pequeño accidente con el coche, pero...

—¡Nuevo México! —exclamó Dooley—. Pero ¿qué mosca te ha picado, Charlie?

—Creo que es lo mejor, cariño, de verdad. Para todos. Creo que...

—¿Qué le ha pasado al coche? Charlie, tú no quieres el divorcio. Sé que no.

—No puedo seguir así, Dooley. Esto no es lo que... —Charlotte no podía explicárselo a sí misma. ¿Cómo iba a explicárselo a él?—. No soy... No soy la persona que quiero ser. Quizá nunca lo sea, pero necesito la oportunidad. Quiero que las niñas también tengan la oportunidad de ser quienes quieran ser. Si no me marcho, temo que...

—¿Marcharte? ¿Quieres decir que necesitas unas vacaciones?

—No. Yo...

—No puedes hacerme esto, Charlie —le dijo Dooley—. El divorcio, así, de la noche a la mañana. ¿Sin ni siquiera hablarlo conmigo?

—Dooley...

—No está bien, Charlie, tomar una decisión así tú sola. Y yo no tengo nada que opinar. Es como si te hubieras acercado por detrás y me hubieras dado un golpe en la cabeza con un leño de madera. Las parejas casadas hablan de sus problemas.

A lo largo de los años, Charlotte había intentado hablar acerca de los problemas con él cientos de veces. Aun así, se preguntó si Dooley tendría razón. Había sido una cobarde, huyendo de casa cuando él no estaba, cuando no podía intentar convencerla para que se quedara. Al menos debería haber esperado a que llegara a casa. O podría haber sugerido una separación de prueba. Podría proponérsela ahora.

El divorcio era el borde de un precipicio. Una vez que te lanzabas al vacío, no había vuelta atrás...

A Charlotte le daba rabia que las dudas se apoderasen de todos sus pensamientos, de todas sus decisiones. Era justo lo que había dicho segundos antes: «No soy la persona que quiero ser».

—Dooley, creo que...

—Tú crees, tú crees, Charlie. A eso me refiero. No lo sabes. Dime que lo sabes con certeza. Dilo en voz alta. Di «quiero el divorcio, estoy cien por cien segura». ¿Puedes decir eso?

—No... no sé si hay algo en esta vida que sea cien por cien seguro —respondió ella—. ¿No es cierto?

—El matrimonio lo es —respondió Dooley—. Eso fue lo que le dijimos al cura, ¿verdad? Hasta que la muerte nos separe. Hicimos un juramento... —Le oyó abrir las puertas del armario—. ¿Dónde está el azúcar para el café, Charlie?

—En la balda junto al frigorífico —respondió ella.

Dooley empezó a llorar.

—Oh, Dios, Charlie, ¿qué haría yo sin ti? Las niñas y tú sois lo mejor que me ha ocurrido en la vida.

—Seguirás viendo a las niñas —dijo ella—. Me aseguraré de ello, lo prometo.

—Soy un patético hijo de perra. Sé que lo soy.

—No es así, Dooley. No me estás escuchando.

El cielo había vuelto a oscurecerse, cubierto de nubes grises superpuestas. Charlotte pensó en las murallas derribadas de una fortaleza, en las tapas de las tumbas antiguas. De pronto se sintió exhausta, demasiado cansada para pensar.

Cayeron unas pocas gotas sobre el tejadillo de hojalata y entonces, sin más preámbulo, empezó a caer un aguacero. Un hombre vestido con traje, otro huésped del motel, pudo cobijarse justo a tiempo.

—Soy un patético hijo de perra —repitió Dooley—, pero te quiero. Nadie te querrá nunca como yo te quiero. ¿Por qué quieres despreciar eso?

—Tengo que colgar, cariño —dijo Charlotte—. Hay alguien que necesita usar el teléfono.

—Tú no quieres el divorcio, Charlie. No es verdad. No quieres tirarlo todo por la borda. Vuelve a casa. Lo hablaremos. Eso es lo único que quiero.

—Te llamaré pronto.

—Vuelve a casa, Charlie —insistió Dooley—. Sabes que volverás a casa. Sabes que sí. No estoy enfadado, es solo que...

Charlotte colgó antes de que ninguno de los dos pudiera decir algo más. El hombre del traje le dirigió una sonrisa amable cuando se cruzaron.

—Cuando llueve, diluvia, ¿verdad? —le dijo.

Ella asintió y consiguió devolverle la sonrisa.

—Sí, desde luego.

13

Salieron de Houston alrededor de las once y condujeron toda la noche. Bueno, condujo toda la noche el chico de color. Barone permaneció despierto para asegurarse de que el chico permanecía despierto. Theodore. Así se llamaba. «Theodore, no me llames Ted, no me llames Teddy». Se quejaba de cómo funcionaba el Pontiac, del clima, de la carretera, del instituto de Houston y de sus cuatro hermanas mayores, que seguían tratándolo como a un bebé a pesar de que ya fuese un hombre adulto, dieciséis años. Se quejaba de que tenía hambre y de que estaba cansado. Iban escuchando una emisora de radio de las afueras de Dallas en la que sonaban cantantes soul de color. A Barone no le importaba escuchar a Sam Cooke. No encontraba ninguna emisora en la que pusieran *jazz*.

—¿A quién andas buscando? —preguntó el chaval.

—A un hombre —respondió él.

—¿Por qué lo buscas? ¿Te ha robado a tu mujer?

—Me debe dinero.

—¿Cuánto? —preguntó el chico.

—Lo suficiente.

—Yo quiero ser abogado.

—Abogado.

—Hay abogados de color.

—Yo no he dicho que no los haya.

—¿Qué clase de trabajo haces?

—Soy abogado de color —respondió Barone.

—Y una mierda —dijo el chico—. Eres vendedor. Eso creo. O trabajas en una empresa.

—Eso es.

—¿Te gusta? El trabajo que haces.

Barone nunca lo había pensado mucho. Era como preguntar: «¿Te gusta la persona que eres?». Nadie podía decir nada al respecto.

—Conozco a una abogada de color —le dijo a Theodore—. Es como una abogada.

El chico se volvió hacia él con los ojos como platos.

—¿Abogada? ¿Una mujer de color abogada?

—He dicho que es como una abogada.

—Vaya.

Llegaron al pueblo a las siete de la mañana del lunes. Goodnight, Texas. Aún no había amanecido. Barone le dijo al chico que aparcara al otro lado de la calle, frente a la pequeña comisaría de policía.

—Vuelvo en un minuto —le dijo.

—Y una mierda —respondió el chico—. En un minuto. Eso fue lo que dijiste la última vez. Un minuto.

—Luego iremos a desayunar.

—De acuerdo.

Barone salió del coche y se enfrentó al frío y a la humedad. La gran llanura de Texas en pleno noviembre. La mano con los puntos le dolía menos, pero seguía sin poder cerrar los dedos. No supondría un problema. Podía disparar con la izquierda si no tenía prisa. Se cambió la Browning del 22 de un lado de los pantalones al otro, para poder sacarla más limpiamente.

Había dos policías en la comisaría, uno viejo y otro joven. *Sheriff* y ayudante. El *sheriff* en su mesa, con los pies encima. El ayudante, al otro lado de la habitación, a la izquierda de Barone, rellenando una hoja de turnos clavada al corcho. Había una escopeta de dos cañones apoyada contra el escritorio del *sheriff*, a su alcance.

—Buenos días —dijo el *sheriff*.

—¿Dónde está? —preguntó Barone.

—Ahí. En la trena.

Una única celda. Un hombre tumbado en un catre, hecho un ovillo bajo una manta de lana, de cara a la pared. Barone se acercó y lo observó a través de los barrotes. El hombre dormía o fingía dormir.

Barone señaló al ayudante.

—Sírveme una taza de ese café, ¿quieres?

Quería situar al ayudante junto al *sheriff*, frente a la misma pared. Detrás del escritorio del *sheriff* había colgada una docena de dibujos de faros, puentes y escenas religiosas. Barone había estado en muchas comisarías, pero hasta aquel momento no había visto nunca una comisaría de policía con un dibujo colgado.

El ayudante miró al *sheriff* y este señaló la cafetera con la cabeza. El ayudante se tomó su tiempo para atravesar la estancia. Quería demostrarle a Barone quién era el jefe.

Barone silbó al hombre de la celda.

—Levanta —dijo. Vio que la manta se movía.

—Mi ayudante lo paró ayer por exceso de velocidad —le informó el *sheriff*—. A unos tres kilómetros al este del pueblo. Dice que se llama Watkins, pero no lleva ninguna identificación encima. El coche que conducía está registrado a nombre de Watkins, pero sospecho que es robado.

—Si quiere leche o azúcar, puede venir a por ella usted mismo —le dijo el ayudante a Barone, y dejó la taza sobre la mesa, lleno de orgullo.

Barone volvió a silbar, más fuerte esta vez. El hombre de la celda fingía dormir.

—Levanta —repitió.

El hombre se incorporó, bostezó y se envolvió con la manta.

—Déjenme salir de aquí —dijo—. No sé quién coño es usted, pero yo no soy quien creen estos hijos de perra.

Aquel hombre no era Guidry. No le hizo falta más que un segundo para darse cuenta.

—¿Y bien? —le preguntó el *sheriff*—. ¿Es ese su chico?

—Mi nombre es Melvin Watkins. No sé a quién coño están buscando. Vivo en Clarendon, Texas, a veintiocho kilómetros al este de aquí. Vaya a Clarendon y pregunte a la primera persona que vea. Se lo dirá.

Barone no perdía los nervios muy a menudo. Pero ocho horas de camino, ocho horas tiradas a la basura. Y ahora otras ocho horas de vuelta a Houston. Sacó la Browning y apuntó con ella al hombre de la celda. Oyó que el *sheriff* ponía las botas en el suelo y se levantaba de la silla.

—Eh, quieto ahí, hijo —le dijo.

El hombre de la celda se quedó mirándolo con los ojos a punto de salírsele de las cuencas. Era de la misma edad y altura que Guidry, casi con el mismo color de pelo y de piel. Incluso tenía los ojos ligeramente rasgados. Parte indio, probablemente. Ojos oscuros, no claros, pero Barone entendía que alguien pudiera haber cometido un error.

—No es él —dijo mientras guardaba la pistola.

El hombre de la celda parpadeó. El ayudante del *sheriff* se quedó helado con la taza de café en una mano y la cafetera en la otra. El *sheriff* volvió a sentarse lentamente en su silla.

—¿Está seguro? —le preguntó.

Barone estaba ardiendo hacía un segundo. Ahora se sentía frío como el hielo.

—No es él —repitió.

—No teníamos ninguna foto suya para guiarnos —explicó el *sheriff*—. Pero me dijeron que pecara de precavido, los de Dallas.

—¿Está seguro de que no es él? —preguntó el ayudante—. Eche otro vistazo si quiere.

El *sheriff* se volvió y miró al ayudante con severidad antes de girarse de nuevo hacia Barone.

—Sé que ha recorrido un largo camino —le dijo—. Lamento mucho las molestias.

Barone regresó al coche. El muchacho condujo varias manzanas hasta que Barone divisó una cafetería. El chico pidió huevos revueltos, beicon, salchichas, galletas con salsa y una pila de tortitas. No dejaba de mirar a Barone de reojo, como si estuviera retándole a decir algo.

—Y un vaso grande de leche con chocolate —agregó el chico.

—Solo tenemos leche normal —respondió la camarera.

—¿Ni siquiera tienen ese polvo de chocolate que se mezcla con la leche?

—Tenemos leche normal.

La camarera no parecía muy contenta de tener a un chico de color sentado a la barra. Barone vio la expresión de su cara. Probablemente se llamaría a sí misma cristiana e iría a la iglesia todos los domingos por la mañana.

Eran los únicos clientes del local. Después de la muchedumbre del desayuno y antes del gentío de la comida. En la radio sonaba una retransmisión en directo desde Washington, D. C. Una procesión de líderes mundiales seguía el féretro de Kennedy desde la Casa Blanca hasta la catedral de St. Matthew's.

El chico devoró su desayuno y no encontró nada sobre lo que quejarse. Barone comió unos huevos fritos y se bebió dos tazas de café solo. Volvía a tener calor. La gripe. Un mal momento para enfermar, pero ya había tenido la gripe antes y nunca se había muerto.

La camarera regresó.

—Es día de luto nacional, pero yo tengo que trabajar de todos modos.

—¿Has terminado? —le preguntó Barone al muchacho.

—Qué mierda —respondió Theodore—. Disparan a un blanco y es día de luto nacional. Disparan a un hombre de color y es un simple lunes por la mañana.

—Santo Dios, ¿cómo puedes comer tanto y estar tan delgado? —preguntó la camarera. Le dio al chico un golpecito cariñoso con el codo mientras recogía sus platos. Tal vez Barone la hubiera juzgado mal—. ¿Vais a Amarillo para la subasta de coches?

—No —respondió Barone.

La mujer empezó a alejarse.

—Espera —dijo él—. Vuelve aquí.

—¿Más café?

Barone colocó la mano sobre su taza.

—¿Por qué preguntas eso? Lo de la subasta de coches.

—Ahí es donde iba el otro hombre —respondió ella—. El que vino ayer. No tenemos muchos clientes de fuera del pueblo, así que pensé que vosotros también iríais a la subasta de coches.

Quizá el hombre del que hablaba fuese el mismo de la celda. Pero el *sheriff* dijo que su ayudante había detenido a Melvin Watkins a pocos kilómetros al este del pueblo. La cafetería estaba al oeste. Amarillo estaba al oeste del pueblo. Tal vez el *sheriff* hubiera cometido otro error.

—¿Cómo era? —preguntó Barone.

—¿El tipo de ayer? —preguntó la camarera—. No sé. Era muy amable.

—¿Guapo?

—Supongo —respondió sonrojada.

Barone no se había parado a pensarlo antes, cómo el ayudante del *sheriff* del condado no había reconocido a un hombre del pueblo de al lado. Al menos haber reconocido su nombre. O cómo era que el *sheriff* no había llamado a Clarendon para comprobarlo. Barone había estado demasiado ocupado enfadándose porque el hombre de la celda no era Guidry.

—Tenía los ojos marrón oscuro —agregó Barone—. Como los míos.

—¿Marrones? No. Los suyos eran de un verde como el cristal. —La mujer volvió a sonrojarse—. No sé. Quizá fueran marrones. ¿Queréis algo más?

Cuando Barone regresó a la comisaría de policía, Melvin Watkins había salido de su celda, pero seguía por allí, bebiendo café y charlando de algo entre risas con el ayudante. El *sheriff* estaba poniéndose la chaqueta, a punto de irse a casa.

Barone disparó al ayudante antes de que este pudiera pensar en desenfundar su pistola. El disparo le arrancó parte de la cabeza y la estrelló contra los dibujos de la pared. El *sheriff* tuvo tiempo de alcanzar su pistola, pero no de desenfundarla. Barone le pegó dos tiros en el estómago. Al disparar con la mano izquierda, hubo de concentrarse. El *sheriff* se deslizó por la pared hasta quedar sentado con las piernas abiertas frente a él y el sombrero vaquero ladeado.

Melvin Watkins tenía las manos en alto y hablaba tan deprisa que apenas le entendía. Se guardó la Browning del 22 en los pantalones y sacó la pistola del ayudante. Un revólver Colt Trooper.

—El *sheriff* me llamó y me dijo que necesitaba a alguien que se pareciese a no sé qué tipo —dijo Melvin Watkins—. Yo no quería hacerlo, pero el *sheriff* dijo que me detendría si no lo hacía, y no tengo ni idea de por qué...

Barone le disparó con la pistola del ayudante. Se acercó al *sheriff* y se quedó frente a él, con cuidado de no pisar la sangre que se extendía a su alrededor. El *sheriff* estaba intentando sacar su pistola de la funda, pero estaba demasiado débil y tenía ambas manos y la pistola cubiertas de sangre.

Un cabrón duro de roer. Miraba a Barone a los ojos, sin intención de suplicarle.

—¿Te pagó? —preguntó Barone.

—Vete al infierno —respondió el hombre.

—¿Cuánto? —preguntó Barone—. Lo que fuera que te dio, no fue suficiente. ¿Dijo hacia dónde se dirigía?

—Vete... al... infierno. —Cada palabra sonó como si el *sheriff* estuviese sacando un cuerpo muerto del río—. Idos... todos... al infierno.

—Él te ha matado. Mira a tu alrededor, mira todo esto. Frank Guidry es el culpable, no yo. ¿No quieres que lo encuentre y le dé recuerdos tuyos?

El *sheriff* murmuró, balbuceó con la boca llena de sangre y finalmente dejó de intentar sacar su pistola.

—No sé... dónde.

—¿Hacia el oeste? —insistió Barone.

El *sheriff* movió la barbilla. Sí.

—¿Qué más?

—Dodge —dijo el *sheriff*—. Azul.

—¿Nuevo o viejo?

—Del 57... o 58. Dodge... Coronet.

—¿Cuándo se marchó?

—Hace... unas horas.

Tal vez Guidry se deshiciera del coche o tal vez no. Pensaría que su plan había funcionado, que Barone había mordido el anzuelo y se dirigía de vuelta a Houston en ese momento. Pensaría que hablaría con Seraphine y le diría que lo de Goodnight había sido un error.

—¿Qué más? —le preguntó al *sheriff*.

El hombre movió la barbilla. Nada más.

—¿Por qué tienes todos esos dibujos en la pared?

—Vete... al... infierno.

Barone volvió a sacar la Browning. Dio un paso atrás para que no le salpicara la sangre y disparó al *sheriff* en la cabeza. Le puso la Browning a Melvin Watkins en la mano y colocó la pistola del ayudante en la mano de este. Después recolocó los casquillos para que la escena fuera coherente. No, aquello no engañaría a todos los Rangers de Texas, pero tal vez sí a los que se encargaran de ese caso. Al menos, necesitarían algo de tiempo para entenderlo.

Limpió con un trapo todo lo que había en la celda que Guidry hubiera podido tocar. Llevaba guantes, de modo que no le preocupaba dejar huellas.

El chico se había quedado dormido cuando Barone regresó al coche y le dio un codazo para despertarlo.

—Vamos —le dijo.

—¿Esta vez has encontrado lo que buscabas? —le preguntó Theodore—. ¿O vamos a tener que volver otra vez?

—Vamos —repitió Barone.

¿Qué pasaría con la camarera? Barone lo pensó unos instantes. No. Pronto empezaría la hora de la comida. Habría clientes. Y no tenía tiempo de esperar a ocuparse de ella cuando terminara de trabajar. Tendría que dejarlo correr. Guidry estaba esperándolo.

14

Solo entonces, a la una de la tarde y a seiscientos cincuenta kilómetros de Goodnight, a seiscientos cincuenta kilómetros de una muerte segura, Guidry pudo al fin respirar un poco más tranquilo. Se salió de la autopista en el pueblo de Santa María, Nuevo México. ¿Pueblo? La pequeña agrupación de edificios sobre aquella planicie de hierba interminable parecía una porción de barba que un hombre se hubiese olvidado de afeitarse.

Cuando bajó del coche, le temblaban aún las rodillas. «Has estado muy cerca, hermano», se dijo. «¿Sabes lo cerca que has estado?».

Sí que lo sabía.

El único motel del pueblo era el Old Mexico. Entró en la recepción y pidió una habitación. El chico del mostrador apenas se fijó en él.

—Tenemos casitas —le explicó—. Así es como debo llamarlas.

—¿Y una casita es lo mismo que una habitación? —preguntó Guidry.

—Sí.

—Bien entonces —respondió él—. Quiero una.

El chico escribió el nombre que él le dio. Frank Wainwright. Siguió sin fijarse mucho en él. Guidry se aseguró de ello sin dejar de observarlo atentamente. Después de lo ocurrido en Goodnight, tendría que estar en guardia. Era imposible saber cuántas personas desde allí hasta Las Vegas habrían recibido órdenes de estar atentas. Atentas a un hombre que viajaba solo, de treinta y muchos años, estatura y peso medios, pelo oscuro y ojos verdes, un hoyuelo en la barbilla que hacía que las chicas se desmayaran...

A saber cuántas personas en Las Vegas habrían recibido esas mismas instrucciones. Las Vegas era una ciudad de la organización. Se correría la voz. Guidry se pondría nervioso con cada camarero o cabaretera que le dirigiera la mirada.

Seraphine averiguaría que se dirigía a Las Vegas o a Miami. Quizá a Los Ángeles. Desde luego no a Chicago ni a Nueva York. La pregunta era cómo lograr que tardara más tiempo en descubrirlo.

El agua caliente de la ducha caía en un hilillo, y con la toalla podrían haber lijado las caras del Monte Rushmore. Guidry estaba harto de alojamientos de mierda, de habitaciones de motel, celdas y casitas. Ya había tenido suficiente para el resto de su vida en esos últimos días.

Evacuó los intestinos. Dieciocho meses en el Pacífico y ni rastro de diarrea. Cuando los demás soldados de su compañía habían sucumbido.

En la tele seguía la procesión funeraria. Allí estaba Jackie, demacrada y temblorosa, estupefacta. Guidry sabía cómo se sentía. Tres días atrás su mundo estaba en orden, con un futuro prometedor de color de rosas.

Se echó una siesta de un par de horas. El recepcionista del motel le dio cambio de un dólar. Empleó los primeros diez centavos en el teléfono de pago para llamar a su viejo amigo Klaus, que vivía en Miami. Klaus, el excatólico, excomunista y exnazi más escurridizo y desconfiado de todo el hemisferio occidental. Trabajaba para Santo Trafficante, pero vendía información a cualquiera que pudiera pagar por ella.

—Klausie, amigo —dijo Guidry.

—*Ja*. ¿Qué? —respondió Klaus, hasta que se dio cuenta—. Ah. ¿Eres Guidry?

—¿Puedes hablar? ¿Estás solo?

—*Ja.* Claro. Guidry. Hola, hola, viejo amigo. —Klaus se recuperó de la sorpresa y enseguida vio la oportunidad. Se relajó y adoptó su tono más amable y conciliador—. Es un placer, viejo amigo.

—Klausie, ¿puedo contar con tu discreción? —le preguntó Guidry.

—*Ja.* Por supuesto.

—Necesito un cambio de escenario. Ya sabes. Algún sitio cálido y tropical.

Tenía que creerse su propia mentira. Tenía que meterse dentro de ella. Tiempo atrás, Guidry había conocido a una actriz muy mona. Ahora estaba en Hollywood, era una mujer fatal de segunda categoría en un programa de la tele. Una vez le dijo que no podía engañar al público si no lograba engañarse a sí misma. No hacía falta que se lo dijeran dos veces.

—Ya tengo apañado el transporte —agregó—. Un tipo con el que serví en el extranjero, mi antiguo sargento. Ahora dirige una empresa de alquiler de embarcaciones de pesca a las afueras de los Cayos. Es un imbécil, pero creo que puedo confiar en él, y tiene un barco que puede llevarme hasta Honduras.

Guidry podía visualizar al tipo, podía visualizar el barco, el olor a brisa marina.

—Pero necesito papeles —le dijo—. Y un par de contactos para cuando llegue al sur.

—¿Ahora estás en Miami? —preguntó Klaus.

—No es asunto tuyo dónde estoy, Klausie. —Mejor que tuviera que pensarlo, al menos durante un rato—. ¿Puedes ayudarme con los papeles? Te pagaré. Y tienes algunos viejos *Kamaraden* en la selva, ¿verdad?

Klaus se ponía susceptible cuando sacabas a relucir sus vínculos de guerra. Esta vez no. Se desvivió por él.

—*Ja, ja,* por supuesto, Guidry. Puedo ayudarte. Será un placer, viejo amigo.

Guidry le dijo que pronto se pondría en contacto con él para organizar el encuentro en Miami. Después colgó. Seraphine se mostraría escéptica cuando Klaus la llamara; en circunstancias normales, Guidry nunca pondría su vida en manos de un hombre como Klaus. Pero aquellas no eran circunstancias normales. Guidry era un hombre desesperado y Seraphine lo sabía. Tendría que regar aquella semilla de posibilidad, estar atenta, ver si florecía.

Su siguiente llamada, la de verdad, fue a Las Vegas. ¿Por qué iba a creerse Seraphine que Guidry pondría su vida en manos de un hombre como Klaus? Porque Guidry estaba a punto de poner su vida en manos de un hombre como el gran Ed Zingel.

Respondió al teléfono un hombre con acento inglés.

—Buenas tardes. Residencia Zingel.

—Que se ponga Ed —dijo Guidry.

—El señor Zingel no se encuentra en casa. ¿Desea dejar algún mensaje?

—Dile que el señor Marcello de Nueva Orleans quiere pedirle un favor —contestó Guidry—, por los viejos tiempos.

Colgó el teléfono. Estaba lloviendo otra vez, un diluvio propio del Antiguo Testamento. Esperó a que pasara la tormenta en su habitación y después se acercó caminando hasta el pueblo.

Santa María, Nuevo México. Menudo lugar. Parecía un pueblo de juguete, como algo con lo que jugaría un niño la mañana de Navidad. Como un dibujo a color en un anuncio que vendía margarina en una revista. Dos chicas adolescentes paseaban por la acera, ambas con coleta. La falda de una de ellas estaba decorada con lunares, la de la otra con margaritas. Estaban de nuevo en 1955 y se habían olvidado de decírselo.

Contó tres iglesias en dos manzanas. Un par de chicos adolescentes con chaquetas de cuero que pasaban el rato en una esquina sonrieron y dijeron hola. Hasta los pandilleros eran educados en aquel pueblo.

Guidry encontró un «centro comercial» que tenía de todo. La sección de ropa de caballero era lo que se había imaginado. Compró dos pares de pantalones sintéticos, dos pares de zapatos de vestir Florsheim y una americana de pata de gallo. La americana le quedaba un poco corta de mangas y demasiado grande de todo lo demás. Y, como colofón, un sombrero de lana gris con un patrón de pata de gallo.

Se miró en el espejo y le entraron ganas de llorar. Ya no era Frank Guidry. Parecía un vendedor de seguros que vivía en un lugar como Santa María, Nuevo México.

Aunque, en realidad, de eso se trataba, ¿no?

En la pequeña licorería tenían solo dos tipos de *whisky*: barato y más barato. Guidry no estaba en situación de quejarse.

El martes por la mañana las nubes habían desaparecido. El aire estaba limpio y fresco y el cielo despejado. Se comió un bollo rancio de la máquina expendedora, se tomó un *whisky* con café y se quedó junto a la ventana. Había dos niñas pequeñas sentadas al borde de la piscina vacía, balanceando las piernas. Su madre estaba recostada en una tumbona. El día anterior, de camino al pueblo, Guidry había visto una grúa que las llevaba a las tres hacia el motel Old Mexico. Supuso que la mujer sería la misma que había visto tirada en la autopista, de pie junto a su coche averiado.

Martes por la mañana. Nueve en punto. Guidry había sobrevivido a una noche más. Así había empezado a medir sus progresos.

La mujer junto a la piscina no estaba mal. Se había fijado en ella el día anterior, al cruzarse en el teléfono. Ojos grandes y serios, labios sonrosados. Tenía que soltarse la melena, pintarse los labios con un tono más brillante, quitarse ese vestido; un recatado modelito de cintura alta que a Donna Reed le parecería aburrido. En otra ocasión, en días pasados y felices, Guidry habría disfrutado seduciéndola, sintiendo cómo se derretía en su mano. En otra vida.

La americana con las mangas cortas, el sombrero de lana... Tal vez pudiera combinarlo con unas gafas. ¿Teñirse el pelo? Claro, pero Guidry seguiría siendo Guidry. Esa era la disyuntiva. Seguiría siendo un hombre que viajaba solo, de treinta y muchos años, de estatura y peso medio, ojos verdes y un hoyuelo en la barbilla. No podía cambiar nada de eso.

¿O sí podía? De pronto se le ocurrió algo. Se acercó a la recepción del motel y compró otro bollo en la máquina. De vuelta a su habitación, se detuvo junto a la piscina para admirar el paisaje desértico.

—Hace un día precioso, ¿verdad? —comentó.

La mujer lo miró. Llevaba alianza de boda, pero él no había visto al marido por ninguna parte.

—Así es —respondió—. Sí.

—Hola otra vez. Nuestros caminos se cruzaron ayer junto a la cabina telefónica. Me llamo Frank. Frank Wainwright.

—Sí, lo recuerdo. Charlotte Roy.

Charlotte Roy. Una chica de pueblo, tan íntegra y aburrida como un campo de maíz, con el Nuevo Testamento en el bolso y nociones poco complicadas sobre el bien y el mal. Guidry no quería asustarla, de modo que tendría que proceder con cuidado. Era capaz de eso. Era capaz de cualquier cosa que fuera necesaria.

Se apartó el sombrero de la frente y se apoyó en la verja de hierro que rodeaba la piscina. Se levantó una brisa fría, pero el sol resultaba agradable.

—Parecen más cercanas que ayer —comentó—. Las montañas. Como si hubieran estado acercándose a nosotros durante la noche.

La mujer se protegió los ojos con la mano y escudriñó el horizonte.

—Estoy segura de que podemos ser más rápidos que ellas —respondió.

Guidry se rio y la miró con otros ojos. Le gustaba una mujer capaz de devolverle la pelota.

Las niñas, una rubia y la otra con el pelo castaño y rizado, se habían vuelto para mirarlo.

—Yo soy Rosemary y esta es Joan —dijo la de pelo rizado. Tenía el color de piel de su madre. La rubia había heredado los ojos grandes y serios—. Vivimos en Oklahoma.

—He oído hablar de ese lugar —respondió Guidry.

—Vamos a Los Ángeles a visitar a tía Marguerite. Vive en Santa Mónica, junto al océano.

Así que se dirigían hacia el oeste, como él esperaba. Intentó imaginárselo: Frank Wainwright, vendedor de seguros, de viaje con su mujer y sus dos hijas. Si lograba aquello, sería prácticamente invisible.

—Ahí voy yo también —comentó—. Los Ángeles. La Ciudad de los Ángeles. ¿Sabías que así la llamaban los antiguos españoles?

—¿En serio? —preguntó la niña de pelo rizado.

—Te doy mi palabra de honor —respondió Guidry.

Se preguntó cuándo le arreglarían el coche a la mujer. Era optimista: el coche parecía bastante destrozado y nunca había conocido a un mecánico que se diese prisa en terminar un trabajo.

—Bueno, entonces será mejor que me vaya —dijo. Con tranquilidad, sin presionar, sobre todo en la primera conversación. Se tocó el sombrero a modo de despedida—. Ha sido un placer conoceros. Tal vez nos veamos por ahí.

15

El martes, a la hora de la comida, Charlotte y las niñas cruzaron la autopista y caminaron hasta Santa María, el pueblo propiamente dicho. Las niñas llevaban dos días en el coche, en habitaciones de motel. Necesitaban saltar, correr y dar vueltas hasta marearse. Así que eso hicieron. Charlotte pensó en los dibujos animados educativos que los profesores mostraban en el instituto («¡A de Átomo!»), con los electrones emocionados dando vueltas alrededor del núcleo.

—¡Niñas, por favor, más despacio! —exclamó.

Con el instinto certero que poseían todos los niños, Rosemary y Joan la condujeron directa a un parque. Las niñas corrieron a las barras y Charlotte se sentó en un banco.

Aquel día estaba de buen humor. O al menos de mejor humor. Había podido dormir bien, la lluvia había cesado y había salido el sol; conseguiría alcanzar una tregua entre los ejércitos que libraban batallas en su mente, un alto el fuego temporal. No tendrían reparado el coche hasta el día siguiente, de modo que aquel día no tenía que pensar en el pasado, no tenía que pensar en el futuro. ¿Seguir hacia California o regresar a Oklahoma? En aquel momento no tenía que tomar ninguna decisión.

—¡Vamos, mami! —gritó Rosemary.

—Estoy bien aquí, gracias —respondió ella.

—¡Mami! —exclamó Joan.

Hacía casi veinte años que Charlotte no se montaba en un columpio. Pero las niñas no aceptaban excusas, y descubrió que seguía siendo tan divertido como entonces. El cielo que se acercaba, la tierra que se alejaba, la sensación de que, por un segundo, ibas a salir volando de tu propio cuerpo. Las niñas se reían y ella se reía, y el perro se sentía excluido. Apoyó la cabeza en la pata y las contempló indignado.

En la tienda de alimentación, compró provisiones para varios días: un paquete de pan de molde, queso, manzanas, cereales, latas de salchichas vienesas y un paquete de galletas de chocolate. Disfrutaron de un pícnic —sándwiches de queso y manzanas— sentadas enfrente de una sucursal bancaria más pequeña incluso que la de Woodrow. Charlotte vio a una mujer más o menos de su edad corriendo por la acera. Llegaría tarde a trabajar, tal vez, tras pasar la hora de la comida haciendo recados.

Cuando regresaban hacia el motel, pasaron frente a un escaparate lleno de electrodomésticos polvorientos de segunda mano: tostadoras, radios, aspiradoras, cafeteras y parrillas eléctricas. ¿Estarían a la venta o esperando a ser reparados? Probablemente un poco de todo, pero era imposible distinguir la diferencia. Charlotte se fijó en una cámara situada en la balda inferior, una pequeña Kodak Brownie Cresta no muy cara, y se detuvo para observarla mejor.

El vendedor la vio a través de toda la chatarra y le hizo gestos para que pasara. Charlotte le entregó la correa del perro a Rosemary y entró en la tienda.

—Hola —dijo—. La cámara del escaparate, la de la balda de abajo, ¿está a la venta?

—¿Ese viejo trasto? —El vendedor, encorvado, calvo y arrugado, con un diente largo y gris afilado como un colmillo, le recordó al personaje de un cuento infantil. El trol de debajo del puente, pero en versión simpática—. Ni siquiera sé si funciona, pero dígame lo que puede gastar y probablemente lo acepte.

En realidad, Charlotte no podía gastar nada.

—¿Un dólar? —Sabía que la cámara debía de valer más que eso—. Lo siento. Sé que no es mucho.

—Es suficiente —respondió el vendedor—. Solo por hoy.

Le regaló un carrete con la cámara. Charlotte se alegró al recordar que no todo el mundo era malo, amargado o ruin. Había personas, como aquel hombre, como su vecino en el motel, el señor Wainwright, que eran simpáticas, amables y agradables.

Mientras las niñas y el perro dormían, Charlotte inspeccionó la Brownie. Obturador fijo, abertura fija, enfoque fijo. El típico premio que ganabas si enviabas quince etiquetas de sopa a Campbell. Aun así, parecía estar en buen estado. Salió y sacó una foto al patio del motel. La piscina curvada sin agua, el cielo curvado sin nubes, el horizonte como una bisagra entre dos mitades de un relicario vacío.

Era impresionante lo que un cambio de luz podía provocar en un objeto. Las paredes encaladas de los *bungalows*, tan grises y austeras bajo la lluvia, habían adquirido un agradable tono cremoso. Las tejas rojas, que antes parecían apagadas, eran ahora el alma de la fiesta.

Para la cena, Charlotte decidió que podrían derrochar un poco y comer en la cafetería del pueblo. La camarera las sentó a una mesa junto al ventanal. A la mesa de al lado estaba sentado su vecino del motel, el señor Wainwright.

—Tenemos que dejar de encontrarnos así —comentó él.

Ella sonrió. Las niñas salieron corriendo a ver la gramola. En aquel momento sonaba *Moody River*. Charlotte frunció el ceño mientras Pat Boone canturreaba aquel edulcorado final.

El señor Wainwright levantó las palmas de las manos.

—Soy inocente, lo juro —dijo—. El crimen ya había empezado cuando llegué.

—¿Algún testigo ocular? —preguntó ella.

—Tendrá que fiarse de mi palabra. Busque una Biblia y pondré la mano sobre ella.

La camarera le llevó a Charlotte la carta. El señor Wainwright ya había terminado de cenar. Apartó el plato de pastel vacío y dio un sorbo a su café.

—Me han dicho por ahí que son de Oklahoma —dijo él.

—Rosemary le contará la historia de su vida si le da una oportunidad —contestó Charlotte—. Mejor dicho, media oportunidad.

—¿Y qué tal es? Nunca he estado en Oklahoma.

—No sé si lo recordaría de haber estado.

—Pasé por ahí cuando venía hacia aquí, ahora que lo pienso.

—¿Lo ve? Ahí lo tiene.

Las niñas regresaron a la mesa.

—Mami —dijo Rosemary—, ¿nos das cinco centavos para la gramola?

—¿Dónde están vuestros modales, niñas? —preguntó Charlotte—. Saludad al señor Wainwright.

—Hola, señor Wainwright.

—Hola, señor Wainwright.

—Permítame —dijo él. Buscó en su bolsillo y sacó una moneda de cinco centavos—. ¿Habéis tomado una decisión? ¿Qué canción vamos a escuchar?

Charlotte asintió para dar su consentimiento y Rosemary aceptó la moneda.

—Gracias —respondió la niña—. Joan va a elegir la letra y yo voy a elegir el número. Voy a elegir el número siete porque tengo siete años. Joan tiene ocho. Nos llevamos once meses. Todos los años en el mes de septiembre tenemos la misma edad. Joan va a elegir la J porque su nombre empieza por J. ¿Verdad, Joan?

—Vale —respondió Joan.

—Rosemary y Joan —dijo el señor Wainwright—. Me gustan esos nombres. Mi abuela se llamaba Aiglentine, que significa «rosa» en francés. Era trapecista en Francia. Es una historia real. Una noche resbaló y se cayó. Aterrizó en la red, pero rebotó. Cualquiera pensaría que fabrican redes que no rebotan, ¿verdad?

Las niñas escuchaban con atención.

—El caso —continuó él— es que mi abuela rebotó en la red y

chocó contra uno de los postes que sujetaban la carpa del circo. Se rompió todos los huesos de la pierna, pero así fue como conoció a mi abuelo. Era médico y estaba sentado en las gradas viendo el espectáculo. Bajó y le arregló la pierna.

Charlotte se rio.

—¿Se levantó y terminó primero la representación?

—Así que lo duda —respondió él—. No la culpo. Mi abuela era una magnífica embustera. Pero sé con certeza que fue trapecista en algún momento de su vida. He visto las fotos. O quizá solo tenía el traje.

Charlotte les dijo a las niñas que fueran a elegir la canción y a lavarse las manos antes de cenar. La J-7 resultó ser *Will You Love Me Tomorrow*, de las Shirelles. Una mejora con respecto a Pat Boone.

—¿Y para qué va a Los Ángeles, señor Wainwright? —preguntó Charlotte—. Si no le importa que se lo pregunte.

—Frank, por favor —respondió él.

—¿Para qué vas a Los Ángeles, Frank?

—Voy allí a vender seguros. Mi empresa, en Nueva York, no descansará hasta conquistar el mundo, así que allá voy. Pero no temas, estoy fuera de servicio hasta dentro de una semana. No intentaré venderte nada.

—¿No es eso lo que diría un buen vendedor? —preguntó ella.

—Ahora que lo mencionas —dijo él—, permite que te explique la diferencia entre póliza a plazos y póliza de vida. Si me lo pides amablemente, puede que te haga un descuento. Soy un blando.

La camarera, al pasar, le guiñó un ojo a Charlotte. Ella ignoró el gesto. Suponía que la mayoría de las mujeres pensaría que el señor Wainwright era un buen partido, con esos ojos y ese hoyuelo en la barbilla, pero ella no iba buscando nada.

—Así que eres de Nueva York —comentó.

—Maryland, en realidad —respondió él—. Pero llevo veinte años en el Upper West Side.

—Yo me muero por ver Nueva York. Los museos, el teatro.

—Odio tener que darte malas noticias —respondió él—, pero vas en dirección equivocada.

—Bueno, también me muero por ver California. Aunque, como te ha dicho Rosemary esta mañana, ahora mismo no vamos a ninguna parte.

—Me pareció que eras tú a la que vi ayer en la grúa. Tu coche iba remolcado.

—Así es.

—Qué pena —dijo él—. ¿Cuándo podrás marcharte?

—Mañana, espero. Iré a ver al mecánico por la tarde.

—No querrás pasar Acción de Gracias en Santa María, Nuevo México.

—La verdad es que no.

—¿Alguna vez has oído hablar del karma?

—¿El karma?

—Así lo llaman los budistas de Oriente. Lo descubrí en el ejército. Los budistas creen en el equilibrio. El universo oscila de un lado a otro, el peso cambia, pero el karma siempre lo nivela. Por cada mala acción, hay una buena acción. ¿Lo entiendes?

—No estoy segura.

—Tu coche se estropea de camino a California y te quedas atrapada en Santa María, Nuevo México, durante unos días. Un contratiempo. Pero ahora el universo te debe un favor.

—¿Ah, sí? —Charlotte arqueó una ceja. Aunque la idea resultaba atractiva. El karma. Se imaginó el mercurio líquido de un termómetro, subiendo y bajando, siempre en busca del equilibrio—. Me siento halagada por contar con la atención del universo, aunque quizá tenga asuntos más importantes de los que ocuparse.

—Yo solo repito lo que dicen los budistas —le recordó él.

—¿De modo que tú no crees en el karma?

Él lo pensó durante unos instantes. A Charlotte le gustó que se tomara su tiempo para responder. La gente solía tener ideas tan arraigadas que tenía siempre las respuestas preparadas. Al menos la gente de Woodrow, Oklahoma.

—No sé si creo o no —respondió él al fin—. Sé que deseo creer.

Las niñas regresaron y enseguida les sirvieron la cena. Mientras comían, Rosemary y Joan hicieron una lista con los mejores momentos del día, en orden, del uno al diez. A las niñas les gustaba hacer listas. El señor Wainwright, Frank, pagó su cuenta, le dejó una buena propina a la camarera y se puso en pie.

—Te veré en el motel —dijo.

Cuando Charlotte acostó a sus hijas aquella noche, Rosemary tenía muchas preguntas sobre trapecistas, sobre Francia, sobre huesos rotos y sobre si el médico se enamoró de la abuela del señor Wainwright mientras la veía actuar o solo cuando le curó la pierna. Joan guardó silencio. Charlotte había advertido la pregunta en su rostro durante la cena.

—¿Por qué no viene papi con nosotras a California? —preguntó—. A visitar a la tía Marguerite.

—Shh —dijo Charlotte—. Duérmete. Hablaremos de eso en otro momento.

—Papi no viene con nosotras porque tiene que trabajar, Joan —respondió su hermana incorporándose con un codo. Ella nunca sugería con cautela pudiendo declarar tajantemente—. Por eso, claro está.

—Ah —repuso Joan.

Sin embargo, Charlotte vio que no se había quedado muy convencida. Así que, había que tener cuidado. Cuando Joan captaba algo extraño, se mostraba paciente e incansable.

Después de que se quedaran dormidas, Charlotte sacó a pasear al perro. La luna brillaba medio llena en un cielo sin nubes. Todas las superficies parecían bañadas en plata.

El señor Wainwright, Frank, estaba de pie junto a la verja de la piscina, contemplando la luna. Ella tuvo una ligera sospecha: que llevara allí un tiempo, esperándola. Pero, claro, eso le pareció una tontería.

Se acercó a él.

—Supongo que era inevitable, ¿no? —comentó.

—El motel Old Mexico es un pañuelo —respondió él—. Aunque no es que me queje.

—¿No?

—Porque no llegamos a terminar la conversación sobre pólizas de seguros.

Ella sonrió. Frank flirteaba con tanto encanto, sus comentarios parecían tan auténticos, que a ella no le importaba. Se preguntó si debería darle la noticia, decirle que sus esfuerzos eran en vano.

—Cuando vives en Nueva York, te olvidas de cómo es el cielo —comentó él.

—Tendré que fiarme de tu palabra —respondió ella.

—Supongo que hay mucho cielo en Oklahoma.

—No pasa inadvertido.

Frank se agachó a rascarle la oreja al perro y le rozó la cadera con el hombro. La explosión de deseo la pilló por sorpresa, como una descarga eléctrica sucia e inesperada. Se imaginó deslizando la mano por su vientre, bajo la cintura de sus pantalones, para agarrar su miembro, apretarlo y sentir cómo crecía en su palma. Con sus bocas pegadas, ella con las piernas enredadas en su cintura y la espalda contra la verja, clavada entre los omóplatos. Él no duraría mucho, suplicaría su liberación. Y al día siguiente ella se habría marchado. Charlotte tal vez lo recordara, o tal vez no.

El perro cerró los ojos, ladeó la cabeza y resopló satisfecho.

—Suelo gustarles a los perros —dijo él—. No puedo explicarlo.

—¿Crees que la gente puede cambiar? —preguntó Charlotte.

La pregunta le pilló por sorpresa.

—¿Cambiar?

—Su personalidad, supongo. Su manera de actuar, sus creencias. Después de pasar años siendo una clase de persona, ¿puedes decidir convertirte en una persona diferente?

Él lo meditó y Charlotte volvió a sospechar. Sospechó que, tras esa sonrisa, estaba evaluándola, eligiendo entre varias opciones la respuesta que creía que quería escuchar.

—La mayoría de la gente no cambia —respondió.

—No —dijo Charlotte—. Estoy de acuerdo.

—Aunque quizá sí puedan. Si lo desean lo suficiente.

Charlotte pensó por un segundo que tal vez iba a besarla. Sin embargo, se limitó a volver a acariciar al perro.

—Bueno, supongo que debería volver a la habitación —dijo él—. Buenas noches.

16

La mujer, Charlotte, requirió más esfuerzo del que Guidry había anticipado; era más difícil leerle el pensamiento. Pero él hizo los deberes. Se aseguró de que sus caminos no parasen de cruzarse, empezó a aparecer en su vida, se convirtió en alguien... familiar. Eso constituía la mitad de la batalla. Después, activar su encanto, pero no demasiado. Ella debía confiar en él. Cuando surgió la oportunidad en una romántica noche bajo la luz de la luna, o más bien, cuando él creó dicha oportunidad, no intentó nada con ella. La idea ni siquiera se le pasó por la cabeza. Era el perfecto caballero.

Durmió mal. Cada vez que empezaba a quedarse dormido, una preocupación persistente le golpeaba en el hombro y le devolvía a la realidad. ¿Y si se equivocaba? ¿Y si los hombres de Seraphine no se habían dejado engañar por lo de Goodnight? ¿Y si sabían que se hallaba en la 66, rumbo al oeste? ¿Y si estaban avanzando hacia él en aquel preciso instante, despacio, pero seguros?

El miércoles por la mañana llenó su taza con *whisky* y un chorro de café. Agarró el periódico de Albuquerque de la recepción del motel —*CAROLINE VISITA LA TUMBA DE SU PADRE*— y le dijo a la operadora que le hiciera el favor de ponerle con Las Vegas, Evergreen 6-1414.

El mayordomo de acento inglés volvió a responder al teléfono.

—Residencia del señor Zingel.

Guidry vaciló. Pensó en colgar, en llamar a Seraphine. ¿Y

decirle qué? ¿Olvidémonos de todo, es agua pasada? Sabía lo que le respondería ella. Le diría: «Pues claro, *mon cher*. Vuelve a casa. Te estaré esperando con los brazos abiertos». Y luego tendría a alguien pendiente de que bajase del avión. Sabía que Seraphine le tenía cariño, pero con eso no llegaría muy lejos.

—Soy yo otra vez, Jeeves —respondió—. Llamé ayer.

—Ah, sí. El señor Marcello —respondió el mayordomo de Ed—. Un momento, por favor.

Medio segundo más tarde descolgó el teléfono el gran Ed.

—Escúchame, maldito trozo de mierda —dijo Ed—. Italianucho chupapollas. ¿Así que quieres que te haga un favor? Le haré un favor a la humanidad. Te meteré el cañón de una pistola por el culo y apretaré el gatillo. Te meteré dos pistolas por el culo y apretaré ambos gatillos.

—Hola, Ed —dijo Guidry.

—¿Un favor? ¿Por los viejos tiempos? ¿Se trata de una broma, maldito...? —Ed se detuvo. Guidry oía como caminaba de un lado a otro, respirando por la boca—. ¿Frank?

—Suponía que el mensaje llamaría tu atención.

—Frank Guidry. Maldita sea.

Guidry no sabía por qué Ed odiaba tanto a Carlos. Le alivió confirmarlo.

—¿Qué tal estás, Ed?

—Maldito seas, hijo —dijo Ed—. Estaba tan alterado que casi me da un ataque. Debería meterte a ti la pistola por el culo.

—Yo estoy bien —respondió Guidry—, gracias por preguntar.

Guidry oyó a Ed decirle al mayordomo que se perdiera. Se cerró una puerta. Ahora comenzaba el baile. Guidry mentiría. Ed mentiría. Darían vueltas, se andarían con rodeos, cada uno con la esperanza de pillar al otro, de atisbar la verdad. Debían moverse con cuidado y no perder detalle.

—Dime —continuó Ed—. ¿Qué has hecho para cabrear tanto a ese bastardo repulsivo? Corre el rumor de que no parará hasta verte muerto. Eras su ojito derecho.

—Me han pillado con la mano en el bote de las galletas —respondió Guidry.

—Y una mierda. ¿Todo este lío por un poco de dinero? Y una mierda. Carlos tiene a todo quisqui buscándote. ¿Qué ha ocurrido realmente?

—¿Quién dice que el bote de galletas estuviera lleno de dinero?

Ed meditó aquello unos instantes y se carcajeó.

—¿Te has tirado a su hija?

—Ella se me tiró a mí. Te lo juro, Ed. Yo me quedé allí tumbado, consumido por el miedo mientras ella hacía todo el trabajo. Intenté escapar, no creas que no lo pensé.

Ed se rio con tanta fuerza que empezó a toser. Quizá no se creyera su historia, pero era una historia divertida y, con Ed, servía.

—Ojalá hubiera visto la cara de ese cabrón cuando se enteró —dijo Ed—. ¿La has dejado preñada? Te daré diez mil pavos ahora mismo si la has dejado preñada. Estoy sacando la chequera del cajón.

—No la he dejado preñada —respondió Guidry—. No. Y te agradecería que no hicieras circular esos rumores tan feos.

—Solo puede matarte una vez —dijo Ed.

—Lo que me preocupa es la parte anterior a que me mate.

—¿Dónde estás?

—Miami.

—Y una mierda.

—Necesito salir del país, Ed. ¿Me vas a echar una mano o no?

—He dicho que sí, ¿no es cierto?

—¿Lo has dicho? —preguntó Guidry—. Me lo he perdido.

—Te echaré una mano, hijo —insistió Ed—. Claro que sí.

—¿Cuánto me costará?

—No me insultes. Será un placer. Corre a cargo de la casa.

Era improbable. Cierto era que Ed odiaba a Carlos y Guidry le caía bien, pero eso no sería suficiente. Tendría que apoquinar hasta su último centavo.

—Conozco algunos de los negocios que están planeando los Marcello —dijo Guidry—. Los detalles. Carlos está expandiendo su imperio. Alguien que esté al tanto podría ganar una fortuna, Ed.

—Mmm.

Mmm. En el idioma que ambos hablaban, aquello significaba: «¿Qué más tienes?». El problema era que Guidry no tenía nada más que ofrecer.

—Ed...

—Olvídate de todo eso, hijo —dijo Ed—. Tengo mejores planes para ti.

A Guidry no le sorprendió que Ed ya hubiese calculado un precio en los pocos minutos que llevaban al teléfono. O quizá había empezado a calcularlo antes, cuando Guidry le dejó el primer mensaje. Había sabido desde el principio que era él y no Carlos quien llamaba. Y había adivinado el motivo de su llamada.

—Me encantaría oírlo, Ed.

—Indochina —respondió Ed.

—¿Indochina?

—Hoy por hoy se mueve mucho dinero en Las Vegas, pero ¿dónde irá ese dinero el día de mañana? Esa es la pregunta que despierta mi interés. Ahora que es presidente, LBJ querrá mover por ahí su gran polla texana. En Cuba no, eso está anticuado. Vietnam, hijo, ese es ahora el centro de actividades. La CIA necesita una guerra de verdad. Hughes la necesita también. Los contratos militares no crecen en los árboles.

Hasta entonces Guidry solo había ido planificando sus movimientos paso a paso. Mantenerse con vida. Salir del país, escapar de Carlos. Más allá de eso, se preocuparía de los problemas cuando se le presentaran.

—¿Quieres que trabaje para ti? —le preguntó a Ed.

—Conmigo —aclaró Ed—. Eres listo y tienes un pico de oro. Venderías a tu madre al mismo diablo. Quiero un hombre así representando mis intereses. Ese asqueroso imbécil de Nueva Orleans ha desperdiciado tu talento. Desde allí dirigirás la acción. Saigón es muy divertido, según me han contado. Justo lo que a ti te gusta. Prosperarás y nos conseguirás el mejor lugar en la batalla. ¿Qué tal te suena?

Le sonaba bien. Le sonaba de maravilla. Le sonaba como un solo de saxofón de Art Pepper o una mujer suspirando de placer. Ed le debería una y Guidry estaría en deuda con él para siempre, ¿y qué? Estaba ofreciéndose a devolverle su vida. No la misma vida que llevaba en Nueva Orleans, quizá, pero sí una que se le parecía, e incluso mejor.

Claro, sonaba bien. ¿O sonaba demasiado bien?

—Ed, eres un príncipe —dijo Guidry—. Gracias.

—¿Cuándo puedes estar en Las Vegas? —le preguntó Ed—. ¿Tienes pasaporte?

—Un par de días. El viernes. No tengo pasaporte.

—De acuerdo. No hay problema. Llámame nada más llegar. Yo me ocuparé de todo.

Guidry colgó el teléfono. Seguía suspendido en el mismo estado de incertidumbre que antes de la llamada. Quizá incluso peor, porque ahora estaba suspendido sobre un pozo sin fondo.

Confiar en Ed. ¿Confiar en Ed? Guidry confirmó que no tenía una opción mejor. «Las Vegas, allá voy». Ahora lo único que tenía que hacer era llegar hasta allí sin que nadie lo reconociese, sin que lo matasen.

Las ocho y media de la mañana. No quería cruzarse accidentalmente con Charlotte en el pueblo, de modo que caminó hasta su casita para ver si estaba allí. Abrió la puerta la hija rubia.

—Hola, Joan —le dijo él.

Ella sopesó sus diferentes respuestas posibles.

—Hola.

La hija del pelo rizado, Rosemary, se puso delante de ella.

—Hola, señor Wainwright. Estamos en Nuevo México.

—Sí que lo estamos —respondió Guidry.

Charlotte apareció tras sus hijas con una sonrisa. Vio las llaves del coche que Guidry llevaba en la mano y a él le agradó comprobar que su sonrisa se esfumaba.

—Oh —murmuró—. ¿Te marchas?

—¿Marcharme? —preguntó él—. No hasta mañana o el viernes. Pensaba ir a dar una vuelta por el pueblo y comprar algunas cosas. Y volver con una caja de donuts de mermelada, si alguien por aquí promete ayudarme a comérmelos.

—¡Sí! —exclamó Rosemary.

—Es muy considerado por tu parte —dijo Charlotte.

—No mováis ni un músculo —respondió Guidry—. Enseguida vuelvo.

Condujo hasta Santa María. En un pueblo tan pequeño, no tardó mucho en encontrar el taller mecánico. El hombre estaba trabajando en un coche sobre la plataforma, colocándole las luces traseras. El mismo coche que Guidry había visto en la cuneta de la autopista. El mismo coche que había visto remolcado por la grúa que había llevado a Charlotte hasta el motel Old Mexico.

El mecánico levantó la mirada y él esperó a ver su reacción. Apenas la hubo. Podría decirse que fue un fastidio moderado, o una indiferencia malhumorada. Bien. No buscaba a otro como él.

—Ocupado —masculló el mecánico.

—Esperaba que pudiera echarle un vistazo a mi Dodge antes de salir de viaje mañana —dijo Guidry—. Al menos comprobar los cinturones.

—Ocupado.

—No hace falta que lo jure. ¿En qué está trabajando?

Guidry sacó un billete de diez de su cartera y lo dejó sobre un banco de herramientas. Eso cambió el ambiente del lugar. El mecánico se incorporó y miró la pasta.

—Creo que ese es el coche que vi remolcado por su grúa antes de ayer —comentó Guidry—. ¿Pertenece a una mujer con dos hijas?

—Así es —respondió el hombre.

—Parecía bastante destrozado cuando lo vi. ¿En qué estado está?

—No estaba tan mal. Lo tendré listo en unas horas.

Guidry no guardó su cartera.

—Magnífica noticia —respondió.

17

Para comer, Charlotte y las niñas tomaron salchichas vienesas y galletas saladas. De postre, el resto de los donuts que Frank les había llevado esa mañana. Después volvieron al pueblo. Hacía otro precioso día, casi primaveral, y Charlotte se preguntó cómo sería el invierno en California. Sol, la cálida brisa oceánica, los paisajes esmeralda. En Woodrow, durante el mes de diciembre, el frío succionaba el color del cielo y el viento desnudaba los árboles.

En la puerta del taller había una nota en la que se leía *Vuelvo en cinco minutos*, de modo que Charlotte les dijo a las niñas que fueran a jugar al parque que había al otro lado de la calle. Utilizó la cabina de la esquina para llamar otra vez al número de la tía Marguerite.

—Cincuenta centavos, por favor —dijo la operadora.

Charlotte insertó las monedas. Empezó a contar los tonos, pero una mujer respondió casi de inmediato.

—¿Diga?

—¿Marguerite? —dijo Charlotte.

—Al habla. ¿Quién es?

—Tía Marguerite, soy Charlotte.

—Charlotte.

—Tu sobrina, Charlotte. De Oklahoma.

—Sí, claro —respondió Marguerite—. Ya sé quién eres. Charlotte. Qué inesperado.

La voz de Marguerite sonaba con un tono metálico y cortante, como un martillo al golpear la cabeza de un cincel; Charlotte lo recordó entonces. Y recordó también lo que su madre había dicho en una ocasión: que si necesitabas hielo para una copa, siempre podrías arrancarle un trozo a Marguerite.

—Me alegro de volver a hablar contigo, tía Marguerite —dijo Charlotte—, después de tanto tiempo.

—Sí.

Y luego el silencio. Charlotte había albergado la esperanza de poder entablar una conversación, abordar con delicadeza el motivo de su llamada y aprovechar al máximo sus cincuenta centavos. Al parecer no iba a tener esa suerte.

—Tía Marguerite, te llamo porque es posible que las niñas y yo vayamos a California dentro de poco. Mis hijas y yo, a Los Ángeles. Y pensé que, si no es mucha molestia, podríamos hacerte una visita.

—¿Te refieres a quedaros conmigo? —preguntó Marguerite.

—Si no es demasiada molestia —repitió Charlotte.

—No es buena idea. Mi casa es pequeña y además trabajo en casa. No puedo tener a niñas ruidosas por en medio.

Charlotte se había preparado para la posibilidad de que Marguerite le dijera que no, pero aquella rapidez y aquella determinación —como la rama de un árbol cortada de pronto por la mitad— la pillaron por sorpresa.

—¿Hola? —dijo Marguerite—. ¿Sigues ahí?

—Sí, perdona —respondió Charlotte—. Lo comprendo, claro.

—Puedo recomendarte un buen hotel. ¿Cuánto tiempo os quedaréis en Los Ángeles?

—¿Cuánto tiempo? La verdad es que... Mi marido y yo... Dooley y yo... bueno, es posible que nos divorciemos.

—Divorciaros... entiendo.

—Y pensaba en... California. Siempre he querido vivir ahí. Lo que quiero, lo que creo que las niñas necesitan, es empezar de cero, una página en blanco. Sé que debe de parecer una estupidez.

Marguerite no se apresuró a quitarle la razón. En su lugar suspiró.

—Los Ángeles es una ciudad difícil —comentó—. No es ni de lejos lo que la gente se imagina, todo playas doradas, campos de naranjos y estudios de cine.

—No, claro que no. —Aunque, pensándolo bien, aquello no distaba mucho de lo que ella había imaginado.

—Bueno —prosiguió Marguerite—, como ya te he dicho, puedo recomendarte un buen hotel cuando estés preparada. Aunque, si quieres mi consejo, te sugiero que busques un apartamento antes de llegar. Los hoteles aquí pueden ser bastante caros.

Charlotte tardó unos segundos en darse cuenta de que la conversación, otra rama partida limpiamente por la mitad, había terminado.

—Gracias —respondió.

—Buena suerte, Charlotte —le dijo Marguerite.

Charlotte colgó el auricular. Se recordó a sí misma que quedarse con la tía Marguerite siempre había sido una idea incierta. Lo había sabido desde el principio. Bueno, había otras posibilidades, si decidía seguir hasta California. Tenía que haberlas.

Regresó al taller y llamó al timbre. Volvió a llamar. Por fin salió el mecánico, limpiándose las manos con un trapo manchado de grasa. El jugo del tabaco de mascar le salía por la comisura de los labios.

—Hola —dijo ella—. Vengo por lo de mi coche.

—Sí —respondió él.

—¿Podrá tenerlo reparado hoy? ¿Cuánto me va a costar?

El hombre se cambió el tabaco de un carrillo al otro. No la miraba a los ojos, así que se preparó para las malas noticias. ¿Cincuenta dólares? ¿Setenta y cinco? No podría llegar a cien.

—El eje delantero está roto en dos, el subchasis ha quedado inservible —dijo el mecánico—. Peor que eso, la transmisión ha quedado inservible. Debió de entrar como una moto en la cuneta. Está en las últimas.

—¿La transmisión está en las últimas? —preguntó Charlotte.

—El coche. El coche está en las últimas. —El mecánico volvió a cambiarse el tabaco de carrillo—. Arreglarlo le costaría más de lo que vale el coche. No voy a mentirle.

Charlotte sintió un cosquilleo en las yemas de los dedos. Notó el calor que le subía por el cuello y se mareó con la mezcla de olores de aquel lugar: tabaco, grasa y sudor; el sudor del mecánico y el suyo propio.

—¿Tiene... Puedo sentarme un momento? —le preguntó.

Él apartó de una silla plegable una pila de catálogos de piezas de coches y revistas con mujeres. Le llevó un vaso de papel lleno de agua y sacó una caja de cerillas para que pudiera encenderse un cigarrillo.

Seguía sin mirarla a los ojos.

—Lo siento, señora —le dijo.

Cuando Charlotte volvió a salir, las niñas estaban intentando subir al perro al balancín del parque. Se quedó mirándolas. Se sentía anestesiada, frágil, como la carcasa vacía de una chicharra espachurrada contra el suelo.

Buscó otro cigarrillo en el bolso. Una lágrima resbaló por su barbilla y emborronó la tinta de su libreta de direcciones. No se había dado cuenta de que estaba llorando. No sabía cuándo había empezado.

Había sido una estúpida al pensar que tenía el valor para llevar aquello a cabo, que podía marcharse de Oklahoma para siempre, dejar a Dooley para siempre y empezar de nuevo ella sola. El valor nunca había sido su punto fuerte. Su talento era rendirse. Cuando el señor Hotchkiss se negó a permitirle hacer fotos para el periódico, ella se rindió. Cuando Dooley se negó a aceptar que tenía un problema con la bebida, ella se rindió. Cuando el empleado de la gasolinera de Texas la miró con lascivia, ella bajó la mirada y dio las gracias.

Recordó el cuento de los tres cerditos, que a las niñas les encantaba cuando eran pequeñas. En el cuento de su vida, Charlotte no estaba hecha de ladrillo, ni siquiera estaba hecha de palos; estaba hecha de paja, la casa que el lobo podía echar abajo con un solo soplido.

Dooley la conocía mejor de lo que se conocía ella a sí misma. «Vuelve a casa, Charlie», le había dicho antes de terminar la conversación el lunes. «Sabes que volverás».

Observó a las niñas. ¿Recordarían aquello Rosemary y Joan pasados los años? ¿Cómo lo recordarían? ¿Cómo la recordarían a ella?

El perro se bajó del balancín y las niñas corrieron tras él riéndose. El animal se revolcó por el suelo y mordisqueó la hierba seca.

Charlotte se dio cuenta de que no había tenido ningún ataque desde que salieran de Woodrow. La nueva medicación funcionaba. Veía que se sentía mejor, más animado y alegre que en los últimos tiempos.

¿Sería un estado permanente? No. El veterinario le había advertido que, incluso en las mejores circunstancias, era probable que el perro experimentase algún ataque ocasional. Sin embargo, esas recaídas serían más suaves y menos frecuentes. El perro se volvería más resistente, capaz de levantarse con mayor rapidez cada vez que la vida lo derribase.

Y así, sin más, Charlotte tomó una decisión. No iba a volver a Oklahoma. No iba a volver con Dooley. Que fuera lo que Dios quisiera. El coche estaba inservible. Sin duda se sucederían otros contratiempos, pero no permitiría que eso la detuviese. Siempre elegiría volver a levantarse.

No sabía cómo llegarían hasta California, pero encontraría la manera. ¿Y una vez allí? ¿Cómo se las apañarían para subsistir? Encontraría la manera. Y quizá Frank tuviese razón. Quizá el universo le debiese un favor.

Pocos minutos después, Frank apareció caminando por la calle como si ella lo hubiera convocado con el pensamiento. Al acercarse, su sonrisa desapareció y fue sustituida por una mirada de preocupación. Charlotte sabía que debía de tener un aspecto desastroso, con todo el rímel corrido.

—¿Qué sucede? —le preguntó él—. ¿En qué puedo ayudarte?

18

Barone le dijo al chico que condujese desde la comisaría de policía de Goodnight hasta Amarillo. Allí Guidry tomaría la 66. Él la tomaría también para seguirlo. Pero primero debía deshacerse del Pontiac.

—Por ahí —dijo Barone. Un callejón que salía de la calle principal de Amarillo. Un par de tacaños que no querían pagar el parquímetro habían aparcado ahí.

El chico metió el Pontiac por el callejón.

—Deja las llaves puestas —le ordenó Barone. Con un poco de suerte, algún vándalo o vagabundo lo encontraría y lo conduciría hasta Canadá.

—¿Qué? —preguntó el muchacho.

—Haz lo que te digo. No hagas preguntas.

—¿Vamos a marcharnos sin más?

—Esa es la idea.

—Joder —contestó el muchacho, pero no dijo nada más. Era más de lo que podía decirse de la mayoría de los supuestos profesionales con los que había trabajado a lo largo de los años.

Tomaron un autobús que circulaba por la autopista. Caminaron dos manzanas por la 66 hasta un motel con la misma disposición que el Bali Hai de Houston. La L de bloques de hormigón, las escaleras en el recodo, como aquellas por las que había caído el francotirador de San Francisco. Sin embargo, aquel motel no tenía una temática tropical, ni de ningún otro tipo. Era solo el Amarillo 66.

—Ya era hora de que parásemos —comentó el chico—. Despiértame para desayunar.

Barone también estaba cansado. Le dolía el cuerpo y tenía fiebre. Era lunes, la una de la tarde, y llevaban despiertos desde... ni siquiera lo recordaba. Le vendría bien descansar un poco. Tal vez tuviera que registrar todos los moteles desde allí hasta California. «De acuerdo». Seraphine tardaría unas horas en conseguirle un nuevo coche.

De camino al motel, Barone estudió cada vehículo del aparcamiento. No vio ningún Dodge Coronet del 57 o del 58 de color azul.

Preguntó al recepcionista por Guidry. Se lo describió. Explicó que era un detective privado que andaba buscando a un tipo que había abandonado a su mujer y a sus hijos, que no sabía qué nombre estaría utilizando. Dudaba que Guidry se hubiera detenido en Amarillo, pero lo mejor sería asegurarse.

El recepcionista dijo que no, que nadie se había registrado desde la tarde del día anterior. Les dio dos habitaciones, una junto a la otra. Barone le dijo al muchacho que estuviese listo para marcharse en tres horas y después se fue a buscar una cabina telefónica.

—¿Y bien? —dijo Seraphine.

—No —respondió él.

—¿No?

—Ha conseguido librarse de alguna manera.

—Ah. —No parecía muy sorprendida.

—El *sheriff* dijo que se dirigía hacia el oeste —explicó Barone—. Tengo la marca y el modelo del coche que lleva. He tenido que ponerme un poco duro.

Esperó a que ella dijera algo. Seraphine sabía bien cómo fastidiarle.

—Me habría sido imposible llegar antes —añadió él.

—No es culpa tuya, *mon cher* —respondió ella.

—No he dicho que lo fuera.

—Al menos ahora sabemos hacia dónde va. Las Vegas o Los Ángeles.

¿Las Vegas o Los Ángeles? A Barone no le parecía que supieran hacia dónde se dirigía Guidry.

Era un largo trayecto, en cualquier caso. Pensó en la táctica que Guidry había seguido en Houston. Había intentado engañar a Seraphine, dándose la vuelta en vez de tomar el primer vuelo que salía de allí.

—Pon a tu gente a trabajar en Las Vegas y Los Ángeles —dijo Barone—, pero tal vez pare a pasar la noche en algún punto del camino. Quizá varias noches. Con la esperanza de que le adelantemos.

Ella volvió a quedarse callada. Esta vez porque se dio cuenta de que Barone podía tener razón.

—Tal vez —respondió—. Sí.

—¿Cuánto tardarías en conseguirme un coche? —preguntó él—. Y un arma nueva.

—Haré una llamada ahora mismo.

Le dio el nombre del motel, colgó el teléfono y regresó a su habitación. La fiebre le invadía. Le dolía todo, sentía frío y calor. No le preocupaba. La gripe nunca duraba demasiado, al menos la peor parte. Una ducha le iría bien. Pero Barone no podía incorporarse, el mundo daba vueltas tan deprisa que era incapaz de levantarse de la cama. No recordaba haberse tumbado. Intentó desabrocharse la camisa. Después estaba arrodillado en el suelo del baño, con el espejo empañado por el agua caliente de la ducha.

Y acto seguido estaba de pie frente a un lago de montaña, el lago de uno de los dibujos de la pared de la comisaría de policía. Pero ahora el lago estaba en llamas y el calor le convertía en cenizas. Barone sentía como su piel burbujeaba. Sabía que era un sueño, pero, cuando los sueños son más reales que la vida, ¿qué diferencia hay?

Una brisa helada lo liberó. Ahora estaba corriendo. El chico de

163

color corría a su lado. «Theodore, no me llames Ted. Theodore, no me llames Teddy». El chico gritaba. «¡Deprisa!». ¿De qué huían? ¿Hacia dónde corrían? Barone no tenía nada en contra de los alemanes. El grito de los proyectiles al caer del cielo. «¡Salta!», gritó el chico. «¿Ahora?». «¡Salta!».

Una habitación. Un sofá rojo de angora. Una mujer con los pies apoyados en el cojín. Barone volvía a tener cinco o seis años. La mujer le sonreía. Veía sus muslos desnudos bajo la bata. Señaló la puerta con la cabeza. «Está ahí», le dijo. «¿El qué?». No se lo dijo. «Ve a verlo tú mismo. No tengas miedo».

Cuando Barone se despertó, estaba de nuevo en la cama del motel de Amarillo, bajo las sábanas. Un hombre calvo de cara rechoncha y gafas redondas de montura metálica estaba sentado en una silla junto a la cama, hurgándose los dientes con la esquina de un librillo de cerillas.

—Hola, señor Roberts —dijo el hombre—. ¿Cómo nos encontramos esta mañana?

Barone no podía verle los ojos por la luz que entraba por la ventana y se reflejaba en las lentes de las gafas.

—¿Quién es usted? —preguntó Barone.

—Nos encontramos un poco más vigorosos, diría yo.

Le entregó a Barone un vaso de agua. Este apenas podía levantar la cabeza y tuvo que sujetar el vaso con ambas manos. Se sentía mejor. Un poco caliente, un poco mareado. El agua le supo bien. Se bebió hasta la última gota.

—¿Quién diablos es usted? —insistió.

—Yo soy el médico que le ha salvado la vida —respondió el hombre—. Y, por si cree que exagero, le aseguro que no. ¡Santo cielo!

El muchacho de color emergió de detrás del doctor, le quitó el vaso vacío a Barone y lo llevó al cuarto de baño. Barone oyó el grifo del agua.

—Se le había infectado la mano —explicó el doctor—. Cuando llegué, tenía cuarenta de fiebre.

Barone se bebió el segundo vaso de agua. La habitación ya había dejado de dar vueltas.

—El muchacho tuvo el buen juicio de insistir al gerente del motel hasta que este me llamó. Me encantaría conocer al mono capuchino que le puso esos puntos en la mano, por cierto. Se olvidó de limpiar la herida primero, pero es el mejor trabajo de sutura realizado por un mono capuchino que jamás he visto.

—Estabas en el suelo —dijo el muchacho, manteniendo la distancia, como si temiera que Barone se enfadara—. Ahí tirado, con la camiseta interior enredada en la cabeza. La puerta estaba abierta. Pensé que estabas muerto.

—¿Qué hora es? —preguntó Barone.

—Las once de la mañana —respondió el doctor—. Abra la boca, por favor, señor Roberts.

El doctor le metió un termómetro bajo la lengua. Las once de la mañana. Eso era imposible. Habían llegado a Amarillo a la una de la tarde. El tiempo nunca iba hacia atrás, por mucho que uno lo deseara.

—Muy bien —dijo el médico tras inspeccionar el termómetro—. Tiene algo menos de treinta y ocho. Vamos progresando, señor Roberts.

—¿Qué día es hoy? —preguntó Barone.

—Martes.

—No. Es lunes.

—Es martes, veintiséis de noviembre del año mil novecientos sesenta y tres de nuestro Señor —dijo el médico—. Le administré antibióticos ayer y esta mañana. Le he limpiado la herida y le he cambiado el vendaje.

—¿Qué otra cosa querías que hiciera? —dijo el muchacho. Seguía apartado, pero ahora parecía estar a la defensiva—. Pensé que estabas muerto hasta que te toqué. Intentaste matarme antes de volver a desmayarte.

—En mi opinión como médico, hay que retirar las suturas, irrigar la herida y drenarla de inmediato —dijo el doctor—. Mantener el

165

drenaje e inmovilizar la mano. Nuevos puntos y una escayola. Si viene a mi consulta mañana por la mañana, yo le atenderé.

—Largo de aquí —dijo Barone.

—El descanso adecuado es prioritario. Muchos fluidos, aunque, por supuesto, debería evitar cualquier fluido de naturaleza alcohólica. Y es esencial que se tome esto durante dos semanas. ¿Lo ve?

El médico le mostró un bote de pastillas, lo agitó y volvió a dejarlo en la mesilla. Agarró un segundo bote y lo agitó también.

—Tómese esto si experimenta algún dolor —le explicó—. Son bastante potentes, así que le aconsejo moderación. ¿Puedo preguntarle cómo se hizo la herida?

—Se cortó afeitándose las palmas —respondió el muchacho.

El médico se carcajeó.

—Maravilloso.

—Ven aquí —le dijo Barone al muchacho—. Ayúdame a levantarme.

El chico le ayudó a ir al baño y Barone tuvo que apoyarse en su hombro para mear. Sentía como si hubieran estado hirviéndole los huesos en una cazuela hasta que se le pusieran blandos. Para cuando regresó a la cama, estaba sin aliento.

El doctor volvió a hurgarse los dientes con el librillo de cerillas.

—Largo de aquí —repitió Barone.

—Será un placer, señor Roberts. Pero queda el asunto de los honorarios.

Cuando el médico se marchó con su dinero, Barone le dijo al chico que le ayudase a levantarse otra vez de la cama.

—Se supone que tienes que descansar —respondió el muchacho—. Lo ha dicho el médico.

—Ven aquí —insistió Barone.

Después de vestirse, envió al chico a comprarle cigarrillos, *whisky* y una chocolatina. Se acercó a la puerta, contó hasta diez para recuperar el aliento, la abrió y salió de la habitación.

El aparcamiento. Un Ford Fairlane aparcado en un rincón, sin ningún otro coche alrededor. En la guantera había una pistola Police Positive del 38, como la que llevaba Fisk, pero con la empuñadura de madera gastada.

Regresó a la habitación justo a tiempo. El chico volvió con los cigarrillos y las chocolatinas, pero sin el *whisky*. Barone estaba demasiado débil para discutir con él por eso. Apenas logró volver a meterse en la cama.

—Te dije que descansaras —dijo el chico—. ¿No es así?

—Shhh —fue lo único que pudo responderle Barone.

—¿No te lo he dicho? Venga, tómate la pastilla.

El muchacho humedeció un trapo y se lo puso a Barone sobre la frente. Este se comió la mitad de la chocolatina y se tragó dos analgésicos. Se durmió. El chico le despertó por la noche y le hizo tomarse otra pastilla con un vaso de agua.

Cuando volvió a despertarse, era de día. Las nueve y cuarto de la mañana.

—¿Qué día es hoy? —preguntó.

—Miércoles —respondió el chico—. El día anterior a Acción de Gracias.

Miércoles. Barone había tirado a la basura dos días enteros.

Se incorporó con cuidado y puso los pies en el suelo. Se afeitó y se duchó. El chico daba vueltas a su alrededor, recordándole que tenía que seguir descansando, que lo había dicho el médico.

—Todavía nada —dijo Barone cuando Seraphine respondió al teléfono—. ¿Y tú?

—No —dijo ella con tono seco.

—¿Qué sucede?

—«Un poco duro».

—¿Qué?

—Eso es lo que dijiste sobre Texas —dijo Seraphine—. Que habías tenido que ponerte «un poco duro».

De modo que se había enterado de lo de la comisaría de Goodnight. Tenía motivos para estar enfadada. Barone estaba enfadado consigo mismo. Culpaba de ello a la fiebre. No debería haber perdido los nervios, debería haber esperado a que el *sheriff* se fuera a casa y haberlo seguido. Habría obtenido la información sobre Guidry igual de rápido y sin tanto alboroto.

Pero a tomar por culo Seraphine. Ella, en su cómodo despacho, con su vida acomodada, tomando cócteles antes de la cena todas las noches, paseando por el parque. Era él quien tenía que hacer el trabajo sucio. Era él quien arriesgaba la vida por Carlos. Seraphine solo tenía que preocuparse de no descascarillarse el esmalte de uñas con la máquina calculadora.

—¿Y bien? —dijo él.

—No sé si te das cuenta de la urgencia —respondió ella—. Me han asegurado que las autoridades no descansarán hasta encontrar al responsable.

—Entonces creo que no descansarán nunca.

—¿Dónde estás?

Barone no debería haber parado en Amarillo. Culpaba de ello a la fiebre. No había planeado parar allí más de unas pocas horas.

—Albuquerque —respondió. No sabía si ella se daría cuenta de la mentira.

—Bien —respondió Seraphine—. Aunque deberás tener cuidado. Y no regreses a Texas bajo ningún concepto. Espero que no tenga que recordártelo. Cuanto antes encuentres a nuestro amigo, mejor para todos.

De vuelta en la habitación, se encontró al chico en calcetines viendo la tele y le tiró los zapatos.

—Nos largamos —le dijo.

—¿Ahora? —se quejó el muchacho—. ¿Y qué pasa con el desayuno? Y tienes que tomarte la pastilla primero. El médico dijo que...

—Ahora mismo.

19

Día de Acción de Gracias. Mientras Guidry se incorporaba a la autopista, dio gracias por dejar atrás Santa María, Nuevo México, y poder seguir su camino.

—Allá vamos —le dijo a su público. Charlotte iba sentada en el asiento del copiloto y las niñas y el perro iban atrás.

El mecánico se había mostrado reticente al principio, cuando le ofreció cincuenta dólares por decirle a la mujer que su coche estaba inservible. Había dicho que jamás podría hacer algo tan turbio, y menos a una agradable mujer y a sus hijas. Y una mierda. Solo quería subir el precio. Guidry, que se hallaba entre la espada y la pared, no tenía elección. En los buenos tiempos, nunca tenía que regatear. «Sí, señor. Lo que usted diga, señor. Dele recuerdos al señor Marcello, señor».

Lo bueno era que, si el gran Ed Zingel cumplía su palabra, Guidry no tendría que preocuparse por el dinero cuando llegara a Las Vegas. ¿Y si Ed no cumplía su palabra? Guidry tampoco tendría que preocuparse por el dinero, salvo por el centavo que tendría que pagar a Caronte para cruzar el río Estigia en su camino al reino de los muertos.

El mecánico había cumplido su parte del trato. Charlotte salió del taller como si la hubiera atropellado un autobús.

Guidry eligió ese momento para hacer su aparición como caído del cielo.

—¿En qué puedo ayudarte?

Ella le contó lo del coche. Él escuchó con atención. Hubo de reconocérselo: quizá hubiera estado llorando un minuto antes, pero ya no lloraba. Encajaba los golpes con dignidad. No se le quebró la voz ni apartó la mirada en ningún momento.

—Bueno, Charlotte —le dijo él—, menos mal que tienes un plan b.

Ella sonrió.

—Bueno, Frank, no sé si lo tengo.

—Yo también voy a Los Ángeles, ¿no es verdad? —le recordó—. Hay sitio de sobra en mi coche. Y ya has visto cómo se me dan los perros.

Ella se quedó mirándolo. Su expresión era más sorprendida que desconfiada, pero por un segundo Guidry estuvo convencido de que le había descubierto.

—Eres muy amable —le dijo—, pero no podría...

—Hablemos de por qué no. Empieza tú.

—Porque...

—En autobús tardarás tres días —le dijo él—. Para en todos los pueblos desde aquí hasta el océano Pacífico. Y no será barato, tres personas y un perro.

Guidry vio que Charlotte elaboraba la siguiente parte ella sola. ¿Cuánto le costaría el autobús? ¿Y estaría permitido llevar al perro a bordo?

Él se frotó la barbilla y entonces le llegó la inspiración.

—Necesitarás un coche en Los Ángeles, ¿no? Escucha, yo tengo un amigo en Las Vegas. Nos pilla de camino a Los Ángeles. Ed tiene allí un par de negocios y resulta que uno de ellos es un concesionario de coches.

—Yo no tengo dinero para comprarme un coche —argumentó Charlotte.

—Tienes más que suficiente para tomar uno prestado —dijo él—. Ed es un buen samaritano. Él también tiene hijas.

Guidry no sabía si el gran Ed tenía hijos o no. Bueno, ahora sí los tenía. Tenía hijas, un concesionario de coches y un corazón generoso.

—Pero yo no podría... —insistió ella, tratando de convencerse y, al mismo tiempo, de disuadirse a sí misma.

Casi la tenía. Ahora debía aflojar y darle libertad. El primer «sí» de una mujer tenía que ser fácil. Que se acostumbrara a decirlo.

—Lo siento —dijo Guidry—. Prometí que no intentaría venderte nada, ¿verdad? Mira, hacemos una cosa. Yo no me voy hasta mañana. Al menos piénsatelo antes de decidir. Consúltalo con la almohada.

Aun así, ella vaciló. Guidry no sabía si la había fastidiado o no. ¿Habría visto Charlotte las oscuras profundidades de su alma mentirosa?

No, claro que no. Pero era lo suficientemente perceptiva como para darse cuenta de que algo no era lo que parecía ser.

—Sí —contestó—. Lo consultaré con la almohada. Eres muy amable, Frank.

—Bien, Charlotte, me alegra que pienses eso.

Y allí estaban ahora, recorriendo la 66. Charlotte estaba tensa, con el puño apretado sobre su regazo. Seguía sin estar del todo convencida de que hubiera sido una sabia decisión aceptar su oferta. Pero Guidry vio señales de que había empezado a relajarse. De vez en cuando miraba el desierto a través del cristal. O sonreía cuando ponían por la radio una canción que le gustaba.

—Estamos haciendo una lista —dijo Rosemary, la hija del pelo rizado.

Guidry se dio cuenta de que estaba hablando con él. Tenía la barbilla apoyada en el respaldo del asiento, junto a su hombro. No sabía cuánto tiempo llevaba ahí.

—Rosemary —dijo Charlotte—, no molestes al señor Wainwright.

—No importa —contestó él—. Me gustan las listas. Son prueba de una mente organizada.

Rosemary le mostró su libro de Disney sobre la naturaleza. En la portada aparecían un búho, una araña, lo que parecía ser un coyote y un pulpo. *Secretos del mundo oculto.*

—Va de animales y peces y pájaros y bichos que solo salen de noche —explicó la niña—. Estamos haciendo una lista de nuestros animales favoritos en el libro. El coyote es el primero, claro, porque parece un perrito. ¿Verdad, Joan? Tenemos otra lista para peces y otra para pájaros y otra para bichos.

Charlotte le lanzó a Guidry una mirada divertida.

—Oh, vosotros los que entráis, abandonad toda esperanza.

—Bueno —les dijo Guidry a las niñas—, será mejor que estéis atentas a vuestra derecha. A veces los coyotes también salen durante el día. Tal vez veáis uno.

Ambas niñas se pegaron a la ventana, con las palmas de las manos apoyadas en el cristal. El sol les daba de lleno, y la concentración de sus caras era tan intensa, tan pura, que, si alguna vez flaqueaba, la tierra dejaría de girar. Un recuerdo lejano surgió en su mente. Su hermana Annette, con cuatro o cinco años, arrodillada en una silla junto a la ventana, viendo como su madre caminaba hacia la casa. Él tendría ocho o nueve años por entonces. Su madre los vio en la ventana y sonrió. El sol atravesaba el cristal. «No parpadees o ella desaparecerá para siempre».

Lo peor de una infancia infeliz: los momentos felices ocasionales, cuando se te permitía ver por un instante la vida que podrías haber tenido.

—¿Crees que veremos un coyote, Joan? —preguntó Rosemary—. Yo creo que sí.

Las niñas dijeron que tenían que hacer pis en Coolidge. Después pararon a comer en un puesto de hamburguesas de Gallup. La camarera era muy dicharachera. Guidry intentó darle la impresión de que era un hombre de familia, por si acaso alguno de los hombres de Seraphine aparecía después y empezaba a hacer preguntas sobre un guapo soltero.

«Vamos de camino a Los Ángeles. Las niñas nunca han estado en Disneylandia. Aquí tienes, Rosemary, aquí tienes Joan. ¿Para quién era el batido de vainilla y para quién el de chocolate? ¿Paseo al perro antes de irnos?».

La estratagema de pasear al perro estuvo a punto de salirle cara. Mientras esperaba a que el perro terminara de expulsar un zurullo más largo que una manguera de jardín, la camarera se acercó y le preguntó cómo se llamaba el perrito. A Guidry también le habría encantado saberlo.

—Bueno —le dijo—, normalmente cree que se llama «Hora de comer».

La camarera se rio. El perro, mientras echaba el zurullo, miró a Guidry con cara de reproche.

A Rosemary le entraron ganas de hacer pis otra vez en Lupton. A Joan le entraron ganas en Chambers. A ese paso, a Guidry le habría dado lo mismo ir caminando hasta Las Vegas. Aunque ese ritmo lento podría jugar a su favor. Tal vez Seraphine fuese muy por delante de él, registrando ciudades y puertos, escudriñando horizontes lejanos.

Las niñas cantaban canciones. Guidry se enteró del nombre del perro para futuras referencias. Lucky. Charlotte se había relajado lo suficiente como para acercar la mano al dial de la radio.

—¿Puedo? —preguntó.

—Adelante —respondió él.

Durante tres kilómetros fueron escuchando en silencio la emisora que ella seleccionó. Guidry no reconoció al cantante. La voz no era nada del otro mundo, áspera y nasal, pero tenía personalidad propia.

—¿Cómo se llama? —preguntó.

—*Don't Think Twice, It's All Right* —respondió Charlotte. «No te lo pienses dos veces, no pasa nada»—. Un mensaje interesante, ¿verdad?

—Él la abandona a ella —dijo Guidry—. O ella le ha echado. No me queda clara esa parte.

—Aunque tal vez la canción no trate de un hombre y una mujer. O no del todo.

Él la miró intrigado.

—Ilumíname.

—Quizá trate de todos nosotros —respondió ella—. Como individuos y como nación. Tener el coraje de nuestras convicciones. Cuando el presidente fue asesinado, mi cuñado dijo que el mundo se iba al garete. Pero él piensa eso desde hace mucho tiempo. No creo que lo que ocurrió en Dallas sea lo que realmente asusta a la gente como él.

—Te refieres a los negros —dijo Guidry—. Los derechos civiles y todo eso. A tu cuñado le preocupa que el genio no pueda volver a meterse en la lámpara.

—No solo los negros —respondió ella—. Las mujeres también. La gente joven. Todos los que llevan demasiado tiempo reprimidos y están ya hartos.

—La Biblia dice que los mansos heredarán la tierra —comentó Guidry—. Aunque yo siempre he sido escéptico con esa opinión.

—Estoy de acuerdo. Y creo que Bob Dylan está de acuerdo. Los mansos no heredan la tierra. Hay que alzar la voz. Hay que reclamar lo que a uno le corresponde por derecho. No puedes contar con que alguien te lo entregue sin más.

No era la respuesta que Guidry había esperado. Aunque, claro, ella no era la mujer que él había esperado. Se preguntó por su marido en Oklahoma. ¿Sería granjero de trigo? ¿Carnicero, panadero, cerero? En lo referente a Charlotte, a ese hombre le habían tocado buenas cartas. Tal vez no se diera cuenta de ello.

Hablando de lo cual, ¿por qué el padre no las acompañaría en aquel viaje? Era una época extraña para ir a visitar a una tía a California, con las vacaciones de Navidad a menos de un mes. Rosemary y Joan deberían haber estado en clase los últimos tres días.

—¿Cuánto tiempo os quedaréis en Los Ángeles? —le preguntó.

Ella vaciló y él se dio cuenta. Tenía razón. Charlotte estaba huyendo, igual que él.

—Mami, ¿podemos hablar ya de eso? —preguntó Joan, aunque Rosemary también prestaba atención—. ¿Cuánto tiempo nos quedaremos en California?

—¡Oh, mirad, niñas! —exclamó Charlotte.

Señaló un cartel que anunciaba el Bosque Petrificado y el Desierto Pintado. Un indio con penacho de plumas se alzaba sobre una montaña y contemplaba las planicies y los riscos que se extendían ante él; un paisaje rugoso de sangre brillante y oro fundido, con la misma tonalidad antinatural que la piel del indio.

Las niñas volvieron a pegarse al cristal. Charlotte se alisó la falda y fingió estar igual de fascinada con el cartel.

Cuando Guidry la miró, le dirigió una mirada de disculpa. «Perdona, de ahora en adelante mantendré mi bocaza cerrada».

—Mami, ¿de verdad está pintado el desierto? —preguntó Rosemary—. ¿Quién lo pintó? ¿Y el bosque entero está petrificado? ¿Podemos trepar a los árboles? ¿Por qué están petrificados los árboles? ¿Por qué está pintado el desierto? ¿Habrá indios?

El Bosque Petrificado fue lo primero. Guidry detuvo el coche en el mirador. Había familias y un lobo solitario sentado en el capó de una camioneta destartalada. Llevaba pantalones chinos sucios, un chaquetón de franela igualmente sucio y barba de tres días. Cuando Guidry bajó del coche, el hombre se quedó mirándolo. Él lo ignoró y siguió a Charlotte y a las chicas hasta la barandilla.

El Bosque Petrificado era decepcionante. ¿Bosque? No, aquello solo eran bultos ennegrecidos dispersos sobre la arena como colillas de cigarrillo en un cenicero. Pero a las niñas les encantó. Al menos a Rosemary.

—¡Mira, Joan! —exclamó Rosemary—. ¡Un bosque convertido en piedra! ¡Fue obra de un mago! Porque la princesa a la que amaba le rompió el corazón. Eso es lo que creo, Joan. ¿Tú también lo crees?

¿Guidry había visto antes al bastardo sospechoso del chaquetón de franela? ¿Había visto la camioneta destartalada en Gallup, en el puesto de hamburguesas? No estaba seguro. ¿Sentía la mirada del hombre? Tampoco estaba seguro.

El Desierto Pintado fue todavía menos impresionante que el Bosque Petrificado. Una tarde nublada, todo con un color como de jabón viejo. Ni siquiera Rosemary pudo inventarse una historia bonita. Sin embargo, pocos kilómetros más adelante, se encontraron con un indio gigante de yeso, de tres metros de altura. El restaurante y la tienda del gran jefe.

Las niñas rodearon al gran jefe, asombradas. El gran jefe parecía haber perdido quince asaltos contra un jefe todavía más grande. Estaba inclinado hacia un lado, tenía varios dedos y una oreja rotos y casi toda la pintura descascarillada por el viento del desierto. Tenía un ojo ciego. ¿A quién le recordaba a Guidry?

Vio cómo Charlotte observaba a sus hijas, sonriendo, y por un momento se sintió incapaz de quitarle los ojos de encima.

El viaje empezaba a pasarle factura. ¿Cómo no? Dos niñas pequeñas, un coche estropeado y un futuro que podría considerarse incierto en el mejor de los casos. Se notaba el peso en su rostro, la piel traslúcida bajo los ojos, las delicadas arrugas. Aún era joven, pero no lo sería por mucho más tiempo. Eso no hacía que resultase menos atractiva. Algunas sonrisas mejoraban con la edad.

Pero él se había sentido atraído por muchas mujeres a lo largo de los años. Eso nunca le había nublado el juicio. ¿Por qué iba a ser diferente esta vez?

La camioneta destartalada entró en el aparcamiento. Guidry la siguió por el rabillo del ojo. El bastardo sospechoso del chaquetón de franela se bajó, se estiró, bostezó y se rascó el culo.

Debía relajarse. Aquel hombre no estaba siguiéndole. El restaurante del gran jefe estaba abarrotado, era el único lugar donde comer en kilómetros. No podía culpar a un hombre por tener hambre.

Se sentaron fuera, a una de las mesas de pícnic. Guidry decidió ser atrevido y pidió tamales como cena de Acción de Gracias. No estaban mal, consistían en pan de maíz con un poco de carne de hamburguesa dentro. La salsa picante le dio hipo, pero Rosemary conocía un remedio y se lo explicó colocándole la mano en la rodilla.

—Cierra los ojos, aguanta la respiración, cuenta hacia atrás desde diez. ¡Mira, un monstruo! ¡Bu! ¡Detrás de ti!

Y funcionó, quién se lo iba a decir. Se le pasó el hipo.

El bastardo sospechoso, sentado a pocas mesas de distancia, alcanzó su mostaza y se quedó mirando a Guidry durante varios segundos.

¿Relajarse? La espada que tenía sobre su cabeza pendía, como en el mito, de un hilo muy fino. Bastaría muy poco para acabar con él: un golpe de viento, un encuentro fortuito, un recuerdo. Un hombre, una llamada telefónica a Nueva Orleans y se acabó.

El bastardo sospechoso se terminó la cena y volvió a entrar. Guidry se puso en pie y agarró su botella de cerveza vacía.

—¿Voy a ver qué tienen de postre? —les preguntó a Charlotte y a las niñas—. Sí, creo que sí.

Una vez dentro, vio al hombre abrirse paso entre los turistas y las vitrinas con *souvenirs*, mantas de los navajos y auténticas puntas de flecha. Se metió por un pasillo y desapareció.

«¿Qué estás haciendo, bastardo sospechoso?».

Buscar una cabina telefónica. Eso hacía.

Guidry lo siguió. El pasillo estaba vacío, pero había una puerta trasera abierta. Comprobó el peso de la botella vacía que llevaba en la mano. Se le podía romper la cabeza a alguien casi con cualquier cosa. Había aprendido eso en el Pacífico. Si encontrabas el punto de unión adecuado, si seguías dándole, el cráneo se abría como los pétalos de una flor.

Salió a la calle, detrás del edificio. El hombre se volvió y lo vio.

—¿Buscas el teléfono? —preguntó Guidry.

Se dijo a sí mismo que debía darle una paliza en ese instante, antes de que el tipo lo viera venir. Estaba atardeciendo y ambos estaban allí solos. Podía arrastrar el cuerpo hasta detrás de los contenedores de basura. Con un poco de suerte, pasarían horas antes de que alguien lo encontrara.

—¿Qué? —dijo el hombre.

Guidry no vio ninguna cabina. Pero habría una en la siguiente área de servicio de la carretera, o en la otra, y el hombre llamaría desde allí. Seraphine lograría localizarlo en el lugar exacto. Sabría bien hacia dónde se dirigía.

—Busco un sitio donde mear, si no te importa —respondió el hombre—. El meadero de dentro está ocupado y no puedo más, aunque no es asunto tuyo.

Guidry no podía correr el riesgo. Solo había un principio según el cual guiaba su vida. «Si hay que elegir entre tú y yo, amigo, me elijo a mí. Siempre».

Dio un paso hacia él. El hombre no lo miraba. En su lugar miraba hacia su izquierda. Guidry había empezado a darse la vuelta —«¿qué diablos mira?»— cuando se dio cuenta de que el hombre lo miraba con su otro ojo.

Se percató entonces de que antes no lo estaba mirando; era más estrábico que una mantis religiosa.

Guidry tiró su botella de cerveza.

—¿De qué te ríes? —le preguntó el hombre.

—De nada —respondió él—. Lo siento.

—Ríete todo lo que quieras, hijo de perra. Estoy acostumbrado.

Guidry compró pastel de boniato para Charlotte y las niñas. Otra cerveza para él. La necesitaba. De vuelta en el coche, con el gran jefe perdiéndose tras ellos en el crepúsculo, empezó a reírse de nuevo. Rosemary apoyó la barbilla en el respaldo del asiento, junto a su hombro.

—¿Te has acordado de algún chiste divertido? —le preguntó.

Guidry dio un largo trago a su cerveza.

—Sí —respondió—. Desde luego que sí.

20

La carretera iba en pendiente hacia arriba y al coche le costaba avanzar. Llegaron a Flagstaff poco después de las nueve de la noche. Estaba todo demasiado oscuro para ver los pinos alrededor, pero Guidry los olía. El aire frío y aromático, apenas suficiente para llenarte los pulmones. Como la vida en la luna, en un planeta diferente.

Guidry se detuvo en el primer hotel que vio. Una reliquia de ladrillo y madera de pino que debía de llevar allí desde la época de los pioneros. Probablemente no lo habrían limpiado desde entonces. El papel de las paredes estaba levantado, las baldosas descascarilladas y una de las lámparas de araña inclinada. El libro de registros tenía medio metro de largo y treinta centímetros de grosor. El recepcionista tuvo que usar ambas manos para pasar la página.

Las niñas se habían quedado fritas. Guidry las llevó escaleras arriba, cada una sobre una cadera. El peso de sus cuerpos contra el suyo, su calor, el aroma a boniato de su aliento. Tuvo otro recuerdo, un escalofrío.

«No. Para, para». Guidry no quería recordar. Había hecho un trato consigo mismo hacía mucho tiempo.

Le dio las buenas noches a Charlotte y cerró la puerta tras él. Echó la cadena y colocó una silla bajo el picaporte. Era su nueva costumbre antes de irse a dormir. La cerradura, la cadena y la silla no detendrían a quien Carlos hubiera enviado a buscarlo, pero él

179

tendría tiempo suficiente de saltar por la ventana, caer desde tres pisos de altura, romperse el cuello y tener un final compasivo y rápido.

Deseó saber lo cerca que estaba Seraphine. ¿Tendría a sus mejores hombres en Miami? ¿O habría alguien justo detrás de él, cada vez más cerca?

La habitación estaba fría como una nevera. Se envolvió en la manta de la cama y se quedó de pie junto a la ventana. Las nubes se habían despejado y las estrellas cubrían el cielo, como la margarina sobre el pan tostado.

«A mitad del camino de la vida, en una selva oscura me encontraba, porque mi ruta había extraviado».

Esas eran las únicas palabras de Dante que Guidry recordaba. Dante había experimentado algunos sustos por el camino. Sin embargo, al final logró salir del infierno y llegar al paraíso sano y salvo. Tal vez él también pudiera, aunque sin la sombra de Virgilio señalándole el camino.

Saigón. Él, dirigiendo su propio negocio. El gran Ed no metería las narices en sus cosas. No le quedaría otro remedio, pues estaría a miles de kilómetros de distancia. Carlos lo había tenido desaprovechado. Él le demostraría a Ed lo que era capaz de hacer cuando le daban rienda suelta. Gobierno, ejército, contratistas civiles. El dinero, el bullicio. Bourbon Street multiplicada por cien.

Se metió en la cama. Poco después oyó el crujir de los muelles de una cama. Charlotte en la habitación contigua, al otro lado de la pared. La escuchó moverse. Oyó que se aclaraba la garganta.

La vida no era complicada. Las mujeres no eran complicadas. ¿Por qué entonces él era incapaz de decidir si deseaba o no a Charlotte? Si la deseaba, si no la deseaba o si se conformaba con quedarse allí tumbado en la oscuridad junto a ella.

A lo largo de la noche, la temperatura en el hotel subió y bajó. Por la mañana, la habitación seguía helada. Guidry se despertó temblando y siguió el olor del café recién hecho hasta el vestíbulo. «Mi reino por una pizca de *whisky*». Pero el bar del hotel no abría hasta mediodía.

Ocupó una silla junto a la chimenea. A través de la ventana vio a Charlotte fuera con una cámara, sacando fotos a... ¿qué? No lo sabía. Tenía el objetivo apuntado hacia la acera. El viento le revolvía el pelo. Cuando levantó una mano para sujetarse la melena detrás de la oreja, mantuvo la cámara fija. En ningún momento apartó el ojo del visor.

Guidry sirvió una taza de café para ella y salió del hotel. La mañana era fría y soleada.

—Dame tres intentos —le dijo—. No, mejor dame cinco.

—Muévete hacia tu derecha, por favor —le dijo ella, señalando el suelo.

—¿Vas a sacar una foto de mi sombra? —preguntó él.

—Estoy aburrida de la mía. Un poco más a tu derecha. Ahí.

—Normalmente no soy tan obediente.

—Normalmente no soy tan exigente.

Sacó la foto y después bajó la cámara. Guidry le ofreció el café. Ella sostuvo la taza contra la barbilla unos segundos, para calentarse, antes de dar un trago.

—No puedo explicarlo —dijo—. No sé por qué me fascinan tanto las sombras. Mira la tuya. Es como si estuviera intentando escapar. Gracias por el café.

El sol de la mañana seguía bajo en el cielo y la sombra de Guidry se alargaba, se estiraba sobre la acera y se doblaba en la pared de ladrillo del hotel. Se elevaba treinta centímetros y desde ahí volaba.

—Ahora solo veo sombras por todas partes —dijo él—. Mira lo que me has hecho.

—De nada —respondió ella.

Guidry se levantó el cuello de la camisa, pero no hacía tanto frío fuera como había imaginado, no cuando tenía el sol dándole en la cara.

—Te has levantado temprano.

—Soy la única —dijo ella—. Rosemary dormirá hasta mediodía si se lo permito.

—Siento lo de ayer. Debería haberme dado cuenta.

—Yo debería habérselo contado ya, a las niñas. Que no vamos a volver a Oklahoma.

—¿Por qué no se lo has contado?

—No sé por qué exactamente. Supongo que me siento culpable.

—¿Por qué?

Guidry le encendió el cigarrillo. Incluso el humo que exhalaba, que se perdía en el aire, tenía su propia sombra.

—Por todo —respondió ella—. Por abandonarlo. Por llevarme a las niñas. Me siento culpable por decirme a mí misma que lo estoy haciendo por las niñas, para que sus vidas sean mejores. Lo estoy haciendo por ellas, pero también por mí, por supuesto. Me siento culpable por no sentirme más culpable, por absurdo que pueda parecer.

—Bueno —dijo Guidry—, mi filosofía...

Y entonces se detuvo. Por un momento había estado a punto de olvidar que era Frank Wainwright, vendedor de seguros, y no Frank Guidry, antigua mano derecha de la organización de los Marcello.

—¿Sí? —dijo ella—. Soy todo oídos.

Aunque decidió que tal vez fuera más seguro expresar su verdadera opinión. No quería darle a una mujer tan intuitiva como Charlotte una oportunidad extra de descubrir la mentira.

—Mi filosofía es que la culpa es una costumbre insana —respondió él—. Es lo que los demás te intentan hacer sentir para que hagas lo que ellos quieren. Pero solo se vive una vez, que yo sepa. ¿Por qué desperdiciarlo?

—Mi marido, cuando le llamé desde Santa María, me dijo que era una egoísta.

—Claro que te dijo eso. No quiere que te marches. Y claro que lo eres. Porque sabes lo que es importante para ti y no vas a... ¿Cómo era el título de esa canción? No te lo pienses dos veces.

Ella siguió fumando, pensativa.

—Ha sido una conversación interesante —murmuró.

—Estoy de acuerdo —respondió Guidry.

De vuelta en su habitación, diez minutos más tarde, estaba haciendo la maleta y escuchando la radio cuando oyó que un puño golpeaba su puerta. No le entró el pánico. Paul Barone no llamaría primero.

Paul Barone. Era la primera vez que Guidry se permitía pensar en un nombre. Rezó una oración. ¿A Dios o a Carlos? En aquel momento, poco importaba la diferencia. Por favor, Dios o Carlos, no envíes a Paul Barone. Envía a cualquiera menos a él.

Abrió la puerta y era Charlotte. Supo de inmediato que algo iba mal.

—Frank —le dijo en voz baja y rasgada—. Joan se ha ido.

—¿Qué?

—He regresado a la habitación y... —Estaba intentando mantener la calma—. Rosemary no sabe dónde ha ido. Estaba dormida cuando se marchó. Creo que Joan estaba triste por lo de California. Yo solo he estado abajo media hora, Frank.

—No te preocupes —le dijo él—. La encontraremos. No puede haber ido muy lejos.

Joan debía de haber salido por la parte de atrás mientras ellos tomaban café frente al hotel. Charlotte y él se separaron. Él fue hacia la izquierda por el callejón que había detrás del hotel y ella fue hacia la derecha. Guidry registró los portales y se asomó detrás de los barriles de cerveza vacíos. Un hombre que tiraba pieles de patata y cáscaras de huevo al cubo de la basura le dijo que no, que lo sentía, pero que no había visto a ninguna niña pequeña rubia.

Asomó la cabeza en cada tienda y restaurante que encontraba abiertos. «Eres pequeño, estás en un lugar desconocido y quieres irte a casa. ¿Qué haces?».

Claro, te vas a casa. Había una estación de autobuses a dos manzanas de allí; habían pasado por delante con el coche la noche anterior. Guidry corrió en esa dirección y, por supuesto, allí estaba Joan, sentada en un banco junto a la ventanilla de los billetes, tan pequeña, con el abrigo abrochado hasta arriba y un bolsito en el regazo. Nadie en aquel lugar se paraba a preguntarle si necesitaba ayuda.

Se sentó junto a ella.

—Hola, Joan. ¿Dónde vas?

—A casa —respondió ella, solemne e inescrutable, como los budas de piedra que Guidry había visto en los templos de Leyte.

—Eso pensaba. ¿Y has comprado ya tu billete?

Ella levantó la cabeza y lo miró.

—No te preocupes —le dijo Guidry—. Yo me encargaré de ello.

—Gracias.

—Eres una jovencita muy educada.

—Gracias.

—Yo no conozco a ningún niño, así que, si te parece bien, voy a hablarte como hablaría con cualquier otra persona.

Joan asintió.

—Crees que, si te vas a casa, a Oklahoma, todo volverá a ser como era antes. Eso es lo que quieres, ¿verdad? No pides mucho, solo que las cosas vuelvan a ser como antes.

—Sí —dijo ella.

—Lo comprendo. Desde luego que sí. Yo también tuve que dejar mi casa, ¿sabes?

—¿Por qué?

—Por lo mismo que tú. Circunstancias que escapan a mi control. Y voy a contarte una verdad que ninguno de los dos quiere oír: el mundo gira, el tiempo pasa, la vida nunca volverá a ser la misma, incluso aunque te subas a ese autobús y regreses a Oklahoma. ¿Cuántos años tienes?

—Ocho.

—Rosemary es más pequeña, pero ella cree que es la jefa —dijo él.

—Sí.

—Sería una pena que vosotras dos os separaseis y ella no te tuviera cerca para darte órdenes. No sabría qué hacer, ¿verdad?

—No.

—Todo va a ser nuevo para ti y para mí —dijo Guidry—. De ahora en adelante, vayamos donde vayamos. ¿Quién sabe? Quizá lo nuevo sea mejor que lo antiguo. No lo sabremos hasta que no lo averigüemos.

La niña empezó a llorar y Guidry no supo qué hacer. ¿Pasarle un brazo por los hombros o no? ¿Acariciarle el pelo? La rodeó con el brazo y ella hundió la cara contra su pecho. Una mancha se extendió sobre su camisa, caliente y húmeda.

—Adelante —le dijo él—. No te culpo.

Junto a su silla había un soporte metálico giratorio lleno de panfletos turísticos. Estiró la mano que tenía libre y lo hizo girar. *Los ranchos más famosos de Arizona te dan la bienvenida. Monumento nacional de Saguaro. El Gran Cañón y el Imperio indio.*

—¿No quieres ir a ver primero el Gran Cañón? —le preguntó a Joan—. Antes de regresar, digo.

Joan negó con la cabeza.

—Es una pena. Venir hasta aquí y no verlo. El Gran Cañón, donde en otra época habitaron los dinosaurios.

Charlotte entró en la estación. Al ver a su hija, estuvo a punto de desplomarse del alivio. Guidry pensó por un momento que aquello podría matarla.

—Joan —dijo ella—. Oh, Joan.

Guidry le pasó a la niña.

—Creo que esto le pertenece, señora.

Joan dejó de llorar, más o menos, mientras Charlotte le cubría de besos el rostro mojado.

—Vamos a ir a ver el Gran Cañón —anunció Joan.

—¿Ah, sí? —preguntó Charlotte mirándole a él.

Guidry se agachó para recoger el pequeño bolso de vinilo rojo, que se había caído al suelo. Oh, Joan, algún día aprendería a no fiarse nunca de la palabra de un hombre como Guidry. Pero él no podía permitirse echarlo todo a perder. Necesitaría a su nueva familia en Las Vegas cuanto antes.

185

—Claro que sí —respondió—. Frank Wainwright siempre cumple sus promesas.

El Gran Cañón se encontraba a ciento cuarenta y cinco kilómetros hacia el norte, ciento cuarenta y cinco kilómetros que tendrían que retroceder, de modo que Guidry le dijo al recepcionista que les guardara las habitaciones una noche más. Partieron justo antes de mediodía. Al contrario que el Desierto Pintado y el Bosque Petrificado, el Gran Cañón era realmente grandioso. Guidry, que creía haberlo visto todo, no había visto nada parecido. Tenía zonas nevadas y profundidades imposibles. De pie al borde, te sentías más que pequeño, insignificante. Te veías obligado a enfrentarte a la incómoda verdad de tu propia existencia: en términos generales, no importabas en absoluto.

Charlotte mantuvo a las niñas unos metros alejadas del borde, pero, aun así, Guidry se puso nervioso, viendo cómo saltaban y corrían.

—¡Mira, Joan! —gritó Rosemary—. ¡Veo un río que pasa por ahí abajo!

—¡Yo también! —exclamó Joan.

Durante unas pocas horas, Guidry casi se olvidó de Carlos, de Seraphine y del gran Ed Zingel. Se olvidó del destino incierto que le aguardaba en Las Vegas. Pero, en el camino de vuelta a Flagstaff, oyeron por la radio que el presidente Johnson había creado una comisión especial, dirigida por Earl Warren, para investigar el asesinato de Kennedy.

Ahí estaba. El peso del Gobierno federal sobre sus hombros. En la autopista Airline, en Metairie, Luisiana, Carlos Marcello daba vueltas y vueltas de un lado a otro mientras Seraphine hacía lo posible por parecer tranquila. Guidry se imaginaba la escena como si estuviera en la habitación con ellos.

Guidry había albergado una fantasía secreta desde lo de Houston. Pasarían algunas semanas, el FBI culparía de todo a Oswald y cerrarían el caso. Carlos respiraría tranquilo y decidiría que él ya no suponía una amenaza.

Demasiado bonito para ser verdad. Earl Warren era el presidente del Tribunal Supremo de los Estados Unidos de América. Él no se dejaba comprar por nadie, que Guidry supiera. ¿Cuánta influencia tendría Bobby Kennedy? No importaba. Carlos no pararía de dar vueltas hasta que él estuviese muerto.

—¿Va todo bien? —preguntó Charlotte.

Guidry se volvió hacia ella con una sonrisa.

—Por supuesto. ¿Ponemos algo de música?

En el hotel, Charlotte acostó a las niñas y volvió a salir al pasillo para darle las buenas noches a él. Cerró la puerta con suavidad a su espalda.

—Gracias por tu ayuda esta mañana —le dijo—. Con Joan.

—Creo que se recuperará —respondió él.

—Se te dan muy bien los niños, ¿lo sabías?

—¿De verdad? Escucha, ¿por qué no vienes abajo y te tomas una copa conmigo?

—No. —Charlotte levantó la mano y le rozó la mejilla con el pulgar. El punto situado junto al ojo derecho, donde el hueso se curvaba—. ¿Sabes que tienes una pequeña cicatriz aquí?

—Sí —respondió él. Una pequeña marca del tamaño de un recorte de uña. No recordaba exactamente cómo se lo había hecho. ¿La hebilla del cinturón de su padre, quizá? Recordaba las circunstancias generales—. Estaba trepando a un árbol cuando era pequeño. La rama se rompió y abajo que me fui.

—Me gustaría sacarle una foto algún día —dijo ella—, si no te importa.

—¿A mi cicatriz? —preguntó él.

Charlotte estaba muy cerca. Seguía con la mano en su mejilla, la otra sobre su hombro.

—Vamos a tu habitación —dijo ella.

—¿Quieres hacerle la foto ahora mismo?

Entonces lo besó. Segura de sí misma, segura del beso. Presionó ligeramente el pulgar contra la cicatriz mientras lo besaba.

—No —murmuró—. Ahora mismo no.

21

Tenerlo entre sus manos le resultaba algo familiar. Al fin y al cabo, un hombre era un hombre. Todo lo demás, el resto de su cuerpo —sus dedos, su boca, el ritmo de su respiración, el sabor de su piel—, todo aquello hacía que Charlotte tuviese la impresión de haberse quedado dormida y haberse colado en el sueño de otra mujer.

«¡Ay, perdón! Ya me marcho».

«Bueno, todavía no, si no te importa».

Porque era un sueño muy agradable. Charlotte mantuvo los ojos abiertos mientras Frank la embestía. Se fijó en su cara, en sus ojos. Cuando sus cuerpos entraron en contacto, notó que a él se le tensaban los músculos del abdomen. Y entonces sonrió. Por un momento creyó que iba a guiñarle un ojo, pero no lo hizo.

«¿Quién eres?».

Pero no era realmente eso lo que estaba pensando, no era esa la pregunta para la que quería una respuesta.

«¿Quién soy?».

Sentía miedo, euforia y, sobre todo, curiosidad. «¿Quién soy?». La cena del domingo con la familia de Dooley había tenido lugar cinco días atrás. Le parecían cinco siglos. Ese momento y ese lugar habían desaparecido, Charlotte Roy también había desaparecido, había quedado sepultada bajo la lava, había pasado a la posteridad.

El presente solo existía en una vieja habitación de hotel, en una lámpara de latón y cuero sobre su cabeza, en un hombre al que apenas conocía que le mordía el lóbulo de la oreja.

Él subía y bajaba. Ella arqueó la espalda y se giró hacia la izquierda. Más recuerdos: las primeras veces con su primer novio, las primeras veces con Dooley. Esa época de descubrimiento tímido y de adaptación, esa época en la que contaba los pasos en vez de bailarlos. «Perdón, señora. Permítame, señor». El roce del pelo contra la cara interna del muslo, el choque inesperado de un hueso contra otro. Charlotte había estado tanto tiempo con Dooley que el sexo entre ellos se había convertido en algo sin esfuerzos, algo automático. Prácticamente podían hacerlo sin tocarse.

Frank volvió a sonreír.

—Estás pensando demasiado.

Charlotte sabía que era cierto, pero aun así...

—Es bastante presuntuoso por tu parte decir eso, ¿no crees?

—Deja de pensar tanto —insistió él.

—Oblígame.

Frank se salió de ella hasta que apenas quedó nada conectando sus cuerpos, pero después volvió a hundirse en su interior muy despacio. Ella le rodeó la cintura con las piernas y trató de recuperar el aliento, pero él no se lo permitió. Se golpeaba la cabeza contra el cabecero de la cama —lo oía, pero no le dolía—, y entonces, por fin, estaban bailando, no pensando. Ella lo empujó y se puso encima. Él la levantó y la lanzó sobre el colchón. Charlotte se olvidó de Dooley. Se olvidó de Oklahoma. Se olvidó de todo y se concentró solo en su propio placer. Cuando se corrió, trató de agarrarse a las barras de hierro fundido del cabecero, para evitar salir disparada al espacio exterior, y accidentalmente le dio un puñetazo en la nariz a Frank.

—Lo siento mucho —dijo después de pasar un minuto (¿o fueron cinco?) tumbada sobre las sábanas frías, para recuperar todos los pedazos de sí misma que había perdido por el camino.

Él se rio.

—La próxima vez sacaré los guantes de boxeo.

—Estás sangrando —le dijo ella.

—No es verdad. —Lo comprobó con dos dedos—. Oh, sí que es verdad.

Mientras él estaba en el baño, Charlotte regresó a su habitación. Las niñas no se despertaron. El perro la siguió y se tumbó en el suelo del baño para supervisar su ducha.

—Te agradeceré que te guardes tu opinión —le dijo.

Pero el perro ya se había quedado dormido otra vez. Ella se rio. Porque a él no le importaba en absoluto lo que hiciera ni con quién lo hiciera, y ahora a ella tampoco le importaba ya. Aquella certeza la llenó de alegría e ilusión. Se quedó bajo la ducha todo lo que pudo aguantar, dejando que el agua hirviendo resbalase por su cuero cabelludo y entre los hombros.

Mientras se cepillaba los dientes, contempló su reflejo en el espejo. «¿Quién soy?». Vio aquellos ojos tan familiares (demasiado grandes, en su opinión, y demasiado separados), el mismo lunar en el cuello (que le avergonzaba cuando era adolescente, pero que ahora le daba igual), la misma nariz, los mismos labios, la misma barbilla.

Pero las apariencias podían engañar. La mujer que había entrado en el taller mecánico de Santa María no era la misma que había salido de él. La decisión que Charlotte tomó aquel día —abandonar a Dooley, dejar atrás Oklahoma de una vez por todas, dejar de dudar de sí misma— había provocado el comienzo de un cambio en su interior. Lo había sentido, como las ramas de un árbol que se agitan cuando se levanta viento.

Cuando Frank se ofreció a llevarlas a Las Vegas, ella debería haberse pasado la noche dando vueltas en la cama, dudando. Y, bueno, en realidad fue así en parte, era cierto. Porque no era ninguna ingenua. Sabía que Frank se sentía atraído por ella y que su generosidad no era del todo altruista. Y había algo en él que no lograba descifrar, cierta complejidad en su carácter que distaba mucho de lo que le había contado de sí mismo.

Sin embargo, en el fondo había tenido un buen presentimiento con respecto a él, y había confiado en ese presentimiento, había confiado en sí misma para tomar la decisión correcta.

Si Charlotte quería aprovechar al máximo la única vida que tenía, si quería ayudar a sus hijas a hacer lo mismo, tendría que aprovechar cada oportunidad, no pensárselo dos veces.

El sábado por la mañana despertó a las niñas temprano para que pudieran ir a pasear al perro con ella. Se quejaron, pero ella insistió. Ya había esperado demasiado para contarles la verdad.

A pocas manzanas de distancia había una pastelería que vendía palmeras de azúcar. Charlotte les compró una para compartir y se sentaron las tres al sol en los escalones del juzgado. Rosemary le explicó a Joan que las palmeras de azúcar no eran palmeras de verdad, que solo se llamaban así, porque nadie se comería realmente una palmera de verdad.

Charlotte se preguntó en qué momento Rosemary acabaría por volver loca a su hermana. Joan tenía más paciencia que el santo Job, pero, tarde o temprano —en el instituto o en la boda de Joan, cuando Rosemary insistiera en una determinada pieza de música y no otra—, Joan se volvería hacia ella y diría: «Por el amor de Dios, mantén la boca cerrada... durante un minuto... por favor». O quizá no lo haría nunca. Quizá Rosemary era justo la hermana que Joan quería y necesitaba. Charlotte era feliz pensando así.

—Niñas —les dijo—, sé lo mucho que echáis de menos a papi.

—Va a reunirse con nosotras en California —contestó Rosemary—, en casa de la tía Marguerite, junto a la playa, cuando termine de trabajar. Volará en avión para encontrarse con nosotras allí. ¿Verdad, mami? Pasaremos dos semanas en California e iremos a Disneylandia.

A Charlotte le maravillaban las conclusiones a las que llegaba Rosemary, siempre tan detalladas y convincentes.

—No —respondió ella—. Papi no va a encontrarse con nosotras en California. Él va a vivir en Oklahoma y nosotras vamos a vivir en California.

—Pero... —dijo Rosemary.

—A veces es mejor para los adultos, para los padres, vivir en lugares diferentes. Es mejor para todos. Vosotras podréis hablar con él por teléfono y seguiréis viéndolo. Vendrá a visitaros. Y vosotras iréis a visitarlo.

—Pero... —Rosemary buscaba desesperadamente un tecnicismo, un resquicio de luz, el pasadizo secreto que atravesaba las paredes del castillo que parecían ser de verdad. ¿Y si...? ¿Es posible que...?

Cuando la verdad por fin derribó sus defensas, cuando a Rosemary se le compungió el rostro, Charlotte sintió el dolor afilado tanto como ella.

—Ven aquí, cielo —le dijo.

Rosemary negó con la cabeza y se apartó, sollozando e hipando. Se alejó unos pocos metros antes de tropezar y rasparse la rodilla contra el escalón de hormigón.

Joan la alcanzó antes de que Charlotte pudiera hacerlo. Se sentó junto a su hermana y la rodeó con los brazos. Rosemary intentó escapar, pero Joan se negó a soltarla. Le susurró algo al oído que Charlotte no pudo oír hasta que, por fin, Rosemary tomó aliento y dejó de llorar.

Charlotte le limpió la rodilla herida con su pañuelo, pero sabía que era mejor no decir nada.

Cuando regresaron al hotel, Frank estaba en el vestíbulo, de pie junto a la chimenea, bebiendo café. Frunció el ceño al ver la rodilla de Rosemary.

—Rosemary ha tropezado —le explicó Charlotte—. Estábamos hablando sobre California.

Él entendió la situación y se agachó para examinar la rodilla.

—Dime qué ha ocurrido, Rosemary —le pidió—. Y no te guardes ningún detalle.

—Me he caído —se limitó a responder la niña.

—¿Nada más? Rosemary, una aventura como esa merece una historia interesante. ¿No estás de acuerdo?

Rosemary siguió sorbiéndose los mocos y haciendo pucheros, pero a ella le gustaban las aventuras, le gustaban las historias.

—Quizá —murmuró—. Sí.

—«Me he caído». Seguro que puedes contarme algo más que eso —dijo él—. Te daré una hora. Dos, si quieres. ¿Trato hecho?

De vuelta en la habitación, Charlotte le lavó la rodilla con jabón y le puso una tirita. También tuvo que lavarle la cara, después de tantas lágrimas y la palmera de azúcar.

Hicieron las maletas y las bajaron a la calle. Frank ya se había encargado de pagar la cuenta, de modo que Charlotte abrió su cartera y sacó un billete de veinte dólares.

—La habitación ya está pagada —dijo él.

—No, no lo está —respondió ella.

—Charlotte... —Pero, cuando vio que no iba a ceder, aceptó el dinero—. Voy a por el coche.

Mientras Charlotte esperaba, le preguntó al recepcionista si podía usar el teléfono del mostrador para hacer una llamada a cobro revertido. Dooley descolgó de inmediato, como si hubiera estado mirando al teléfono y esperando a que sonara.

—¿Charlie? —preguntó—. ¿Eres tú?

—Sí, soy yo.

—¿Dónde diablos estás, Charlie? Dijiste que vendrías a casa.

Ella no había dicho eso. Sabía que no.

—No voy a volver a casa, Dooley. Voy a pedir el divorcio. Solo quería que supieras que estamos bien. Las niñas están bien. No quiero que te preocupes.

—¿No quieres que me preocupe? ¿Por qué me haces esto, Charlie? No puedo soportar un segundo más lejos de ti y de las niñas.

Cuando Charlotte guardó silencio, Dooley volvió a intentarlo, esta vez con un tono más amable.

—Dejaré de beber, Charlie —le dijo—. Sé que no valgo una mierda, pero eso puedo hacerlo. Dejaré de beber, te lo juro. Puedo hacerlo por ti.

La antigua Charlotte habría titubeado. ¿Sería una persona

terrible por abandonar a su marido después de diez años de matrimonio? Pero la nueva Charlotte se dio cuenta de lo fácil que era reconocer ahora, desde aquella nueva perspectiva, las diversas tácticas de Dooley.

—¿Quieres saludar a las niñas? —le preguntó.

—Quiero que vuelvas a casa, Charlie. Eso es lo que quiero. Ahora. Escúchame, si...

—Adiós, Dooley. Cuídate, ¿quieres? Te llamaré de nuevo cuando lleguemos a California.

Colgó el teléfono. Pensó durante unos segundos y le pidió al recepcionista si podía hacer una llamada a larga distancia y pagarle por ella. Él aceptó y Charlotte marcó el número de su tía Marguerite.

—Tía Marguerite —dijo cuando respondió su tía—, soy yo otra vez. Charlotte.

—Charlotte.

De nuevo aquel tono metálico y cortante, seguido de lo que pareció ser un suspiro. Charlotte eligió ignorarlo. Eligió ignorar el pánico que crecía entre sus costillas, la vergüenza que la invadía, la voz en su oído que le susurraba: «Siéntate, estate quieta, ¿qué crees que estás haciendo?».

Estaba descubriendo que era capaz de hacer aquello. Experimentar una emoción sin permitir que esa emoción condicionara sus acciones. Oír que llamaban a la puerta sin sentirse obligada a abrirla. El mundo no se iba a acabar. La vida continuaba.

—Hola, tía Marguerite —dijo—. ¿Cómo estás?

—Estoy bastante ocupada ahora mismo —respondió Marguerite.

—Entonces intentaré no robarte mucho tiempo. Mi marido y yo vamos a divorciarnos. Está decidido. Lo he decidido. Y voy a Los Ángeles con las niñas. También he decidido eso. Nos gustaría quedarnos contigo un mes o dos, hasta que encuentre trabajo y un sitio donde vivir.

—Charlotte...

—Sé que dijiste que no es una buena idea —continuó Charlotte—. Y estoy totalmente de acuerdo, pero ahora mismo no tengo ninguna otra idea, Marguerite. Soy nueva en esto y resulta muy abrumador. Y mi plan, tal y como están las cosas, es poner un pie delante del otro, ir paso a paso. Mis hijas están bien educadas. Bueno, son niñas y sin duda resultarán una molestia. No me importa compartir habitación con ellas, por supuesto. No me importa dormir en la despensa, llegado el caso. No me engaño sobre lo difícil que será vivir en Los Ángeles. Al menos, creo que no me engaño. Tendré mi propio coche. Espero tener mi propio coche. No me engaño sobre lo difícil que será mi vida allá donde vaya, y por eso agradecería mucho tu ayuda. Eres la única familia que me queda.

Charlotte tomó aliento. Había pretendido que su discurso fuera más sucinto, menos anárquico, pero al menos había dejado clara su postura. Fuera cual fuera la respuesta de su tía, al menos ella se sentía mejor consigo misma.

—Bueno —contestó Marguerite, y entonces se rio. Una sorpresa en sí misma, pero más aún porque su risa, una explosión sonora y estruendosa, no se parecía en nada a su tono de voz frío y seco—. Parece que no me dejas elección.

—Además tenemos un perro, por cierto —le informó Charlotte—. Tiene epilepsia.

—Yo tengo un gato con un solo ojo —respondió Marguerite—. Quizá se hagan amigos.

Charlotte tomó aliento de nuevo y después se rio también.

—Gracias, Marguerite.

—¿Cuándo llegáis?

—Primero vamos a pasar un día o dos en Las Vegas. Deberíamos estar en Los Ángeles a finales de semana, creo.

—Muy bien. Te prepararé la despensa.

Frank había regresado con el coche. Se subieron todos y, mientras se alejaban, Rosemary contó la historia de su rodilla magullada. En ella aparecían unos bandidos forajidos, un indio gigante con un hacha de guerra que necesitaba un amigo y una persecución por el desierto. La historia seguía y seguía. Charlotte sonrió mientras dormitaba en el asiento delantero. Rosemary seguía añadiendo detalles a su aventura cuando giraron hacia el norte y atravesaron la frontera de Nevada.

22

—Nunca antes había salido de Texas —dijo el muchacho de color.

—Enhorabuena —respondió Barone—. Ahora eres un hombre de mundo.

Tucumcari, Nuevo México. Media docena de moteles situados a lo largo de la autopista 66. Barone preguntó en todos ellos.

«Soy detective privado. Estoy buscando a un tipo. Abandonó a su mujer y a sus hijos y la esposa me ha contratado para encontrarlo. Podría conducir un Dodge, azul. No sé qué nombre utiliza. Le diré qué aspecto tiene».

Después de eso, dos moteles en Santa Rosa, dos en Clines Corners y uno en Moriarty. Siempre el mismo monólogo, siempre la misma mirada desconcertada a modo de respuesta, el mismo «Lo siento, no, no lo he visto».

Barone miró por el espejo retrovisor. Ahora que habían salido de Texas, no le preocupaba demasiado la policía. No tenían manera de localizarlo.

Pasaron la noche del miércoles en Moriarty. Barone se había excedido. Apenas pudo caminar desde el coche hasta la habitación. El chico recorrió la calle hasta el único restaurante del pueblo y le llevó un cuenco de sopa. Le dio las pastillas y puso unas galletitas saladas en el caldo, como dijo que hacían sus hermanas en Houston cuando estaba enfermo.

Después de dormir toda la noche, se sintió mucho mejor. El jueves por la mañana, Acción de Gracias, ya estaba casi recuperado. Al levantar el vendaje de la mano, comprobó que la hinchazón casi había desaparecido.

Tardó todo el día en registrar los moteles, hoteles y casas de huéspedes de Albuquerque. Entre paradas, el chico iba compartiendo con él sus muchas opiniones. Dijo que nunca trabajaría para una empresa como la suya, que no le permitía si quiera un día libre de vez en cuando. Dijo que planeaba buscarse una mujer con dos dedos de frente y casarse nada más terminar el instituto, en un par de años. O quizá se alistaría primero en el ejército.

—No querrás alistarte en el ejército —le dijo Barone.

—¿Por qué no?

—Hazme caso. ¿Y por qué estás tan empeñado en casarte tan deprisa?

—Joder. Que por qué estoy tan empeñado en casarme tan deprisa.

—No lo sé. Por eso te lo pregunto.

—¿Por qué no me la presentas? —preguntó el chico—. A esa abogada de color de la que hablabas el otro día.

El viernes terminaron de recorrer lo que les quedaba de Nuevo México y buena parte de Arizona. Según se aproximaban a Holbrook, una emisora de radio fue dando paso a otra. La canción que sonaba fue emergiendo poco a poco, como burbujas que suben a la superficie del agua.

'Round Midnight. Ahí estaba otra vez, en esta ocasión la versión al piano de Billy Taylor. Era como si la canción lo siguiera. O como si él siguiera a la canción.

—¿Crees en Dios? —le preguntó al muchacho.

—¿Por qué quieres saberlo?

—¿Por qué no quieres decírmelo?

El chico condujo dos o tres kilómetros con el ceño fruncido. Era un conductor cauto y meticuloso. No apartaba las manos del volante ni los ojos de la carretera. Quizá, cuando todo acabara,

Barone le presentaría a Seraphine, hablaría bien de él y le conseguiría al chico un trabajo permanente.

—Sí y no —respondió el muchacho—. Lo de creer en Dios.

—No puedes creer y no creer —dijo Barone.

—Creo que Jesús no era blanco.

—¿Dónde has oído eso?

—Por ahí.

Pararon a pasar la noche en Holbrook y se registraron en el motel Sol y Arena. O mejor dicho, lo intentaron. Cuando el gerente vio al chico, negó con la cabeza. Era un hombre gordo con los ojos inyectados en sangre, tal vez un expolicía venido a menos.

—No —contestó—. No, señor.

—¿Qué? —dijo Barone.

—De pronto nos hemos quedado sin habitaciones libres.

Barone podría haberle disparado. Mejor aún, podría haberlo atado a una silla y haberlo tirado a la zona más profunda de la piscina. Habría visto a través del agua iluminada cómo desorbitaba los ojos y se daba cuenta de que aquel era el final. Telón. Ese momento pillaba a mucha gente por sorpresa, aunque no debería.

El chico había desaparecido y Barone lo encontró dentro del coche.

—¿Qué haces? —le preguntó.

—Dormiré en el coche. No me importa.

—No.

Retrocedieron medio kilómetro hasta la Posada de Lucille. Lucille, si así se llamaba, se quedó mirando al muchacho con los ojos muy abiertos. Negó con la cabeza, como si pretendiera lamentarse de lo mal que andaba el mundo, con los negros vagando sueltos por la carretera, pero al final les dio la llave de una habitación.

El chico humedeció un paño para que Barone se lo pusiera en la frente.

—Necesitamos una Guía Verde.

—¿El qué?

—Una Guía Verde. Ahí te dice dónde parar si eres de color.

Para no poner nervioso a nadie. La gente de color también se va de vacaciones, ¿lo sabías?

Barone no sabía de qué diablos estaba hablando el muchacho. Ya estaba acostumbrado.

—Toma un billete de cinco dólares —le dijo—. Tráeme un poco de *whisky* o no vuelvas.

—Tómate la pastilla —respondió el chico—. Bébete ese agua.

Al día siguiente, sábado, Barone preguntó en Winslow. No hubo suerte. Siguió hasta Flagstaff.

En un viejo hotel del centro, repitió su monólogo por enésima vez.

«Soy detective privado. Estoy buscando a un tipo. Abandonó a su mujer y a sus hijos y la esposa me ha contratado para encontrarlo. Podría conducir un Dodge, azul. No sé qué nombre utiliza».

El recepcionista llevaba una anticuada corbata de lazo hecha de cuero trenzado, con una hebilla plateada y turquesa. Probablemente el dueño del hotel le obligara a llevarla puesta para encajar en el entorno.

—No, no se me ocurre nadie con ese aspecto. —El chico revisó su enorme libro de registros—. No. Solo familias y tortolitos.

Barone se había equivocado. Cabía esa posibilidad. El *sheriff* de Texas había mentido y él se había dejado engañar. No le gustaba pensar eso. Guidry podría haberse dirigido hacia el este, no hacia el oeste, o quizá había conducido veinticuatro horas sin parar hasta llegar a Los Ángeles, sin pararse a dormir por el camino. Ya estaría en México.

Eran las doce y media del mediodía, pero parecían las doce y media de la noche. Barone quería acostarse y dormir durante un año o dos, pero él nunca dejaba un trabajo a medias, era su única cualidad reseñable y siempre había sido así. Hasta su madrastra, que le odiaba, solía reconocerlo. «Paul Barone nunca deja algo a medias».

Y la canción que había vuelto a oír ayer. *'Round Midnight*. Quizá no significara nada, o quizá sí.

Así que describió a Guidry por enésima vez al recepcionista del hotel con la corbata de lazo. Su peso y su estatura. Pelo oscuro, ojos claros, sonrisa. Le dijo que Guidry siempre te hablaba como si fuerais amigos de toda la vida.

El recepcionista lo pensó durante unos segundos.

—Bueno, hubo... No.

Barone tuvo un presentimiento.

—Continúa.

—La persona a la que busca se parece mucho al señor Wainwright —comentó el recepcionista—. Pero él iba con su mujer y sus hijas.

—¿Su mujer y sus hijas?

—Llegaron juntos, sí. Y los vi marcharse juntos.

Ese no era Guidry. No podía ser Guidry.

—¿Qué más puedes decirme de él?

—¿Qué más?

—Sí, sobre el señor Wainwright. Piensa.

—Bueno... Ah, sí, tenía un poco de acento, ahora que lo pienso. Un poco como el de usted.

Guidry, qué hijo de perra. De alguna manera se había buscado una esposa y unas hijas por el camino, como si fueran un sombrero y un abrigo comprados en una tienda. El disfraz había estado a punto de funcionar.

—¿Cuándo se marcharon? —preguntó Barone.

—Esta mañana, sobre las nueve.

Barone se quedó mirándolo. Guidry no estaba en México, le sacaba solo tres horas de ventaja.

—¿Hacia dónde se fueron? —le preguntó al recepcionista—. ¿Lo sabes?

Este vaciló y Barone tuvo que hacer un esfuerzo para no apuntarle a la cara con la pistola.

—La esposa solo quiere que la llame —le dijo—. Nada más. Está hecha polvo. Él no es un mal tipo. Se enamoró de otra. No voy a causarle molestias, pero, si no lo encuentro y no consigo que llame a su casa, no me pagan.

El recepcionista capituló.

—Van a Las Vegas —dijo al fin—. Se lo oí decir a ella por teléfono, a la señora Wainwright. O a la acompañante del señor Wainwright.

Barone salió del hotel. Había una cabina telefónica al otro lado de la calle.

—Se dirige a Las Vegas —le dijo a Seraphine—. Me saca tres horas de ventaja.

—Entiendo. —Ella intentó ocultar el alivio de su voz, pero Barone lo percibió. Probablemente ella percibió el alivio en la suya también—. Carlos estará encantado. Ve a ver a Stan Contini, en el Tropicana. En Las Vegas tendrás que andarte con cuidado. ¿Entendido?

—Sé lo que tengo que hacer. —Se dispuso a colgar.

—Una cosa más, *mon cher* —dijo ella.

—¿Qué pasa?

—Sobre el incidente en la comisaría de policía de Texas. Acabo de saber a través de una fuente de confianza que el sospechoso es un hombre blanco que viaja con un chico negro adolescente.

La camarera de la cafetería. Barone se había olvidado de ella, se había obligado a olvidarse de ella.

—¿Es una noticia preocupante? —preguntó Seraphine.

—¿Por qué iba a serlo?

—Si la policía sabe que...

—Te llamaré desde Las Vegas.

Barone colgó el teléfono. A la salida de Flagstaff, le dijo al muchacho que se detuviera en un pequeño club llamado Tall Pine Inn. *Atmósfera agradable, buena comida, cerveza y vino para llevar.* Compró dos paquetes de seis cervezas Schlitz para llevar.

—Sé lo que dijo el médico —comentó—. No es más que cerveza, déjame celebrarlo.

—Dame una —le dijo el chico.

—Tú conduces. Olvídalo.

Tres kilómetros más tarde, Barone le ofreció una lata.

—Pon algo de música.

No encontraron nada que mereciese la pena escuchar. Cantantes tiroleses paletos, predicadores del infierno y Lesley Gore llorando en su propia fiesta. Ella era la peor de todos, con una voz que se te clavaba en el cerebro como un puñado de alfileres.

Barone apagó la radio. El chico se terminó la cerveza y fue a por la segunda. Sin pedir permiso.

—Ni una más después de esa —le dijo Barone—. Será mejor que dure.

—Joder —dijo el chico—. Será mejor que dure.

—Eso he dicho.

—¿Y qué me dices de ti?

—¿Qué pasa conmigo?

—¿Crees en Dios?

—No creo en el que cree la mayoría de la gente —respondió Barone.

Habían dejado atrás las montañas boscosas. El desierto desnudo se extendía ante ellos. Un cartel con un agujero de bala en el metal anunciaba *LAS VEGAS 240 KM*.

El chico empezó a cantar la canción de Lesley Gore con un falsete roto. Llegaba hasta la mitad del primer verso, después se le quebraba la voz y tenía que volver a empezar. Borracho con dos latas y media de cerveza floja.

—¡Ohh! —exclamó el muchacho—. Tengo que mear.

—No voy a detenerte —respondió Barone.

Había un riachuelo seco que circulaba paralelo a la autopista, a quince metros de distancia y con la profundidad suficiente para poder hacer tus cosas con intimidad.

—Ahí delante —dijo Barone—. Detente.

—Deja que te pregunte una cosa —dijo el chico.

—Pensé que tenías que mear. Venga, yo también necesito orinar.

—Deja que te pregunte una cosa.

—¿Qué?

—Se me ha olvidado.

Barone siguió al muchacho hasta el arroyo. Había planeado usar el cinturón, hacer algo limpio, pero el chico le caía bien y el cinturón era una manera lenta de morir. Además, Barone no se sentía aún en plena forma, seguía débil por la fiebre y con la mano derecha convaleciente. Así que le pegó un tiro en la nuca con la Police Positive y después otros dos entre los hombros.

Ascendió por el barranco. La autopista estaba despejada en ambas direcciones. Se montó en el coche al volante. Estaba sin aliento después del esfuerzo por subir, pero ya no le quedaba mucho trayecto.

23

El gran Ed Zingel. ¿Por dónde empezar? Guidry lo conoció en 1955, durante una fiesta organizada por Moe Dalitz para celebrar la inauguración del Dunes. Sinatra estaba allí, Rita Hayworth y su marido, Dick Haymes. Después del espectáculo en la sala principal, Vera-Ellen se pasó para charlar y jugar a los dados.

Entonces, como ahora, Ed se encontraba siempre en el epicentro de todo lo que ocurría en Las Vegas. Los socios de Moe Dalitz en el este preferían ganar dinero a gastarlo, así que necesitaban a alguien que reuniese a inversores para construir y expandir los casinos. Ed aportó el Valley National Bank de Phoenix, fondos de pensiones de profesores de escuela en California, cualquier cosa. Tenía un don. Ya había hecho una fortuna durante la guerra, comprando viejas minas de plata para esquilmarlas y sacar materiales de construcción.

En la fiesta del Dunes en el 55, el gran Ed le entregó a Guidry una tarjeta con su nombre, un número de teléfono y dos palabras grabadas con una elegante caligrafía: *Grandes ideas*.

Charlaron. A Ed le cayó bien Guidry.

—Me gusta tu actitud, chico. —Hasta que descubrió que Guidry trabajaba para Carlos Marcello—. ¿Sabes lo que me gustaría ver? —Agarró otra copa de champán de la bandeja de un camarero que pasaba por allí—. Me gustaría ver la cara de ese chupapollas traidor cuando abra un paquete y dentro encuentre tus trocitos. ¿Crees que se pondría triste?

El gran Ed estaba muy serio. Guidry podía interpretar aquello de dos maneras: o bien, o mal. ¿Cuál sería la opción correcta?

—Depende de los trocitos —respondió.

Ed se rio a carcajadas. El chico con su buena actitud se secó el sudor de la frente, aliviado. Porque con el gran Ed había que andarse con mucho ojo. Aquella misma noche había hecho un brindis por su viejo amigo y socio Maury Schiffman que había emocionado a todos los presentes. Dos semanas más tarde, Maury y su esposa aparecieron muertos en su cabaña de vacaciones en el lago Tahoe. Maury estrangulado y su esposa con un tiro en la cabeza. Corrió el rumor de que los había matado el propio Ed, solo por diversión. Habían colocado cojines del sofá alrededor de la cabeza de la mujer, para que sus sesos no ensuciaran la carísima alfombra oriental.

Más recientemente, hacía un año más o menos, Hoover se había propuesto echar un vistazo a los entresijos de la organización de Ed. El FBI no tenía mujeres entre sus agentes, de modo que escogieron a una secretaria para ir de incógnito. La chica no tenía ninguna oportunidad. Ed la descubrió y envió un mensaje a Hoover.

—Es un trozo de pan —le dijo Guidry a Charlotte. Ella no tendría que conocer a Ed, de modo que podría decir lo que quisiera—. Construyó un hospital en Las Vegas con dinero de su bolsillo, pero no permitió que le pusieran su nombre.

—¿Y de verdad crees que... va a prestarme un coche? —preguntó ella.

—Sí que lo creo —respondió él—. Estará fuera de la ciudad un par de días, pero, cuando regrese, puedes contar con ello.

—¿De qué os conocéis?

—Además de los concesionarios, es dueño de la mayor agencia de seguros de Nevada. Así nos conocimos, en una convención en Mineápolis. Empezamos a hablar sin parar de pólizas de seguros.

Guidry solía ir a Las Vegas una vez al año y Ed siempre sacaba tiempo para cenar y tomar una copa. Al final de la velada, le daba un abrazo de oso. «Los tipos como nosotros han de permanecer unidos», decía.

Se aproximaban a Las Vegas. Una pena que fuese la una de la tarde. La ciudad era mejor al caer el sol. Las montañas se pintaban de diferentes tonalidades de púrpura y las luces de la avenida principal calentaban las nubes como si fueran carbones encendidos.

Guidry miró a Charlotte y movió la rodilla para tocarla. Ella sonrió y presionó también con la rodilla. La noche anterior, en la cama, se lo había pasado bien, como de costumbre. O mejor que de costumbre. No había perdido el interés a la mitad, no había deseado estar en ninguna otra parte.

—Leí en una revista que hacen pruebas con bombas atómicas cerca de Las Vegas —comentó Charlotte. Las niñas iban dormidas en el asiento de atrás—. Leí que las familias iban hasta allí con el coche para verlo, como si fuera una película en un cine al aire libre.

—Desde hace unos años ya no lo hacen —contestó Guidry—. Pero antes sí. Se veía el resplandor de la explosión desde lo alto de los hoteles del centro. Desde las azoteas.

—¿En serio? —preguntó ella.

—Bésame.

Charlotte sonrió de nuevo, pero no apartó la mirada de la ventanilla.

—Una bomba atómica. No creo que yo quisiera ver algo así.

—Yo tampoco.

—Sé que debe de ser precioso. Quizá sacaría una foto de la gente observando la explosión.

«No pierdas de vista el objetivo», se dijo Guidry. Un hombre como el gran Ed exigía atención absoluta. A Ed le gustaba divertirse, de modo que cabía esperarse un par de sorpresas en el mejor de los casos. En el peor de los casos, Ed lo habría atraído hasta Las Vegas para entregárselo a Carlos. Al fin y al cabo, Ed era un hombre de negocios, ¿qué ganaría un hombre como él si no había beneficios?

E incluso aunque tuviese pensado cumplir la promesa que le

había hecho, bien podía cambiar de opinión al día siguiente. Era famoso por cosas así.

—Sacas fotos a las sombras —le dijo Guidry a Charlotte—. Sacas fotos a la gente que ve cosas, pero no a las cosas que están viendo.

—Estás desconcertado —dijo ella riéndose.

—Estoy intrigado.

—Me gusta... lo que no se ve.

—¿Lo que no se ve?

—Cada mañana, cuando salgo por la puerta, siempre miro hacia la izquierda, para ver si el señor Broom está en su porche. Y siempre pienso lo mismo: «Es un cascarrabias, no sé por qué me molesto en saludar». Y entonces miro a la derecha, al mirto *lagerstroemia* que crece junto a la verja. Y siempre pienso lo mismo: que me gustaría que floreciera más que unas pocas semanas cada verano.

A Guidry le gustaba no tener ni idea de hacia dónde se dirigía su mente.

—Ahora sí que estoy desconcertado —comentó.

—Cuando tengo la cámara en la mano, ella me recuerda que debo mirar en nuevos lugares, tener nuevos pensamientos, supongo. —Volvió a reírse, avergonzada—. Madre mía, no me hagas caso, qué cosas digo.

—Por favor, no pares —dijo Guidry—. Te lo ruego.

El hotel Hacienda le venía como anillo al dedo. Era el único casino y hotel de Las Vegas pensado para las familias y la gente aburrida, con un campo de minigolf y una pista de karts. El único casino y hotel aislado al sur de la avenida principal, frente al aeropuerto, lejos de los lugares bulliciosos. El único casino y hotel sin contactos con la mafia. El Hacienda perdía dinero todos los años. Así que no merecía la pena.

«Nunca digas nunca», pensó Guidry, sabiendo que cabía la posibilidad de que se encontrara en el Hacienda con algún conocido, aunque era improbable. Y con Charlotte y las niñas a su lado, encajaría a la perfección.

El cartel del aparcamiento consistía en un enorme vaquero a lomos de un caballo salvaje diciendo «hola, hola, hola» a los coches que pasaban; o tal vez dijese «adiós, adiós, adiós» a su dinero. Dejaba en evidencia al gran jefe de Arizona.

Rosemary y Joan se quedaron con la boca abierta. En el vestíbulo del hotel había una tienda de ropa de Bonnie Best, y la marquesina del teatro anunciaba un espectáculo de marionetas llamado *Les Poupées de Paris*. Guidry les tradujo el título: Las muñecas de París.

—Mami —dijo Rosemary en voz baja, como si estuviera en la iglesia—. ¿Sabes a qué se parece esto?

—¿A qué, cielo? —le preguntó Charlotte.

—Es como la película —comentó Joan, también en voz baja—. Como *El mago de Oz*.

El recepcionista apenas prestó atención al perro. Las Vegas era como Nueva Orleans en ese sentido: cualquier cosa valía, siempre y cuando pudieras pagarla. Que Dios bendiga América.

Hacía demasiado frío para nadar en esa época del año, pero el suficiente calor para comer fuera, junto a la piscina cristalina. Los perritos calientes iban acompañados de kétchup, mostaza y salsa de pepinillos, cada condimento en su propio plato con su propia cucharita. Rosemary y Joan estaban en el paraíso.

Listas y más listas. Colores favoritos. Canciones favoritas. Alimentos favoritos. Guidry intentó añadir los huevos fritos a la lista de alimentos favoritos y fue corregido debidamente. Alimentos favoritos «de la hora de comer».

Hasta entonces no se había dado cuenta de lo mucho que se parecían las niñas a su madre. Tenían la misma curvatura en la mandíbula, la misma costumbre de mirar a la vida directamente a los ojos. Como diciendo: «Adelante, inténtalo si te atreves».

Libros favoritos. Cuentos de hadas favoritos. Personajes favoritos en los cuentos de hadas. El viento agitó con suavidad la superficie de la piscina.

El padre no pegaba a sus hijas. Eso fue lo que supuso después de pasar varios días con ellas. Tal vez el tipo estuviese loco por sus hijas. Guidry no veía razón para lo contrario. Tal vez, ahora que había perdido a sus hijas, el hombre sintiera que le habían arrancado el corazón del pecho. ¿Cómo sería sentirse así? Lo había olvidado. No tenía interés en volver a averiguarlo.

—Oíd —les dijo—. ¿Quién quiere ir a montar en los karts?

Pero había que tener al menos doce años para ponerse al volante, así que, en lugar de eso, jugaron al minigolf. Guidry descubrió que era terriblemente malo. No logró meter la pelotita por la rampa del volcán, la hundió en el pozo y pasó de largo el molino de viento. Las chicas se mostraron siempre educadas.

—No te preocupes, era un hoyo muy difícil.

Antes de su último golpe, Charlotte se detuvo. Miró hacia arriba y a su alrededor. Contempló las palmeras y las torres de los casinos a lo lejos, en la avenida principal. Miró a Guidry.

—¿Dónde estoy? —preguntó.

A él no le hizo falta preguntar a qué se refería, lo entendía a la perfección.

Esa noche, en la cama, Guidry no se cansaba de ella. Cualquiera habría pensado que Charlotte era la primera mujer desnuda a la que acariciaba y besaba en su vida.

Después levantó el brazo y ella se colocó debajo para apoyar la cabeza en su pecho. Encajaban de maravilla, como los resortes de una cerradura al abrirse. Él giró la rodilla y ella enredó en ella su pierna desnuda. Habían dejado las cortinas abiertas y la luz de la luna entraba por la ventana.

Con la mayoría de mujeres, a esas horas ya estaría vestido y a punto de salir por la puerta. Pero tenía que interpretar su papel, ¿no? Frank Wainwright. Charlotte tenía la cara interna del muslo caliente, sedosa y pegajosa. Notaba su pulso bajo la piel, el ritmo de la banda que iba ralentizándose compás a compás. ¿Qué importaba que le gustase el papel que estaba interpretando? No dejaba de ser solo eso, un papel.

Charlotte deslizó la palma de la mano por su pecho, casi tocándolo, pero sin llegar a hacerlo, como si estuviera comprobando si el quemador de la cocina estaba caliente.

—Qué peludo eres —comentó.

—¿Te das cuenta ahora? —preguntó él.

A la luz perezosa de la luna, a Guidry no le resultaba difícil imaginar que aquella era realmente su vida. Tampoco le costaba imaginar una vida diferente para Annette. ¿Dónde estaría ahora su hermana pequeña? No estaría encerrada en Ascension Parish, Luisiana, eso seguro.

Enfermera. Sí. Con la cabeza despejada en una crisis, hasta los codos de sangre y vísceras, sin pestañear, manteniendo con vida a los chicos durante la guerra hasta que los médicos pudieran volver a coserlos.

Se enamoró de uno de esos soldados, un sargento de hombros anchos; alegre y cariñoso. ¿Existían hombres así en el mundo? Tal vez sí. Guidry asistía a todas las cenas de Navidad, malcriaba a sus sobrinas y a sus sobrinos. Annette le reprendía con cariño. Le sugería que se buscara una mujer tan lista como él, o más lista, mejor aún. Le decía: «No tengas miedo, Frick, no te va a morder». Seguía llamándolo Frick, como cuando era una niña pequeña y rolliza y no sabía pronunciar su nombre. Él seguía llamándola Frack.

Algún día tendría que morir, pero esta vez en una cama de hospital, rodeada de hijos y nietos y jarrones llenos de flores, con su hermano mayor sujetándole la mano.

—¿Alguna vez has estado casado, Frank? —le preguntó Charlotte.

—No.

Ella acercó la mano a su cara y recorrió con los dedos el contorno de sus labios, de su nariz, de su mejilla y su cicatriz.

—No quiero irme —confesó.

Él tampoco quería que se fuera. Cuando se marchara, caería el telón y Frank Wainwright abandonaría el escenario por la izquierda.

Ya había pospuesto demasiado el momento de llamar a Ed. No podía retrasarlo más.

—Sabes que puedes pasar la noche aquí —le dijo.

—Y tú sabes que no puedo —respondió ella.

—Las niñas están al otro lado del pasillo y duermen como un tronco. Tú misma lo dijiste.

Charlotte se levantó de la cama y se vistió. Cuando terminó, se recogió el pelo con una cinta. Guidry trató de agarrarle la mano, pero ella ya se dirigía hacia la cómoda. Se abrochó el último botón de la blusa y se miró rápidamente en el espejo.

—Yo también me caí de un árbol una vez —le dijo.

Guidry se quedó desconcertado unos segundos. Y entonces, cuando ella se dio cuenta y se volvió para mirarlo, entendió que estaba hablando de la cicatriz que tenía debajo del ojo, la mentira que le había contado al respecto. Trató de disimular bostezando y estirándose. «Mantén la cabeza despejada», se advirtió a sí mismo una vez más. Si se relajaba demasiado en presencia del gran Ed Zingel, la espada caería.

—Supongo que les pasa a casi todos los niños —comentó él—. Yo tengo la marca para demostrarlo.

Charlotte se quedó mirándolo un segundo y después se puso los zapatos.

—Recuerdo estar tendida boca arriba mirando el cielo —le dijo—. No me hice daño, solo me quedé sin aire un momento, perpleja. Estaba en el árbol y, de pronto, me hallaba en el suelo. Recuerdo que pensé: «¿Cómo ha sucedido?».

—Estoy impresionado —contestó él—. Probablemente yo empecé a llorar.

Charlotte se agachó para darle un beso de despedida.

—En realidad no sé mucho sobre ti, ¿verdad?

Guidry, preparado ya, con muchas mentiras a mano, se dispuso a decir: «¿Qué quieres saber de mí?». Pero, al verla dirigirse hacia la puerta, se dio cuenta de que en realidad solo había hecho un comentario, no pretendía preguntarle nada.

—¿Desayunamos juntos mañana por la mañana? —le preguntó.

—Hecho —respondió ella.

El Hacienda tenía solo dos pisos. Desde su ventana, Guidry no veía la avenida principal, ni las montañas, ni siquiera la piscina. Solo la luna y las siluetas de las palmeras. Se quedó allí y escuchó el lejano petardeo de los karts durante un rato. Después estuvo viendo viejos episodios de *Janet Dean, Registered Nurse*. Pobre Ella Raines, siempre con el agua hasta el cuello por culpa de su buen corazón.

Era casi medianoche. Tenía que dejar de postergarlo, descolgar el auricular y marcar el puñetero número.

Respondió el hombre del acento británico.

—Buenas noches —dijo—. Residencia Zingel.

—Soy el viejo amigo de Ed, de Nueva Orleans —respondió Guidry.

Guidry esperó. «Allá vamos». Su última oportunidad para leer el futuro en las hojas del té, para adivinar las verdaderas intenciones de Ed, buenas o malas, antes de que fuera demasiado tarde. En las películas del Oeste que tanto le gustaban de pequeño, el héroe forastero pegaba la oreja a la vía del tren para intentar sentir las vibraciones del convoy que se acercaba.

—¿Dónde estás? —preguntó el gran Ed—. Creí que dijiste que llegarías ayer.

—Estás ansioso por verme —respondió Guidry.

—¿Por qué no iba a estarlo?

Guidry sonrió. Algunos hombres jugaban a las cartas, otros perseguían a las chicas. A Ed le gustaba hacerte sudar.

—Deja de jugar conmigo, Ed. Ya estoy bastante preocupado.

—¿Dejar el qué? —preguntó Ed—. De acuerdo, de acuerdo. Puedes contar conmigo, hijo. No he cambiado de opinión. ¿Eso te hace sentir mejor?

Guidry trató de captar las vibraciones en el raíl de hierro de la

213

voz de Ed. ¿Hablaría en serio? ¿O solo creería que hablaba en serio? ¿Habría decidido ya lo que iba a hacer con él?

—¿Sabes cuándo me sentiré mejor, Ed? —le preguntó.

—Cuando vayas en un avión de camino a la hermosa Indochina.

No. Cuando el avión hubiera aterrizado en Indochina y él no hubiera salido despedido por la puerta del cargamento en algún punto sobre el océano Pacífico.

—Tenemos mucho de lo que hablar —continuó Ed—. Ahora dime dónde te alojas y enviaré a Leo a recogerte. Mañana a la una en punto. Comeremos juntos.

—Tomaré un taxi —respondió Guidry—. No quiero importunarte.

Ed se rio.

—¿Dónde te alojas? —repitió.

—En el Hacienda.

—¿El Hacienda? ¿Es que quieres morir de aburrimiento?

—Quiero pasar desapercibido, Ed. Quizá se te ha olvidado por qué estoy aquí.

—¿Quién quiere vivir sin un poco de burbujeo y emoción? —preguntó Ed.

Guidry rememoró ese momento, durante la partida de minigolf, en el que Charlotte levantó la cabeza y miró a su alrededor. «¿Dónde estoy? ¿Cómo he llegado hasta aquí?».

—Mañana a la una —respondió—. Estaré preparado.

24

Domingo por la mañana. Tortitas y sirope de arce para desayunar. Un paseo por el hotel. Joan vio un lagarto cociéndose en la acera. Parpadeaba, parpadeaba y de pronto, puf, desapareció. Una partida a las damas, paseo con el perro, más minigolf. Guidry por fin empezaba a pillarle el truco al golf. Rosemary y Joan le vitoreaban en cada golpe. «Podría acostumbrarme a esto», se dijo. ¿Acostumbrarse a qué, exactamente? No estaba seguro.

Después del último hoyo, Guidry le dijo a Charlotte que iba a salir a ver a su amigo, el santo y caritativo vendedor de coches. Les hizo prometer a las niñas que no se divertirían demasiado sin él.

—Volveré en un par de horas —aseguró—. Deseadme suerte.

En la puerta le esperaba un Rolls-Royce Silver Cloud. El conductor le abrió la puerta de atrás. Tendría setenta y pocos años, era alto, delgado y muy amable, con un bigote finísimo y un traje negro de Savile Row.

—Bienvenido a Las Vegas —le dijo. Era el acento inglés del teléfono—. Soy Leo, el ayudante del señor Zingel. Confío en que haya tenido un viaje agradable.

Guidry miró a Leo. Miró después el Rolls. El vehículo era larguísimo, elegante y deslumbrante, pintado de un verde metálico que recordaba a un cielo amenazador.

—A Ed le gusta causar impresión, ¿verdad? —comentó.

Leo mantuvo el rostro impávido, pero Guidry atisbó un ligero brillo en sus ojos.

—No sé a qué se refiere —respondió.

Se dirigieron hacia el norte por la avenida principal y después giraron hacia el este en Bonanza. Guidry no había estado antes en casa de Ed. Se imaginaba una mansión de piedra estilo Tudor, con jardines y césped bien cuidado, una habitación secreta en el sótano con paredes alicatadas y un desagüe en mitad del suelo.

—Leo —dijo Guidry—. Dime una cosa, ¿hace cuánto que trabajas para Ed?

—Casi veinte años —respondió Leo.

—Menuda aventura, ¿verdad?

De nuevo el rostro impávido y el brillo en la mirada.

—Bastante, sí.

Dejaron atrás los antiguos vecindarios y los nuevos. Las Vegas estaba floreciendo, expandiéndose, goteando como una mancha en mitad del desierto. Cierto, el clima en invierno era agradable. Pero ¿qué más? Nada. La ciudad tenía el encanto de un chicle que te despegas de la suela del zapato.

Guidry deseó poder enseñarle a Charlotte Nueva Orleans. El barrio francés una tranquila mañana de domingo, cuando solo los pájaros y las señoras mayores, que son como pajaritos, se han levantado. Garden District, el río al atardecer, los granizados de Plum Street Snowballs. Rosemary y Joan alucinarían cuando vieran el zoo de Audubon Park.

—¿Cuánto queda? —preguntó Guidry.

Se hallaban ahora en el auténtico desierto. La civilización, si se podía llamar civilización a Las Vegas, se empequeñecía en la distancia.

—No mucho —respondió Leo.

—¿Y Ed vive aquí?

Leo levantó un dedo del volante y dio un golpecito. ¿Eso era un sí? Guidry estaba familiarizado con el código de pureza de la mafia. Los negocios turbios en Las Vegas dependían del juego legal, y el juego legal dependía de la precaria ficción de que los negocios en

Las Vegas eran limpios. De manera que las diferentes facciones tenían un acuerdo: ni peleas en público ni sangre o sesos esparcidos delante de los turistas. Si había que cargarse a un tipo en Las Vegas, había que llevárselo al desierto —¡un desierto justo como aquel!— y cargárselo allí.

—Eres guapo como un diablo, Leo —dijo Guidry—. Apuesto a que en tus tiempos tenías a las damas haciendo cola.

Eso por fin logró arrancarle una sonrisa a Leo.

—¿No? —dijo Guidry. Había tenido sus sospechas—. Los muchachos, entonces. Ven a visitar Nueva Orleans y te presentaré a algunas personas.

Llevaban veinte minutos conduciendo. Estaban a kilómetros de distancia de la ciudad de Las Vegas propiamente dicha.

—¿En qué me estoy metiendo, Leo?

—¿Disculpe?

—Dame una pista. ¿Qué es lo que me espera? Apelo a la bondad de tu corazón. Ya es demasiado tarde para hacer nada al respecto, ¿qué más da?

Leo aminoró la velocidad del Silver Cloud y giró por una carretera de grava que circulaba entre las rocas. Pasado medio kilómetro más o menos, al doblar un recodo, la grava dio paso a un camino bien asfaltado y flanqueado por cactus.

—Ya hemos llegado —anunció Leo.

Ed se había decantado por la modernidad de la era espacial y no por el estilo Tudor. La casa estaba separada en varios niveles, tenía paredes enteras de cristal y un tejado plano de color blanco inclinado de tal manera que pareciera la vela de un barco, o la aleta de un tiburón. La inmensa entrada estaba enmarcada por bloques de cemento dispuestos para formar un enrejado decorativo muy complejo.

—¿Y bien? —Ed salió de la casa con su atuendo habitual. Pantalones anchos de lino, una camisa de seda abierta por el cuello y unas gafas de sol en lo alto de la cabeza. Le dio a Guidry un abrazo que casi le fracturó las costillas—. ¿Qué piensas?

—Pensaba que Leo iba a llevarme al desierto para pegarme un tiro —respondió Guidry.

—¿Leo? No. ¿Qué piensas de la casa? —Ed se giró para que pudieran examinar juntos el edificio—. Es lo último, según me han dicho. Pero con todo ese cristal en verano, te asas. Parece que vas a entrar en combustión. Leo, que tiene clase, cree que a la casa le falta clase. Cree que a mí me falta clase, ¿verdad, Leo?

—¿Llevo el coche a la parte de atrás, señor Zingel? —preguntó Leo.

—Gracias —respondió Ed—. Vamos, hijo.

Entraron en la casa. Había un salón hundido dentro del salón hundido, así de grande era aquel lugar. Techos de cuatro metros y medio de altura, una chimenea de piedra en la que cabía un coche pequeño, un sofá curvo de vinilo blanco y una alfombra de piel de cebra.

Sobre la alfombra había tumbada una chica, de unos diecisiete años, hojeando una revista. Llevaba una camisa de hombre y unos vaqueros muy muy cortos. Sus largas piernas estaban sucias o bronceadas, o ambas cosas. También vio a otros hermosos adolescentes. Una pareja de chicos sin camiseta contemplando los peces de un enorme acuario, una chica con gafas pintándose las uñas, una chica con una bolsa de papel llena de cerezas que daba de comer a un chico sentado en el suelo de mármol a sus pies.

—No te preocupes por ellos —dijo Ed—. La mayoría están colocadísimos.

—¿Son amigos tuyos? —preguntó Guidry.

—Son más bien de la familia. El viento los arrastra hasta aquí, procedentes de todo el país. Cindy, la que está junto a la chimenea, es de Maine.

—Vaya.

—Deja de tocarte las perlas, Mamie Eisenhower. No los toco, solo miro. Soy demasiado viejo para mantener el ritmo. No les hago hacer nada que no se mueran ya por hacer.

La chica de la alfombra de cebra, Cindy, de Maine, se giró para tumbarse boca arriba, levantó una pierna sucia, larga y desnuda, y apuntó con los dedos al techo. Contempló a Guidry desde detrás de una cortina de pelo rubio. Tenía los ojos más azules y más vacíos que jamás había visto. La sonrisa más blanca y más vacía.

—Quién soy yo para juzgar, Ed —respondió Guidry.

Ed lo condujo a través del salón, dobló una esquina y dejó atrás la cocina.

Una puerta.

—Después de ti —le dijo.

Guidry tomó aliento, pero detrás de la puerta secreta no había una habitación secreta alicatada con un desagüe en el suelo; era solo el comedor. Una pared de cristal que daba a la piscina, una mesa con un mantel blanco, un cubo de hielo junto a una botella de Black & White. Guidry fue directo a por el *whisky* y se sirvió uno doble. Pero no debía relajarse todavía. Todo aquello, que Leo entrara con una fuente de lo que, según el olor, debía de ser langosta thermidor, solo garantizaba que Guidry viviría una hora o dos más. Quizá.

—Adelante —le dijo Ed—. Y no te preocupes por Leo. Él es el colmo de la discreción. ¿Verdad, Leo?

Guidry se sentó a la mesa frente a Ed, al lado de Leo. Al otro lado del ventanal, junto a la piscina, había un par de adolescentes bronceados tumbados muy quietos.

Guidry dio un bocado y después un trago. Esperó. Ed estaba pasándoselo en grande, viendo cómo le daba vueltas a la cabeza.

—¿Cuándo me marcho entonces, Ed? —preguntó Guidry—. A Vietnam.

—Estás ansioso por saberlo —respondió Ed—. El cuándo, el cómo y el qué hago cuando llegue allí. Los detalles pertinentes.

—Así es.

—No te culpo. Pero primero vamos a enseñarnos mutuamente nuestras cartas, para quitárnoslo de en medio. ¿Qué opinas?

Ahí estaba. El primer giro, la primera sorpresa. Guidry sabía lo que tenía que hacer: mantenerse firme y no dejarse amedrentar.

219

—Me encantaría, Ed —le dijo—. Pero tú ya has visto todas mis cartas.

Ed se rio.

—Eres un cliente frío, hijo. Siempre me ha gustado eso de ti. Tienes aplomo a raudales.

Guidry se alegró de oír que, al menos, esa era la apariencia.

—Dime lo que ha ocurrido realmente —dijo Ed—. No te has tirado a la hija de Carlos. O puede que sí, pero no es por eso por lo que has huido. No es por eso por lo que te está buscando. Si vamos a estar en esto juntos, necesito saberlo todo.

—¿Si vamos a estar en esto juntos? —preguntó Guidry.

—Es una manera de hablar.

Contarle a Ed la verdad. Contarle a Ed una mentira. Si Guidry admitía que sabía lo que había ocurrido en Dallas, que tenía trapos sucios sobre Carlos, Ed se mostraría todavía más dispuesto a ayudarle de lo que ya estaba. Carlos, expuesto y vulnerable, el sueño de Ed hecho realidad; dar a Carlos donde más le dolía y hacerle gritar.

Eso por un lado. Por otro lado, el presidente de Estados Unidos había sido asesinado. La comisión de Earl Warren, el FBI. Ed no necesitaba una molestia tan grande, una molestia como Guidry.

Tal vez Ed ya supiera lo de Dallas y lo de Carlos y aquello fuese una prueba. Pero ¿la respuesta correcta? Guidry no la sabía. Ed Zingel: sus artimañas eran legendarias y sus motivos desconocidos. Esperó, paciente y sonriente. Decir la verdad o mentir. Decidió probar con un poco de cada.

—Es el asunto de Kennedy —dijo.

—Lo sospechaba.

—Yo no sé gran cosa —añadió Guidry—. Sé que el verdadero francotirador condujo hasta Houston después de hacer la faena. Oí a Seraphine mantener una conversación que no debería haber oído.

—¿Qué más? —preguntó Ed.

—Eso es todo lo que tengo.

Pensó en Mackey, en Armand y en Jack Ruby. Sintió de nuevo el calor húmedo de la noche de Houston, olió la peste de las refinerías mientras abría el maletero del Cadillac y la bolsa de lona, donde encontró el rifle y los casquillos metálicos.

—Pero Carlos cree que tienes algo más —adivinó Ed.

—Esas son todas mis cartas, Ed —le aseguró Guidry.

Ed se recostó en su silla y reflexionó. Guidry se sirvió otro *whisky* doble. «No dejes que Ed vea que te tiembla la mano», se dijo. Pasados unos segundos, Ed asintió y atacó su langosta thermidor.

—¿Cómo te sientes después de abrirle tu corazón a un amigo? —le preguntó.

—Me siento renovado —respondió Guidry.

—Tengo sentimientos encontrados con todo este asunto. Jack era un arrogante hijo de perra, pero sabía pasarlo bien. Y conocía las reglas del juego. El problema era Bobby.

—Hablas de disparar a Bobby y no a Jack.

—No disparar a nadie. Pero sí, disparar a Bobby en su lugar. Enviar un mensaje, dar un susto a Jack. No hay que dejar que un resentimiento personal se interponga en los negocios. Hasta un imbécil italianucho como Carlos debería entender eso.

El resentimiento personal de Ed contra Carlos era la razón por la que Guidry estaba sentado allí en aquel momento, bebiendo *whisky* escocés y comiendo langosta thermidor. Pero prefirió no poner de manifiesto aquella ironía.

Los adolescentes tumbados junto a la piscina seguían sin moverse. Guidry no sabía si aún respiraban. Leo se marchó y regresó con una cafetera. Ed se limpió la boca y tiró la servilleta sobre la mesa.

—¿Quieres oír algo divertido? —le preguntó—. Estaba a punto de retirarme. De decir «hasta aquí hemos llegado». Pero entonces disparan a Jack y ahora ocupa el cargo LBJ, y empiezo a pensar... mmm, Vietnam. ¿Te das cuenta? Para ti y para mí, esa primera bala en Dallas lo cambió todo.

—Ed —dijo Guidry.

—¿Qué?

—He puesto mis cartas sobre la mesa.

—¿Y ahora me toca a mí? De acuerdo, vayamos al grano. Voy a conseguirte un vuelo desde la base aérea de Nellis. Tengo un amigo coronel que tiene un bombardero y...

De pronto se detuvo. La chica de ojos vacíos y piernas largas, Cindy, de Maine, había entrado en la habitación. Se sentó en el regazo de Ed y miró a Guidry con su sonrisa blanca y vacía. Cuando Leo se aclaró la garganta, la muchacha enseñó los dientes y le respondió de mala manera, como un perro que trata de morder una mosca. Leo la ignoró y se sirvió una cucharada de azúcar en el café.

—¿Cuándo será, Ed? —preguntó Guidry—. El vuelo.

Cindy agarró a Ed de los carrillos.

—Papi, ¿vamos a jugar hoy?

—¿Ya es la hora? —preguntó Ed—. Hijo, te vas a divertir mucho con esto.

No. Lo que fuera que tuviera Ed en mente, no, no, no. Y desde luego no ahora, todavía no. Guidry sonrió. Aplomo a raudales, claro.

—Primero me encantaría terminar nuestra conversación —dijo Guidry.

—Ya tendremos tiempo de sobra para hablar —contestó Ed—. Confía en mí, nunca has visto nada como esto en tu vida.

Guidry captó la mirada de Leo, cuyo bigote de Clark Gable se agitó.

—A Leo no le parecen bien nuestras travesuras —comentó Ed—. ¿Verdad, Leo?

—Vamos, papi —insistió Cindy—. Queremos jugar.

Leo se puso en pie.

—Iré a por el equipo.

—Ed —dijo Guidry—. No quiero ser un coñazo, pero tal vez...

—No eres un coñazo, hijo —respondió Ed—. Si quisiera a un coñazo trabajando para mí en Saigón, enviaría a Leo.

Una advertencia bienintencionada. Guidry supuso que no habría una segunda.

—Que comiencen los juegos —dijo.

De camino a la salida, Guidry se detuvo en el cuarto de baño. Un Picasso firmado sobre el retrete, auténtico según su opinión, probablemente costaría una fortuna. Un dibujo a carboncillo de una criatura parecida a un gato con alas y colmillos, devorándose a sí misma. Meó y se peinó. Procedente de algún lugar de la casa oyó un leve golpe, como una puerta o la tapa de un ataúd al cerrarse. Oyó un grito de risa o de terror. «Lárgate de aquí», pensó.

En la parte de atrás, en dos mil metros cuadrados de hierba esmeralda que Ed debía de mantener regada constantemente, se habían reunido los adolescentes. Ocho de ellos, en ropa interior: los cuatro chicos con sus calzoncillos blancos de Fruit of the Loom; las cuatro chicas en bragas y sujetador. Leo fue recorriendo la fila con un cartón de huevos frescos. Cada uno de los chicos seleccionó un huevo.

—Ven aquí. Te explicaré las reglas. —Ed se sentó en el porche de piedra, fumando un puro—. El huevo va en la cabeza del chico. La media de nailon sujeta el huevo para que no se caiga.

—Naturalmente —contestó Guidry.

Los chicos ya tenían sus medias. Las chicas ayudaron a los chicos a colocar los huevos en su lugar. Las medias color carne, una vez bajadas hasta la barbilla, se estiraban y desdibujaban el rostro de los muchachos, como si un pulgar hubiera intentado borrar un fallo. El huevo sobresalía en lo alto de la cabeza... Guidry no sabía a qué diablos se parecía aquello. ¿Un tumor, un cuerno rudimentario?

Leo volvió a recorrer la fila con una nevera portátil. ¿Qué habría en la nevera? Pescado, naturalmente. Pescados congelados de más de treinta centímetros de longitud. Un pescado para cada chica. Guidry deseó que Picasso pudiera ver aquello. Se rendiría, tiraría la toalla.

—Jugábamos a esto cuando yo era pequeño —dijo Ed—, en el campamento al que mis padres solían enviarme en verano.

—¿Qué tipo de campamento era ese, Ed? —preguntó Guidry.

—Mira, la chica se sube a hombros del chico. Ella lleva el

pescado. El objetivo del juego es sencillo. Utilizar tu pescado para romper los demás huevos. Y no dejar que nadie rompa el tuyo.

Leo se acercó para sentarse con ellos.

—Están listos si usted lo está, señor Zingel.

—¡Preparados, damas y caballeros! —exclamó Ed—. Cien pavos para el último equipo que quede en pie. ¡El ganador se lo lleva todo!

Abrió un cajón que había en la mesita que tenía al lado, sacó una pistola y disparó al aire. Guidry no tuvo tiempo de prepararse. El eco del disparo rebotó en las paredes del cañón una y otra vez. Guidry sintió que los tiros provenían de todas direcciones a la vez.

—¡Arre caballito! —exclamó Ed.

Al principio solo hubo muchos tropiezos y muchas risas. Ocho adolescentes colocados, los chicos medio ciegos por culpa de las medias que llevaban en la cabeza, el pescado tan resbaladizo que las chicas apenas podían sujetarlo.

Guidry miró a Leo. Aquello no estaba mal. Pero Leo apartó la mirada.

Las chicas comenzaron a agitar el pescado con más fuerza. Un chico recibió un fuerte golpe en la cara. Se tambaleó, desorientado. Cindy, de Maine, se colocó en posición, con su sonrisa reluciente, y atacó por sorpresa a la chica que iba a hombros del chico, con un golpe que casi le arranca la cabeza. Un pescado congelado... debía de ser como recibir un golpe con un listón de madera.

Una chica con coletas aplastó el huevo en la cabeza de un chico, lo aplastó una y otra vez, hasta que el chico acabó de rodillas. Guidry, que había visto cosas muy duras, que había estado en la playa de Leyte, puso cara de dolor. Cindy rompió el segundo huevo y después agarró del pelo a la chica y la tiró de los hombros de su compañero. Se dio un golpe tan fuerte al caer al suelo que hizo que Guidry pusiera cara de dolor otra vez. Cuando la chica se incorporó con la boca llena de sangre, Cindy se rio.

—Ed —dijo Guidry.

Ed sonrió.

—¿No te lo dije? La creación más hermosa de la naturaleza. Deja que florezca.

—Alguien se va a acabar haciendo daño.

—Puede que no —respondió Ed.

Allí estaba el salvador en cuyas manos Guidry acababa de poner su vida. Tenía que salir de allí.

Quedaba un huevo y Cindy entró a matar. Las dos chicas empezaron a golpearse salvajemente la una a la otra. Sus compañeros cayeron al suelo. La chica de las coletas intentó escapar, pero Cindy la persiguió, la alcanzó, la aprisionó contra el suelo y la golpeó hasta que los gritos de la chica se convirtieron en gimoteos y el pescado de Cindy, reblandecido por el calor, se hizo pedazos en sus manos.

Dos de los chicos arrastraron a la chica de las coletas al interior de la vivienda. Cindy se acercó a recoger su premio y se arrodilló delante de Ed. Tenía una mancha de sangre en la mejilla, lo que podría ser parte de la huella de una mano, y escamas de pescado pegadas a las pestañas. Ed le metió un billete de cien dólares en la tira del sujetador.

—Y podrás ser reina por un día —le dijo.

—Me gusta ganar, papi —respondió Cindy.

—Mira esto —le dijo Ed a Guidry. Levantó la pistola y colocó el cañón contra la frente de la chica—. ¿Quieres que te vuele los sesos, Cindy?

Ella siguió sonriendo con aquella sonrisa blanca y vacía.

—Me da igual.

Ed apartó la pistola, se inclinó y le dio un beso en la frente.

—Ve a limpiarte. Cómete algo dulce.

Ed llevó a Guidry en coche de vuelta al Hacienda. Fue contándole historias casi todo el camino. Que Norman Biltz y él habían recaudado millones de dólares para Jack en el 60. Que Sam Giancana quería presionar a Bobby, así que drogó a Marilyn Monroe e hizo que se la turnaran todos en el Cal-Neva de Reno. Ed poseía copias de las fotos, si Guidry quería verlas alguna vez.

Él escuchaba y sonreía. Le dolía la cabeza y empezaba a tener calambres en el estómago otra vez. Intentó con delicadeza desviar la conversación hacia el vuelo que saldría de Nellis. Ed lo ignoró y le contó más historias de los viejos tiempos.

Guidry escuchaba y sonreía. Pensaba en Charlotte. En sus ojos, en su olor, en el sabor de su sudor. Todos los clichés habituales y absurdos. Se sentía decepcionado consigo mismo. Su risa, su ceño fruncido. Pero ¿qué era lo que le pasaba? Si se sentía confusa o atraída por una idea, si algo le parecía incierto o tentador, cerraba un ojo como hacía cada vez que miraba por el visor de su cámara.

—Hicimos algunos tratos —estaba diciendo Ed—, pero él nunca sucumbió a mis encantos.

Guidry escuchaba y sonreía. ¿Algunos tratos con quién?

—Eso no me lo imagino, Ed.

Guidry sabía que lo que sentía por Charlotte no era real. Era un amor infantil, un juego de luces, un encaprichamiento temporal alentado por la novedad de la situación (¡su primera ama de casa de Oklahoma!), por la cantidad de estrés a la que había estado sometido.

Entonces ¿por qué parecía tan real? ¿Por qué notaba la alegría en las tripas al imaginarse que regresaba al hotel, salía a la piscina y veía a Charlotte y a las niñas de nuevo? La fuerza de aquel deseo, el deseo de estar justo allí, en ese preciso instante, le ponía nervioso.

Se detuvieron frente al Hacienda y Guidry se dispuso a salir del coche, pero Ed apagó el motor.

—El vuelo sale de Nellis el martes —le dijo—. Lo del coronel que te mencioné. Ya está todo arreglado.

—¿Pasado mañana? —preguntó Guidry.

—Te dije que me encargaría de todo, ¿no es así? Hombre de poca fe. Cuando llegues a Vietnam, Nguyen cuidará de ti. Él es tu hombre sobre el terreno. Se escribe N-g-u-y-e-n. Trabaja para la compañía, pero no te preocupes, todos nos agarraremos de la mano y bailaremos juntos alrededor del mayo. Hay otro tipo que tiene enlaces con el Gobierno vietnamita y el ejército. Estará en contacto. Él también se llama Nguyen. Nguyen y Nguyen, ¿entendido?

—Todos ganamos.

—Ahora ve a hacer la maleta. Vuelve a casa conmigo. Tengo espacio de sobra. El Hacienda es el paraíso de los paletos. No soporto imaginarte ahí metido.

—Agradezco la oferta —dijo Guidry.

—Bien —respondió Ed—. Te gusta tener tu libertad. Te gusta deambular, como al búfalo.

Guidry se bajó del coche. Ed se bajó también, rodeó el vehículo con los brazos abiertos y Guidry se preparó para otra costilla fracturada. Pero, antes de que sucediera, Ed desvió la atención hacia las puertas del vestíbulo.

Guidry se giró y vio salir a Charlotte y a las niñas. Charlotte le dirigió una sonrisa.

—Llegas justo a tiempo —le dijo—. Vamos a ir a ver de cerca los aviones.

Ed miró a Guidry, después miró a Charlotte y a las niñas y también sonrió.

—Vaya —murmuró—, ¿qué tenemos aquí?

25

A Charlotte le quedaba una sola foto en el carrete, así que se llevó la cámara al campo de minigolf. El encuadre: Joan preparándose para golpear y Frank acuclillado tras ella, con Rosemary mirando al cielo, distraída por un avión, o una nube, o un pájaro.

La regla de los tercios. Al señor Hotchkiss le parecería bien. Aunque, por supuesto, le horrorizaría Las Vegas en general. Demasiado ruido, demasiada luz, demasiadas emociones desbocadas. Demasiado de todo.

A ella le parecía todo fascinante. La noche anterior habían dado un paseo en coche por la avenida principal hasta el centro y de vuelta. ¡La gente! Hombres y mujeres de todas las clases sociales. Caminaban, se chocaban, se abrazaban, se empujaban, se metían furtivamente en los coches. Un hombre se quitó la chaqueta del esmoquin y la agitó como una bandera. ¿Por qué? Una mujer estaba sentada en el bordillo, con la cabeza apoyada en las manos, pero sonriente. ¿Por qué? A Charlotte le encantaba pensar que cada persona con la que se cruzaban, cada persona en el mundo, tenía su propia historia.

Una corista cruzaba altanera la calle. ¿Quién sería? ¿Qué motivo le habría hecho salir sin tomarse el tiempo necesario para cambiarse el traje? Su atuendo estaba hecho de cuentas iridiscentes, plumas extravagantes y muy muy poca tela. El señor Hotchkiss no habría sobrevivido a aquel impacto.

Los Ángeles era mucho más grande que Las Vegas. A Charlotte le abrumaba aquella idea. Si Las Vegas era así, tan exagerada, ¿qué le esperaría en Los Ángeles? Recordó lo que les había dicho a las niñas justo antes de marcharse de Oklahoma: «Vamos a averiguarlo».

Joan se concentró en el golpe. Rosemary miraba al cielo. Charlotte esperaba, esperaba, esperaba. Las palas del molino de viento giraban, giraban, giraban. Deseaba congelar aquel momento cuando las sombras fueran perfectas.

Ahora. Presionó el obturador. El tiempo se detuvo.

Y entonces el molino siguió girando lentamente. Joan golpeó con suavidad la pelota. Frank murmuró unas palabras de ánimo mientras la pelota avanzaba y se desviaba.

—Entra ahí —dijo. Rosemary hizo un giro, intentando emular la pirueta de un bailarín que había visto en un póster de *Jewel Box Revue*.

Charlotte no sabría si había sacado la foto un segundo demasiado pronto o un segundo demasiado tarde hasta que viera los revelados. Eso hacía que la fotografía fuera algo emocionante. En realidad no podías juzgar el resultado de lo que estabas haciendo hasta que ya estuviera hecho.

—Volveré en un par de horas —dijo Frank—. Deseadme suerte.

Después de que Frank se marchara a ver a su amigo, el vendedor de coches, Charlotte y las niñas comieron, pasearon al perro y, desde el otro lado de la calle, presenciaron una ceremonia en recuerdo del presidente Kennedy. Un grupo de *scouts* situados frente al aeródromo McCarran izaron una bandera, hicieron el saludo militar y después bajaron la bandera a media asta.

El perro necesitaba echar una siesta, pero las niñas seguían llenas de energía. Así que partieron en busca de una sala de revelado. El hotel tenía de todo, ¿por qué no iba a haber una?

El encargado de la tienda de regalos, un exiliado hosco llamado Otto, le vendió un nuevo carrete, pero dijo que no conocía ningún laboratorio de revelado en el Hacienda. Aunque era aspirante a mago y les hizo varios trucos con una baraja de cartas. Rosemary tiró a Charlotte de la manga y esta se agachó.

—Mami —susurró su hija—, ¿le preguntas si nos enseña algún truco?

—Pregúntaselo tú —respondió Charlotte.

De manera que Rosemary reunió el valor y Otto le hizo el favor. Con paciencia, les explicó a las niñas cómo realizar un truco llamado «¿Quién es el mago?». Mientras practicaban, él les describió las minas de sal que había cerca de su ciudad, en Austria, con cuevas de paredes resplandecientes por el cristal y un inmenso lago subterráneo por el que se podía remar en barca.

Otto las envió a ver a Gigi, la fotógrafa del Jewel Box, que grababa todos los brindis con champán y los besos de aniversario. Y se ofreció a avisar a un botones para que les mostrara el camino, pero ¿qué tenía eso de divertido?

Se perdieron, por supuesto, y acabaron fuera, en un tranquilo jardín lleno de cactus. Luis, un mexicano que rastrillaba la arena, les preguntó a las niñas si sabían que un cactus podía vivir trescientos años y llegar a pesar hasta dos mil quinientos kilos. ¡No! Las invitó a tocar las diferentes espinas, algunas suaves y rectas, otras duras y curvas. Las espinas disuadían a los animales que pudieran querer comerse el cactus y también evitaban que el agua del interior se convirtiera en vapor y se escapara flotando por el aire.

Y pensar que a Charlotte le preocupaba que las niñas se perdieran el colegio, que fueran con retraso en su educación.

Por fin localizaron a Gigi, que estaba depilándose las cejas en el camerino. Resultó que ella usaba una Polaroid Highlander instantánea, de modo que no necesitaba cuarto oscuro para el revelado. Sin embargo, había un laboratorio en el centro, cerca de su apartamento, así que se ofreció a dejar allí el carrete de Charlotte.

—¿En qué habitación estáis? —preguntó Gigi.

—Estamos en la 216 —respondió Charlotte—. Pero no sé cuánto tiempo nos quedaremos.

—Les meteré prisa, no te preocupes.

A las niñas les fascinó la Highlander. Fue Joan la que habló, para sorpresa de Charlotte, sin necesidad de que ella la animara a hacerlo.

—¿Podemos probarla, por favor? —le preguntó a Gigi.

—Pues claro que sí —respondió Gigi.

Dejó que Joan le sacara una foto a Rosemary. Dejó que Rosemary le sacara una foto a Joan. Les mostró cómo abanicar las fotos con suavidad hasta que el fijativo se secaba y comenzaba a aparecer la imagen poco a poco. Charlotte, llevada por la curiosidad, le preguntó a Gigi si le gustaba su trabajo en el hotel.

—Es muy divertido —respondió Gigi—. La de cosas que veo. No te creerías ni la mitad.

Justo el tipo de trabajo que a ella le gustaría encontrar en Los Ángeles. ¿Y por qué no? ¿Qué se lo impedía?

Decidieron dar un paseo hasta el aeropuerto. Justo cuando salían del hotel, Frank estaba bajándose de una limusina.

—Llegas justo a tiempo —dijo Charlotte—. Vamos a ir a ver de cerca los aviones.

De la limusina se había bajado también otro hombre. Rodeó el coche y sonrió a Charlotte. Era alto, robusto y exuberante, con un bronceado intenso, el pelo blanco y la coronilla calva, y una sonrisa tan enérgica que casi te tiraba de espaldas al suelo.

Charlotte supuso que él sí que tenía una historia. Desde luego que sí.

—Vaya, qué tenemos aquí —comentó.

—Tú debes de ser Ed —le dijo Charlotte con una sonrisa—. Es un placer conocerte.

Frank tuvo que esforzarse por llegar hasta ellos. Las niñas lo tenían agarrado; Rosemary se le había colgado de una mano y Joan de la otra.

—Ed, aquí está —dijo Frank—. Charlotte. La damisela en apuros de la que te estaba hablando.

—Me da mucha vergüenza todo esto —le dijo Charlotte—. Espero que Frank no te haya puesto en una situación comprometida por mi culpa. Normalmente no voy por ahí pidiéndoles a los desconocidos que me presten uno de sus coches.

Ed se levantó las gafas de sol para examinarla mejor. Sus ojos, como Charlotte había imaginado, eran de un azul brillante e intenso.

—¿Prestarte uno de mis coches? —preguntó.

Ella no supo cómo responder. De pronto se dio cuenta de que no tenía ni idea de lo que estaba hablando.

Y entonces, cuando empezó a preguntarse por qué Frank no habría mencionado todavía nada sobre el coche, Ed se rio. Se agachó, se llevó una de sus manos a los labios y se la besó. Tenía el aliento caliente y la palma de la mano suave, con unas uñas de manicura perfecta.

—Estoy tomándote el pelo —le dijo—. Claro que puedo prestarte uno de mis coches, Charlotte, querida. Le he dicho a Frank que podías elegir el que quisieras. ¿Verdad, Frank?

—Así es —respondió Frank.

—Cualquier amigo de Frank es amigo mío. Es como un hijo para mí. Lo mío es suyo y lo suyo es mío. ¿Verdad, Frank?

Charlotte se relajó.

—Muchas gracias. No sabes lo agradecida que estoy.

Ed se volvió hacia las niñas.

—Y estas deben de ser las preciosas hijas de las que tanto he oído hablar. Yo soy vuestro tío Ed. ¿Qué tal estáis? ¿Os gusta Las Vegas?

—Hola, ¿qué tal? —respondió Rosemary—. Sí. Hay cactus y minigolf y un hombre que nos ha enseñado trucos con cartas. Es como en *El mago de Oz*. ¿Verdad, Joan?

—Sí —confirmó su hermana.

Frank empujó a las niñas hacia Charlotte.

—No te entretendremos más, Ed —le dijo—. Hablamos mañana, ¿de acuerdo?

Ed chasqueó los dedos tres veces, con tres movimientos de muñeca, como un cantante de *jazz* siguiendo el ritmo de la banda.

—¿Sabéis quién está de gira en la ciudad esta semana, en el Stardust? —preguntó—. No lo vais a creer. Ray Bolger, el Espantapájaros en persona.

—¿Conoce al Espantapájaros? —preguntó Rosemary.

Incluso Joan, que casi nunca abandonaba su cara de póquer, se quedó mirando a Ed con la boca abierta.

—¿Conocerlo? —dijo Ed—. Ray y yo somos viejos amigos. Mirad, tengo un pequeño barco en el lago Mead. ¿Habéis estado ya en el lago Mead? ¿Por qué no vamos todos mañana? Será una excursión familiar. Y le preguntaré a Ray si quiere venir con nosotros.

—Es muy generoso por tu parte, Ed, pero... —Frank seguía intentando alejar a las niñas, pero se había topado con el inamovible objeto de su asombro.

Charlotte lo miró. ¿Por qué no? Sería una aventura. Se sentía cautivada por Ed. Era excesivo, al igual que Las Vegas.

Frank siguió sonriendo como de costumbre, pero ella advirtió cierta tensión entre sus cejas, un gesto casi invisible de reticencia, un atisbo de inquietud. ¿O fueron imaginaciones suyas? Desapareció en un abrir y cerrar de ojos. No estaba segura.

Frank le dio a Ed una palmada en la espalda.

—Me parece una idea fantástica, Ed. ¿Cuándo zarpamos?

Las niñas cenaron temprano esa noche. Después, Charlotte y Frank las dejaron con la niñera del hotel. Rosemary se quejó al ver el cartel de la guardería Hansel y Gretel. «No somos bebés», se lamentaba, pero entonces descubrió que la guardería tenía niños de todas las edades y estaba llena de juegos de mesa, bloques de construcciones y puzles.

El comedor del hotel estaba al otro lado del vestíbulo. Frank acompañó a Charlotte hasta una mesa situada junto al pianista. Era su primera cita en condiciones. Al percatarse de ello, mientras bebían champán, Charlotte se rio.

—¿Te parece divertido? —preguntó Frank.

—Claro —respondió ella—. ¿No estás de acuerdo?

—La verdad es que sí —admitió él con una sonrisa.

Él sabía exactamente lo que quería decir. ¿Cómo era posible? ¿Cómo podían dos personas conocerse tan bien y al mismo tiempo no conocerse en absoluto?

—No quieres ir al lago Mead mañana con Ed —adivinó Charlotte.

Él sacó la botella de champán de la cubitera y le rellenó la copa.

—¿Por qué dices eso?

—Supongo que es una sensación.

—Tienes razón —confesó él—. No quiero ir.

—¿Por qué no?

—Te quiero solo para mí —respondió—. A ti y a las niñas. No quiero compartiros con nadie más, ni siquiera una tarde.

Ella lo creyó. Él se inclinó sobre la mesa y la besó. Fue un momento precioso. El champán, la luz de las velas, la música. Sin embargo, cuando Frank dobló su servilleta y se fue al lavabo, Charlotte se paró a pensar por qué se le habría ocurrido aquella pregunta, lo creyera o no.

26

Barone abandonó el Fairlane en el centro, junto a la estación de tren. Lo limpió y lo vació. El chico se había dejado la cazadora y una bolsa de papel marrón con el cepillo, la pasta de dientes y la crema para los granos que había comprado por el camino. Barone hizo una pelota con la cazadora y la metió en un cubo de basura que había frente al Golden Nugget. Tiró la bolsa de papel marrón en otro cubo de basura situado una manzana más allá.

Tomó un taxi hasta el Tropicana. Era el sitio de Carlos en Las Vegas. O quizá solo era dueño de una gran parte, no estaba seguro.

El dandi Stan Contini lo tenía todo. Anillos, alfiler de diamante en la corbata, un bastón con el mango de marfil tallado. Sin embargo, debajo no era más que un colgajo de piel grisácea y huesos, prácticamente un esqueleto, con una respiración que sonaba como un sonajero. Llevó a Barone a su despacho.

—¿Quieres una copa? —preguntó Contini—. ¿Algo de comer?

—No.

—Cáncer, por si acaso te lo estás preguntando. De estómago y de pulmón, doble ración. Así que tú eres el infame Paul Barone. Tú tampoco es que tengas muy buen aspecto, si no te importa que te lo diga.

—¿Qué sabes de Guidry? —preguntó Barone.

Contini empezó a toser y no pudo parar. Clavó su bastón en la moqueta y aguantó, como si la tos fuese a hacerle pedazos si no lo hacía. El mango de marfil del bastón estaba tallado en forma de pierna de una chica con media de rejilla.

Por fin dejó de toser y se secó la frente con un pañuelo que hacía juego con el que llevaba al cuello.

—Mis disculpas.

—¿Qué sabes de Guidry? —insistió Barone.

—De momento nada —respondió Contini—. Mis chicos están husmeando. Si está en Las Vegas, sabré algo pronto.

—Yo también voy a husmear por ahí.

—Haz lo que quieras, no me importa.

Barone no había preguntado si le importaba o no.

—¿Algo más?

—Sé discreto —le ordenó Contini—. Estamos en Las Vegas. ¿Te lo ha explicado Seraphine?

«Joder. Que si me lo ha explicado». Barone oyó la voz del chico en su cabeza. Estuvo a punto de sonreír. En lugar de eso, se puso en pie.

—Si te enteras de algo —dijo—, necesitaré saberlo de inmediato.

Contini garabateó algo en un cuaderno y arrancó la hoja.

—Lleva esto a recepción. Slim te dará una habitación. Puedes llamar para preguntar si hay novedades. ¿Qué más?

—Necesito un coche.

—Díselo a Slim —respondió Contini—. Él te lo organizará. Si quieres...

Empezó a toser de nuevo. Barone se detuvo de camino hacia la puerta.

—¿Cuánto tiempo te han dado? —preguntó—. Los médicos.

Contini siguió tosiendo y agitó la mano. Demasiado tiempo, esa era la respuesta.

La habitación de Barone en el Tropicana tenía vistas a la avenida principal. El servicio de habitaciones le llevó un filete. Comió unos pocos bocados. No se pasó con el *whisky*, solo un chorrito con hielo. Se tomó uno de los analgésicos. El otro bote de pastillas...

¿dónde estaba? Ah. Seguía en el bolsillo del chico, ahí era donde estaba. No suponía un problema. Se sentía bien e iba recuperando el apetito, buena señal. Llamó a Seraphine y le dio su número en el Tropicana.

El Dunes. Empezó allí, en esa misma calle. La planta del casino estaba abarrotada y apenas había espacio para moverse, todo lleno de aburridos provincianos disfrutando de su fin de semana, con los ojos muy abiertos, vestidos de punta en blanco y riéndose con gran escándalo, sujetando sus cigarrillos por encima de la cabeza mientras caminaban para que nadie se quemara.

«Soy detective privado. Estoy buscando a un tipo. Se ha fugado con dinero de la empresa, su jefe me ha contratado para que lo encuentre. Tiene mujer y dos hijas».

Porteros, bármanes, camareras, botones. Se le acercó el detective del hotel y le preguntó quién coño era y qué coño creía que estaba haciendo.

—Soy detective privado. —Etcétera.

—Lárgate, amigo —respondió el detective del hotel.

Barone se largó. De todos modos se había cansado ya del Dunes.

El Stardust, el Sands.

Nada. Llamaba al Tropicana cada media hora para ver si le habían dejado algún mensaje.

El domingo registró el resto de la avenida principal. El Sahara, el New Frontier, el Flamingo. El detective del Desert Inn se hizo el duro y Barone tuvo que contenerse. Probó suerte en los hoteles del centro. El Mint. Notaba que volvía a tener fiebre. Paul Barone nunca deja nada a medias. El Binion's Horseshoe.

Nada, nada, nada.

¿Dónde diablos estaba Guidry? El domingo por la tarde, a las ocho, se fue a su habitación a descansar. Una breve pausa. Llamó a recepción y le dijo al recepcionista que le despertara en una hora.

Pero no podía dormir. Se quedó tumbado en la cama. La habitación parecía un horno y las luces de la avenida se filtraban a través de la rendija de las cortinas. Se dio cuenta de que había estado conduciendo por el carril equivocado, en dirección equivocada. Guidry no se hospedaría en uno de los hoteles más caros y elegantes. Demasiada gente, demasiados ojos, alguien podría reconocerlo. Estaría en alguno de las docenas de moteles que había en la ciudad. El Del Rey, el Monie Marie, el Sunrise, el Royal Vegas. Pero no, eso tampoco le encajaba. No habría suficiente gente y Guidry se sentiría demasiado llamativo.

Barone se levantó de la cama, bajó y se encontró con Stan Contini en el salón de actos. Contini estaba bailando y haciendo girar su bastón.

—¡Mírame! —gritó Contini—. ¡Estoy muerto y me siento de maravilla!

No. Eso no era real. La fiebre. El chico de color se daba la vuelta y lo miraba. «Theodore, no me llames Ted, no me llames Teddy». Eso también era la fiebre. El muchacho con el agujero en la cabeza, mirándolo antes de que él apretara el gatillo.

Barone se despertó a las ocho de la mañana. Era lunes. Abrió las cortinas y la luz blanca del desierto le golpeó en la cara como si hubiera recibido un puñetazo. La herida de la mano volvía a dolerle mucho. «Ve al médico». De acuerdo, pero primero tenía que seguir una corazonada. Dijo en la centralita que le pasaran con Stan Contini.

—Sigo sin saber nada —dijo Contini.

—¿Dónde se alojan las familias? —preguntó él.

—¿A qué te refieres?

—Si vienes a Las Vegas con tu familia. ¿Hay algún lugar así?

—¿Quién viene a Las Vegas con su familia? En todo caso, el Hacienda. Ese es el lugar.

El Hacienda se hallaba a un kilómetro y medio hacia el sur desde el Tropicana, aislado en tierra de nadie frente al aeropuerto. Barone se quedó en el aparcamiento observando a la gente ir y venir. Algunos de los visitantes habituales, el ganado que podía verse en cualquier lugar de la avenida principal, pero también muchas familias. Un padre y sus dos hijos adolescentes con pantalones de golf de madrás a juego. Una niña pequeña con un vestido rojo de terciopelo saltando a la pata coja. El portero llevaba un gorro de Papá Noel y regalaba bastones de caramelos a todos los niños que pasaban por ahí.

Guidry estaba allí. Barone no sabía por qué lo sabía, pero lo sabía.

Entró y pagó por una habitación. Dos dólares extra para tener vistas a la piscina. Claro, ¿por qué no?

Desde la cafetería se veían bien las puertas del vestíbulo. Se sentó a la barra, pidió chuletas y café solo. Dejó la llave de su habitación junto a su plato para que la camarera pudiera verla. Lo más probable era que le tocase esperar mucho y no quería tener problemas.

No le preocupaba que Guidry pudiera reconocerlo. Guidry sabía su nombre, pero no conocía a Barone. Y solo habían estado juntos en la misma habitación un par de veces, años atrás. Guidry sonriendo y siendo el alma de la fiesta, Barone una cara más entre la multitud. Observando a Guidry, observando a todo el mundo.

—¿Te relleno la taza, encanto? —preguntó la camarera.

—Sí —respondió él—. Y agua con hielo.

—¿Ha habido suerte hoy en las mesas de juego?

—Aún no.

Un par de horas más tarde, justo antes del mediodía, Barone vio a Guidry salir del ascensor. Iba con la mujer a la que estaba utilizando y las dos niñas pequeñas. Guidry le dijo algo a la mujer y esta sonrió. El portero con el gorro de Papá Noel les abrió las puertas.

Barone se tomó su tiempo y le dio a Guidry espacio suficiente. Pagó la cuenta, agarró un palillo de la bandeja y salió de la cafetería. A través de las enormes puertas de cristal del vestíbulo, vio a Guidry, a la mujer y a las dos niñas subirse a un Rolls verde. Sin maletas. Observó alejarse al vehículo. Volverían.

Salió a la calle y miró a su alrededor.

—¿Le ayudo, señor? —le preguntó el portero.

—Oh, maldita sea —respondió Barone—. Debo de haberlos perdido.

—¿A quiénes, señor?

239

—A mi amigo y a su esposa. No habrás visto a nadie subirse a un Rolls Royce ahora mismo, ¿verdad?

—Sí, al señor y a la señora Wainwright.

Así que Guidry no se había cambiado el apellido, estaba dejando cabos sueltos. Empezaba a respirar tranquilo. Bien. O quizá tendría que mantener el apellido falso para que la mujer no descubriera nada.

—No les digas que me has visto, ¿quieres? —le dijo al portero—. Es una sorpresa. He venido por la fiesta de aniversario. Eso también es una sorpresa.

En el bar, Barone pidió *whisky* con hielo y se tomó dos analgésicos más. ¿Y ahora qué? Aquella era la parte que más le gustaba del trabajo. Todas las piezas esparcidas sobre la mesa frente a él; los engranajes, los muelles y los tornillos. Prueba esto, prueba aquello. Encájalo todo bien, dale cuerda y mira cómo el reloj empieza a funcionar.

La mujer y las dos niñas lo hacían interesante. Barone prefería encargarse de ellas por separado. Tal vez pudiera encontrar una manera de atraer a Guidry abajo, a solas. Meterlo en el coche, conducir hasta algún lugar bonito y tranquilo y después regresar a por las demás.

«Hola, Frank. Vamos a dar un paseo».

Pero Guidry podría montar una escena. Ya se había fugado una vez, en Houston. La mayoría de la gente veía la luz y aceptaba lo inevitable. Unos pocos seguían dando patadas hasta el amargo final. Bien por ellos, siempre y cuando no fuera a él a quien dieran las patadas. Recordó a su viejo amigo Fisk, en Houston. Su mano herida le recordó la navaja suiza de aquel hijo de perra.

Pidió más hielo en su vaso. El camarero le echó un trozo y Barone vio el brillo metálico del picahielos.

«Vamos a dar un paseo, Frank. Pórtate bien y no tocaré a la mujer y a sus hijas».

No. Guidry no se lo tragaría, no era estúpido. Y además no le importaría una mierda lo que les sucediera a la mujer y a sus hijas.

Mejor sería no darle oportunidades. Encontrar su habitación, forzar la cerradura y darle una paliza cuando entrara por la puerta. Barone llevaba siempre encima su rompemandíbulas, una porra de cuero rellena de pesos de plomo.

¿La mujer y sus hijas se alojarían en la misma habitación que él? Barone las haría esperar en el cuarto de baño mientras él acababa con Guidry. Stan Contini podría enviar a su equipo a limpiarlo todo. Solo le dejaría un fiambre en el hotel. No era demasiado alboroto. Se encargaría de la mujer y de sus hijas en algún lugar privado.

«Vamos a dar un paseo, señorita. Las niñas y usted. No se preocupe, no voy a hacerles daño».

Ella se lo tragaría. «No voy a hacerles daño». Se lo tragaría porque querría tragárselo, con toda su alma.

Barone se llevó el vaso de hielo a la frente y cerró los ojos. Cuando volvió a abrirlos, había un tipo sentado en el taburete a su derecha. Otro tipo se sentó a su izquierda. Barone los miró a través del espejo de detrás de la barra. Pesos pesados, ambos, todo sonrisas.

El gorila de la derecha llevaba una pistola en su regazo, para que el camarero no pudiera verla.

—Señor Barone —dijo—. Bienvenido a Las Vegas.

—Estoy en una misión —respondió él.

—Claro. Por eso el hombre quiere hablar contigo.

Barone tenía demasiada fiebre y estaba demasiado cansado para sonreír ante aquel giro de acontecimientos.

—¿Vamos a dar una vuelta?

El gorila de la derecha miró a su compañero. Ya les habían advertido, pero, de cerca, Barone no parecía tan peligroso.

—Muy bien, señor Barone. Nada de problemas, ¿de acuerdo? Aquí somos todos amigos.

—Claro que lo somos —respondió Barone.

Le quitaron la pistola y lo llevaron hasta el Desert Inn. Barone en el asiento trasero, dando rienda suelta a sus pensamientos. No eran recuerdos como tal. Se le llenó la boca con el sabor de las fresas. Una canción sonaba en la distancia, en un rincón de su mente.

Se metieron por un pasillo y subieron en el ascensor. La puerta del despacho, en madera tallada y con una cercha de hierro negro, parecía haber sido arrancada de alguna catedral de Alemania.

—Después de usted, señor Barone —dijo el gorila que parecía llevar la conversación.

El hombre sentado tras el escritorio tenía una napia de primera categoría y unas cejas amables. Llevaba gafas gruesas con montura de plástico negro.

—¿Sabe quién soy? —le preguntó el hombre.

—Moe Dalitz —respondió Barone.

—Así que sabrá que yo dirijo esta ciudad.

—Para los chicos de la costa este.

El gorila situado detrás de Barone se tensó y cambió su postura. Él lo notó, pero Moe Dalitz se limitó a sonreír y se tocó la nariz con un dedo.

—Exacto —respondió—. Al igual que usted, señor Barone, yo trabajo por un bien superior. La comunidad.

—¿Quién le ha dado el chivatazo? —Barone no podía imaginárselo. Solo Stan Contini sabía que se alojaba en el Hacienda. Stan Contini no tenía motivos para involucrar a Moe Dalitz en todo aquello. Más bien tenía muchos motivos para no involucrarlo.

—¿Que quién me ha dado el chivatazo? —repitió Dalitz—. Nadie. Ha hecho usted tanto ruido como para despertar a los muertos. Preguntando por ahí.

Estaba mintiendo. Si Dalitz hubiera empezado a seguirlo el sábado o el domingo, él se habría dado cuenta. Sin embargo, no había reparado en la presencia de sus dos gorilas hasta que entraron en el bar y se sentaron a su lado.

Sabía que estaba perdiendo facultades. La fiebre. Pero, sin duda, alguien le había dado el chivatazo a Dalitz.

—Le tengo en muy alta estima, señor Barone —continuó Dalitz—. Tengo en muy alta estima a su jefe. Pero en Las Vegas tenemos una manera muy concreta de hacer negocios.

—Es una ciudad abierta —respondió Barone.

—De nuevo, tiene razón. Porque todo el mundo está de acuerdo en que es una ciudad abierta. Porque todo el mundo accede a seguir las reglas.

«¿Qué putas reglas?», pensó Barone. Mientras estaba allí, con la polla de Moe Dalitz en la mano, perdiendo el tiempo, Frank Guidry iba de camino al Hacienda. Estaría haciendo la maleta, se iría al aeropuerto y desaparecería para siempre. Todo aquello, toda esa semana, el chico muerto en una cuneta, y todo para nada.

—Algo así —agregó Dalitz— ha de ser supervisado por el comité. Hay que revisar los detalles, como usted comprenderá. Y después daremos luz verde o no la daremos.

—Llame a Carlos —dijo Barone.

—Lo haré. Lo discutiré todo con el comité. Mientras tanto, descanse un poco. Relájese.

—Llámele ahora.

—Sé que tiene prisa. Soy consciente. —Moe Dalitz se encogió de hombros y se quedó callado, como diciendo: «¿Qué puedo hacer yo?».

¿Quién le habría dado el chivatazo? ¿Por qué? Alguien que deseaba entorpecer el trabajo y mantener a Guidry con vida cinco minutos más. ¿O acaso estaba perdiendo facultades y Moe Dalitz decía la verdad? ¿Sería posible que no se hubiese percatado de que lo seguían?

—Mis chicos cuidarán de usted —dijo Dalitz—. Cualquier cosa que necesite, dígala. Tengo una pequeña casita en Searchlight. El Condor. Le gustará. Dados, chicas, lo que quiera. Todo a cargo de la casa hasta que le demos luz verde. Le daremos luz verde, sea paciente. ¿De acuerdo?

Sus cejas eran amables e inocentes, pero sus ojos no. A Dalitz le daba igual que Barone estuviese de acuerdo o no. «No me provoques». Eso era lo que estaba diciéndole. «Para mí ya eres como un grano en el culo estando vivo, no te quiero muerto. No quiero tener que matarte».

—Mi objetivo —respondió Barone—. ¿Qué pasa con él?

—Nos aseguraremos de que no vaya a ninguna parte —dijo Dalitz—. No se preocupe. ¿Quién es, por cierto? Ese tal Wainwright al que anda siguiendo.

—Llame a Carlos.

—Si él quiere que lo sepa, me lo dirá, sí. Un buen hombre. Me vendría bien un hombre como usted por aquí.

Barone podía seguir insistiendo, aunque sería una pérdida de tiempo. Pero tenía una pregunta más.

—¿Conoce usted a alguien en la ciudad que posea un Rolls verde? —preguntó.

—¿Un Rolls verde? —repitió dalitz—. No me suena.

El rostro de Dalitz era totalmente inexpresivo, no revelaba nada. Barone no sabía si mentía sobre lo del chivatazo, si mentía sobre lo del Rolls. «Cíñete a lo que se te da bien, *mon cher*», le había dicho Seraphine una vez, cuando le pilló intentando leerle el pensamiento.

Barone respondió a Moe Dalitz asintiendo respetuosamente con la cabeza. «Que te jodan». El consejo de Seraphine era bueno. Se ceñiría a lo que mejor se le daba.

Se volvió hacia el gorila.

—Adelante. Guíeme.

27

El lunes por la mañana, Charlotte se despertó antes que las niñas, como de costumbre. Se vistió y bajó al perro a pasear por el jardín de cactus. Vieron el amanecer desde allí, observaron como las montañas absorbían el color y la luz, hasta la última gota. Y las sombras.

La limusina pasó a buscarlos a mediodía. El chófer le hizo una reverencia. Y también a las niñas.

—Mi nombre es Leo —les dijo—. Soy el ayudante del señor Zingel. Es un placer conocerlas. El señor Zingel nos espera en el puerto deportivo.

Con su acento inglés y su sonrisa complaciente, con aquel chaleco de cuadros y bigote con brillantina, era todo un personaje, al igual que Ed; aunque Charlotte sospechaba que Leo había salido de las páginas de un libro diferente, una novela de Dickens o de una de las hermanas Brontë.

El lago Mead fue toda una sorpresa, una hermosa lámina de agua azul iridiscente en mitad del árido desierto, bordeado por cañones de color canela y chocolate. Charlotte bajó la ventanilla y sacó una foto mientras la limusina bordeaba la orilla. Tendría que ahorrar un poco con el carrete. Solo le quedaba uno para todo el día y suponía que aún quedaban muchas cosas por ver.

Cuando llegaron al puerto deportivo, descubrió que el «barquito» de Ed, el Miss Adventure, era un enorme yate con espacio suficiente para albergar a la mitad de la población de Woodrow, Oklahoma. No le sorprendió. Ed las saludó desde el puente de mandos, con su gorro de capitán ladeado sobre la cabeza. ¿A qué novela pertenecía él? Esa era la cuestión. Quizá a *El gran Gatsby*. O quizá su envergadura requería algo más grandilocuente, un poema épico como *La Odisea*.

Embarcaron. Mientras el Miss Adventure se alejaba del embarcadero, Leo condujo a Charlotte, a Frank y a las niñas hasta la amplia terraza de teca. Les presentó a los demás pasajeros; dos chicos y una chica adolescentes. Dennis y Tim, los sobrinos de Ed, y Cindy, su sobrina.

—Es un placer conocerla, señora —le dijo Dennis.

—¿Lo ha pasado bien en Las Vegas, señora? —preguntó Tim.

Cindy, una guapa chica con el pelo rubio recogido con trenzas al estilo de Heidi, levantó un talón y dobló una rodilla para hacer una pequeña reverencia.

Charlotte no sabía si los sobrinos de Ed eran los adolescentes más extravagantes y mejor educados que jamás había visto o si estarían tomándole el pelo.

—¿Habéis venido directamente de clase? —les preguntó.

Los tres llevaban uniforme de un colegio católico: los chicos con camisa, corbata y pantalones azul marino, Cindy con una blusa blanca con cuello babero, una falda plisada y calcetines por las rodillas. Charlotte se imaginó a Ed recorriendo su instituto como un viento huracanado, encandilando y aterrorizando a las monjas para que sus sobrinos se libraran de clase de álgebra y pudieran pasar la tarde con él.

—¿Qué? —dijo Tim. Dennis, Cindy y él se quedaron mirándola perplejos.

—Pensaba que... —respondió Charlotte—. Vuestros uniformes...

—Sí —dijo Cindy—. Venimos de clase.

—Sí —añadieron Dennis y Tim.

Antes de que Charlotte pudiera reflexionar sobre aquella extraña reacción, Frank le puso una mano en el hombro y señaló hacia el otro lado de la cubierta. Recostado en una tumbona, cubierto de mantas, había un hombre sin afeitar y con gafas oscuras. Le resultaba vagamente familiar, pero no lograba ubicarlo.

—¿Es ese quien creo que es? —preguntó Frank—. Creo que sí.

El hombre se percató de que estaban mirándolo. Levantó su botella de cerveza a modo de saludo y, sin preliminares, comenzó a cantar *If I Only Had a Brain*, de *El mago de Oz*.

Charlotte vio que Joan le apretaba la mano a Rosemary. «Es él», le decía con aquel gesto a su hermana.

—Lo sé —susurró Rosemary. Pero parecía poco convencida. ¿Dónde estaba el sombrero de pico? ¿Y los mechones de paja? ¿Por qué su voz sonaba tan áspera y entrecortada?

Aun así, menuda voz. Tan única que jamás podría confundirse con otra.

—Parece que Ray ha trasnochado —murmuró Frank—. Creo que verdaderamente tiene la cabeza llena de serrín.

Mientras cantaba el último verso de la canción, Ray Bolger perdió fuelle. Pero dio un trago a su cerveza y logró terminar. Se quitó la manta, mientras todos aplaudían, y se dirigió hacia ellos dando tumbos. Frank se adelantó para agarrarlo del codo y evitar que se cayera por la borda.

—Muchas gracias, damas y caballeros —declaró—. Muy amables, muy amables. Para mi próximo número...

Su rostro adquirió de pronto una expresión extraña. Charlotte conocía aquella expresión, gracias a su larga experiencia con Dooley. Las niñas también la conocían.

—¿Se encuentra mal? —le preguntó Rosemary.

—En absoluto —respondió Ray Bolger. Miró hacia la barandilla, pero parecía que se le pasaban las náuseas—. Estoy fresco como una lechuga. En plena forma. Nunca he estado mejor.

—Es un honor conocerle, señor Bolger —le dijo Charlotte.

—Es un honor estar aquí —respondió él—. En un lago, según parece.

Charlotte vio que las niñas estaban comunicándose por telepatía. «Pregúntaselo tú. No, tú». Al final fue Joan quien se lanzó.

—¿De verdad es usted el espantapájaros? —le preguntó.

—Cada día de mi vida desde hace veinticinco años —respondió él—. Ahora, si me disculpan, me retiraré abajo durante un breve descanso. Han sido un público encantador.

La superficie del lago estaba plana como un cristal, el viento era apenas un susurro, pero el trayecto a lo largo de la cubierta estuvo a punto de acabar con él. Se tambaleaba de un lado a otro y, justo antes de llegar hasta la escotilla, dio un traspié, levantó un hombro y agitó el brazo contrario. Muñeca, codo, cadera y rodilla; como si realizara el baile que Charlotte le había visto ejecutar tantas veces en la pantalla del cine.

—Sí que es él, Joan —dijo Rosemary.

—Lo sé —contestó Joan.

Charlotte se volvió con una sonrisa hacia Frank, pero él estaba contemplando a la sobrina de Ed, Cindy, que había estirado el brazo para acariciarle el pelo a Joan.

—Qué suave —murmuró Cindy.

—Vamos a la parte delantera —dijo Frank, y le estrechó la mano a Joan—. ¡Ed! ¿Tienes algo de comer en este viejo trasto oxidado?

Por supuesto, Ed tenía de todo para comer. Se cambió el gorro de capitán por uno de chef y preparó hamburguesas y perritos calientes en una barbacoa portátil. Leo preparó un bufé a base de huevos rellenos, ensalada alemana de patata, mazorcas de maíz y un guiso de frijoles y maíz. De postre había galletas de chocolate, *brownies* y cóctel de fruta con gelatina de fresa y nata montada.

Comieron y comieron y la cantidad apenas disminuyó. Charlotte se subió a una nevera para poder sacar una foto de todo el conjunto. ¿En qué cuento de hadas el héroe se encontraba con una mesa que se reponía sola por arte de magia? ¿La mesa mágica era una recompensa o una peligrosa tentación? No lo recordaba.

Echaron el ancla en lo que parecía ser el centro del lago, lejos de la orilla. Charlotte se preguntó qué profundidad tendría el agua. Comparados con el lago Mead, los pantanos y lagunas de Oklahoma no eran más que charcos llenos de agua de lluvia. Estaba muy pendiente de las niñas. Los dos chalecos salvavidas de corcho atados a la barandilla parecían más decorativos que prácticos.

Ed le hizo gestos para que se acercara. Dejó que Frank y Leo se las apañaran solos —Rosemary y Joan estaban enseñándoles a jugar a un juego de palmadas— y acercó una silla.

—¿Te lo estás pasando bien? —le preguntó Ed.

—Mucho —respondió ella—. Lo estamos pasando de maravilla.

—Bien. Me gustaría que nos conociéramos mejor. Cuéntame algún secreto jugoso sobre ti. Te prometo que no diré nada.

Ella se rio.

—Me temo que no tengo secretos, ni jugosos ni de ninguna otra clase.

—Claro que sí. Todo el mundo tiene algún secreto.

—Entonces, empieza tú.

Él sonrió para dar su aprobación.

—Entiendo por qué le gustas a Frank. De acuerdo. Déjame pensar. Había una vez un chico que no tenía nada, pero lo deseaba todo. Así que trabajó mucho. Hizo ciertos sacrificios, resistió con todas sus fuerzas. Es la mejor manera de describirlo. Y ahora el chico tiene todo lo que deseaba.

—¿Pero? —dijo Charlotte.

—¿Pero?

—¿No es una historia con moraleja?

—Claro que sí —respondió Ed—. Decide qué es lo que deseas y no permitas que nada se interponga en tu camino. Llegar, ver y vencer. Esa es la moraleja de la historia. Es lo que me gusta de Frank.

¿De Frank? Aquella declaración le sorprendió. Y entonces recordó lo que le había dicho a Frank la noche anterior, después de hacer el amor. «En realidad no sé mucho sobre ti». Recordó aquella idea que le había rondado por la cabeza desde el principio: que tal vez supiera menos de él de lo que pensaba.

¿Y qué sabía realmente de Ed? La limusina, el yate. Frank decía que ambos se habían hecho amigos en una convención de seguros en Mineápolis, que se habían puesto a hablar de pólizas. Ahora que por fin había conocido a Ed, a Charlotte le costaba mucho entender los detalles de aquel relato.

Miró hacia Frank, que estaba siguiendo las instrucciones de Rosemary. Él también los observaba a Ed y a ella por el rabillo del ojo.

—¿Ed? —dijo ella—. ¿Cómo os conocisteis Frank y tú?

—Ah, no —respondió él—. ¿Te parezco tonto? Te toca a ti. ¿Cómo os conocisteis Frank y tú?

—¿No te lo ha contado Frank?

—Quiero oír tu versión.

Ella le contó lo del accidente con el coche, el motel y el mecánico.

Ed volvió a sonreír.

—Y entonces apareció Frank con su armadura para salvarte.

—Ha sido muy amable. Y tú también.

—Y dime una cosa —dijo él, inclinándose más hacia ella—. ¿Qué es eso que llevas en el dedo?

Su alianza de boda. Charlotte se había olvidado de quitársela. Después de tantos años, formaba parte de ella y era casi invisible. Se quitó el anillo del dedo y se lo guardó en el bolso.

—Había una vez una chica —empezó a decir— que no sabía lo que deseaba. O más bien lo sabía, pero le daba miedo admitirlo. Y entonces, un día...

—Ya no tuvo miedo —adivinó Ed—. Tomó una decisión y resistió con todas sus fuerzas.

—Sí.

Él se quedó mirándola.

—Te contaré otro secreto —le dijo, pero Frank se materializó ante ellos, con las niñas junto a él.

—¿De qué habláis? —preguntó—. Ed, ya te dije que era un encanto, ¿verdad?

—Me lo dijiste. Y desde luego que lo es. —Ed le dio a Charlotte una cariñosa palmada en la rodilla y se levantó—. Reúnete conmigo abajo, en el salón, hijo. Hay un asunto de negocios que me gustaría discutir en privado.

—Dios, Ed —se quejó Frank—. Estoy de vacaciones. ¿Por qué no esperamos al menos a esta tarde? Iré a tu casa. No me pidas que abandone a estas tres hermosas damas en un día tan maravilloso.

—Cindy les hará compañía —respondió Ed—. ¡Cindy! ¡Ven a jugar con las niñas nuevas!

Ed avisó con la mano a su sobrina, que estaba apartada del resto, apoyada en la barandilla y contemplando el agua.

—Ed, por favor —insistió Frank. En esa ocasión fue inconfundible, su ceño fruncido, un pliegue como cuando una tela es demasiado fina y el hilo está demasiado apretado—. Podemos hablar más tarde, todo lo que quieras.

—No pasa nada —le dijo Charlotte. No entendía por qué se mostraba tan reticente a dejarlas solas durante unos minutos—. De verdad, estaremos bien.

Aun así, Frank vaciló, pero se dio cuenta de que ella estaba confusa.

—De acuerdo, Ed —dijo al fin—. Vamos escotilla abajo. Tus deseos son órdenes.

Frank y Ed se fueron y los sobrinos de Ed ayudaron a Leo a recoger el bufé. Cindy se acercó lentamente, deslizando un dedo por la barandilla y contoneándose al ritmo de una canción que parecía oír solo ella.

—¿Qué es eso? —preguntó.

—¿Esto? —preguntó Charlotte—. Mi cámara.

—¿Quieres hacerme una foto? Los amigos de Ed siempre me hacen fotos.

Cindy era preciosa, con aquellos ojos azules y su carita con forma de corazón.

—De acuerdo —respondió Charlotte—. ¿Ellos son fotógrafos? Los amigos de Ed, quiero decir.

—Sí.

Charlotte esperó hasta que Cindy volvió a girar la cabeza hacia el agua y entonces le sacó la foto. La inclinación de su barbilla y sus trenzas rubias, que empezaban a soltarse, le otorgaban una expresión soñadora que hacía que su rostro pareciera ligeramente desenfocado.

—¿Sabes jugar a juegos de palmadas? —le preguntó Rosemary—. Es difícil de aprender, pero podemos enseñarte.

Cindy no pareció oírla.

—Estoy buscándola —respondió.

—¿A quién? —preguntó Rosemary.

—Al fantasma.

La niña se quedó paralizada de inmediato.

—¿Qué fantasma?

—La chica —dijo Cindy—. Fue a nadar en mitad de la noche, cuando las demás personas del barco estaban en la cama. Estábamos todos dormidos.

—¿En este barco? —preguntó Rosemary.

—Hace dos veranos. Sí. Salió a nadar y nunca regresó. —Cindy se carcajeó.

Joan se pegó a Charlotte. Al contrario que su hermana, a ella no le gustaban las historias de fantasmas. Tampoco a Charlotte, y desde luego aquella no.

—Hablemos de otra cosa, ¿de acuerdo? —sugirió Charlotte—. Hagamos una lista de nuestros barcos favoritos que aparecen en libros y películas.

Pero Rosemary no se dejó disuadir.

—¿Quién era el fantasma?

—Una camarera del Stardust —respondió Cindy—. Eso fue lo que contó a todo el mundo, pero nosotros sabíamos que mentía. Era una sucia mentirosa. Eso fue lo que dijo Ed.

La inquietud que Charlotte sentía empezó a crecer en su interior. Aquello tenía que ser mentira. Sería, sin duda, una historia que Cindy se había inventado para asustar a las niñas.

Cindy se llevó un dedo a los labios. Shhh.

—Tienes que prometer que guardarás el secreto —le dijo a Rosemary—. Ya sabes lo que ocurre si no sabes guardar un secreto.

—Ya basta —dijo Charlotte con más brusquedad de la que pretendía, y apretó a Rosemary contra su cuerpo.

Cindy se quedó mirándola con calma.

—De acuerdo.

—Pero yo quiero saber más sobre el fantasma —dijo Rosemary—. ¿Tú no, Joan?

—No —respondió su hermana.

—Una vez la vi —continuó Cindy—. Al fantasma. Ahora es preciosa. Como una flor después de morir. Está en paz. Cree que está soñando. Cree que algún día se despertará.

—Mami —dijo Rosemary—, oigo cómo te late el corazón.

Cindy volvió a mirar a Rosemary y la llamó con un dedo.

—Ven conmigo —le dijo—. Vamos a buscarla juntas.

Frank seguía abajo. Leo y los sobrinos estarían al otro lado del barco, lejos de allí. Cindy estiró el brazo para agarrarle la mano a Rosemary y la niña estiró el suyo hacia ella de manera automática, al mismo tiempo que Charlotte agarraba a Cindy por la muñeca y la apartaba de su hija.

Las niñas se quedaron mirando a su madre, sorprendidas.

Cindy se quedó mirando la mano de Charlotte alrededor de su muñeca.

—Vaya —murmuró.

Charlotte la agarró con más fuerza.

—Vete. ¿Entendido? Déjanos en paz.

Por primera vez, Cindy miró de verdad a Charlotte, como si acabara de reparar en su presencia. Su expresión, que no era de rabia, ni de sorpresa, ni de nada, le provocó un escalofrío. Recordó entonces al perro extraviado que mordió a dos niños del vecindario cuando ella era pequeña. Antes de que su padre lo espantara con un rastrillo, el animal se había aproximado a ella también. Avanzaba despacio, muy tranquilo, con lo que parecía una indiferencia absoluta.

—Lo lamentarás —dijo Cindy.

—¿Entendido? —repitió Charlotte—. Déjanos en paz.

Y entonces la cubierta vibró bajo sus pies. Ed había regresado al puente de mandos y había puesto en marcha los motores. Charlotte le soltó la muñeca a Cindy y la chica se alejó riendo, con su falda plisada ondeando al viento.

Charlotte recuperó la respiración y el color volvió a sus mejillas cuando Frank regresó junto a ellas, sonriente.

28

Guidry sabía que Ed no tenía ningún asunto urgente que tratar en los camarotes. Simplemente estaba poniéndole nervioso, haciéndole sudar, lo que para Ed resultaba divertido. Guidry no montaría una escena. Por su bien y por el de Charlotte. Las niñas y ella estarían bien durante cinco minutos. Leo estaba allí arriba con ellas. Él no permitiría que Cindy se descontrolara.

—¿Un *whisky*? —Ed le sirvió un vaso sin esperar una respuesta. Estaban abajo, en lo que Ed llamaba «el salón». Guidry había visto burdeles que hacían un uso más sutil del latón y el terciopelo rojo.

—¿Dónde está el incendio, Ed? —preguntó Guidry—. No me digas que has cambiado de opinión sobre lo de enviarme a Vietnam.

«¿Quién, yo?». Ed descartó esa sugerencia con un movimiento de su mano. Se acomodó en un sillón orejero de cuero y puso los pies en alto.

—Hijo —empezó—, esta es tu obra de arte. ¿Cómo lo has hecho? Deberías ver cómo te mira. Cree que eres lo más. No temas, no te delataré.

—Solo quieres verme sudar un poco —comentó Guidry.

—Solo un poco, claro.

—Pero la necesito, recuerda. Todavía no estoy en Saigón.

—No temas. Los chicos se están portando bien. ¿Te gustan sus vestimentas? Fue idea mía. Sabía que te encantaría.

Guidry oyó los chapoteos del agua contra el casco del barco. Escuchó a Ray Bolger roncando al otro lado de la pared. No podía oír lo que sucedía en cubierta. Sabía que podría estar sucediendo cualquier cosa.

Levantó su vaso y contempló la luz que se filtraba a través del *whisky*. Sin prisa. Si intentara darse prisa, Ed iría más despacio y se lo haría pagar.

Ed se encendió un puro.

—En fin... Nuestra querida Charlotte. Te gusta de verdad, ¿a que sí?

—¿Gustarme? —preguntó Guidry—. ¿A qué te refieres?

—Frank Guidry, de cualquier otro me lo esperaría. No me lo creería si no lo hubiera visto con mis propios ojos.

No había una forma segura de jugar a aquello. Guidry podía mantener el farol y rezar. Podía sincerarse y rezar. Ed podría decidir que eso suponía una debilidad que no podía permitirse: los sentimientos de Guidry hacia Charlotte. Ed podría decidir que eso suponía una debilidad que no podía permitirse: que Guidry se aferrase a un farol endeble.

—Claro, me gusta —dijo al fin—, pero ¿eso qué importa?

«¿Eso qué importa?». Se hizo a sí mismo la misma pregunta. ¿Qué importaba que quisiera pasar el resto de su vida con Charlotte y con las niñas? ¿Qué importaba que hubiese perdido la puñetera cabeza? Al día siguiente tomaría un avión a Vietnam o estaría muerto. De un modo u otro, no volvería a ver a Charlotte y a las niñas.

Ed siguió consumiendo su puro. La primera cerilla se apagó, así que encendió una segunda. Asintió, satisfecho con su respuesta.

—Se suponía que Ray tenía que cantar durante media hora —comentó—. Ese borracho de ojos saltones. No pienso pagarle, te lo aseguro.

—Tirémoslo al lago —dijo Guidry—. Que vuelva nadando a casa.

—Ven a casa esta noche. A las nueve o así. Mañana tendré lo que necesitas. ¿Quieres que envíe a Leo a buscarte?

—Me acuerdo del camino.

—Vamos —dijo Ed, poniéndose en pie—. Volvamos a la fiesta.

Charlotte y las niñas estaban sanas y salvas. Se dijo a sí mismo que nunca había puesto en duda que así fuera. Ed levó el ancla y se dirigieron de vuelta hacia el puerto. Guidry tuvo que demostrar, para satisfacción de Rosemary y Joan, que se acordaba del juego que le habían enseñado, de cada palabra y de cada palmada.

Charlotte estaba sentada a un lado, observándolo, observando a Guidry. Estaba anocheciendo y las luces del puerto deportivo titilaban a lo lejos. Con la luz del día que iba desvaneciéndose, Charlotte parecía desvanecerse también, como si fuera producto de su imaginación, y aquel pensamiento, la idea de que ella no fuese real, de que nada de aquello lo fuese, le produjo un terror sin precedentes. Un terror que hacía mucho mucho tiempo que no sentía. Había perdido la cabeza. Había caído en desgracia. Hasta que aparecieron Charlotte y las niñas, nada en el mundo había logrado conmoverle.

Guidry iba montado en el asiento del copiloto junto a Leo, para que Charlotte y las niñas pudieran estirar las piernas en el asiento trasero del Rolls. Rosemary y Joan fueron durmiendo todo el camino hasta el Hacienda. Charlotte también, acurrucada en un rincón, con la cabeza apoyada en la ventanilla. Las imágenes surgían en el cristal tras ella, faros y vallas publicitarias, y un relámpago a lo lejos, en mitad del desierto. Era como si Guidry pudiera ver lo que estaba soñando, proyectado en una pantalla de cine.

No podría irse a Los Ángeles con las niñas y con ella. La idea era demasiado imposible como para planteársela. Carlos lo encontraría en cualquier parte del país, era solo cuestión de tiempo. Eso si Ed no lo mataba primero cuando le dijera: «No, gracias, Ed. He cambiado de idea sobre lo de Vietnam. Disculpa las molestias».

—Leo. —El asiento trasero estaba a un kilómetro de distancia y los neumáticos sobre el pavimento provocaban un zumbido ruidoso, pero, aun así, Guidry habló en voz baja. Leo, absorto en sus propios pensamientos, no le oyó la primera vez—. Leo.

—¿Sí, señor?

—Me vendría bien un consejo, Leo —le dijo Guidry.

—Como a todos, señor.

No podía irse a Los Ángeles con Charlotte y las niñas, pero ¿y si se iban con él a Vietnam? Tendría que convencer a Ed. ¿No era esa una idea aún más peligrosa e imposible?

—Un hombre se encuentra en un bosque muy oscuro —dijo Guidry—. Y entonces, de pronto, se encuentra en un bosque diferente, más oscuro todavía. Se enfada con el destino.

—Es comprensible —contestó Leo.

—Es Milton, ¿verdad? Me refiero a cuando Lucifer cae en desgracia. Nunca he leído a Milton. En realidad tampoco he leído realmente a Dante. Lo justo para fingir.

—«Despertaos, levantaos o permaneced caídos para siempre».

—¿Eso es de Milton? No presumas, Leo. Con ese acento que tienes, no es justo.

Leo asintió complacido.

—Conozco el truco para llevar una vida feliz, Leo —dijo Guidry—. Eso debería bastar para que las decisiones fueran fáciles de tomar, ¿no es así? Nunca antes he tenido que debatirme.

Leo no le pidió que le explicara el truco para llevar una vida feliz. Ni siquiera arqueó una ceja. Pareció entender lo que le estaba diciendo. Guidry supuso que, si Ed había detectado sus sentimientos hacia Charlotte, lo más probable era que Leo también lo hubiera hecho.

—Di algo, Leo.

No. Nada. Ni un solo movimiento de aquel bigotito de Clark Gable. Guidry se rindió, pero entonces Leo suspiró.

—Con cada decisión creamos un nuevo futuro —declaró—. Destruimos los demás futuros.

—Eso es muy profundo, Leo —replicó Guidry.

—¿Lo es?

—Suena profundo, al menos. Por el acento.

Leo arqueó una ceja y detuvo el Rolls en la entrada del hotel. Guidry estiró el brazo por encima del asiento para tocarle la rodilla a Charlotte, pero ella ya se había incorporado. En realidad no había estado durmiendo.

—Ya hemos llegado —le dijo.

—Sí —respondió ella.

Ninguno tenía mucho apetito después del banquete en el barco de Ed, de modo que se saltaron la cena y fueron a ver los karts. Insectos ruidosos, pequeños exoesqueletos grasientos, recorriendo la pista. Guidry, Charlotte y Joan estuvieron observándolos; Rosemary se quejaba porque quería estar en uno de ellos, agarrando el volante con fuerza y sacando de la carretera a los demás vehículos en cada curva. Guidry sonrió, pero Charlotte no se había dado cuenta. Después de los karts, Guidry se tomó una copa en el bar mientras Charlotte bañaba y acostaba a las niñas.

Una vez arriba, en su habitación, le puso una mano en la cintura y la atrajo hacia sí para darle un beso, pero ella se apartó.

—¿Qué sucede? —le preguntó.

Ella atravesó la habitación y se quedó junto a la ventana, de espaldas a él, con la cara de perfil. ¿Cómo era posible que no se hubiese dado cuenta hasta entonces? En el barco, en el coche. Frank Wainwright no se había dado cuenta. Guidry, si hubiera sido él mismo, si no hubiese perdido la cabeza, lo habría visto venir desde hacía tiempo.

—¿Te encuentras bien? —le preguntó—. ¿Has comido demasiado postre antes?

—Frank —dijo ella.

¿Qué le habría dicho Cindy en el barco? A saber. A saber qué daño tendría que enmendar ahora.

Se acercó y le acarició el hombro.

—¿Qué sucede?

Charlotte por fin se volvió hacia él.

—¿Me estás ocultando algo, Frank?

La miró a los ojos. «Cuéntaselo todo. Todo». Trató de resistirse a ese impulso. Contárselo todo y rogar para que creyera que había cambiado, que estaba cambiando, que podría cambiar si le daba la oportunidad.

Se sentiría conmovida por su sinceridad y le rodearía el cuello con los brazos, como hacían las actrices en las películas, envueltos los dos en una nube de perfume y de violines. Así, sin más. «Oh, Frank, solo necesitabas una buena mujer para salvarte, ¿verdad?».

—¿Que si te estoy ocultando algo? —repitió él—. Claro que no.

—Es Ed —dijo ella—. Puede que sea una tontería, pero parece que... no sé. Te he visto con él, Frank, y hay algo que... no me cuadra.

—Bueno...

—Su sobrina, Cindy, nos ha contado una historia sobre una mujer que se ahogó. Una mujer en el barco de Ed, una camarera del Stardust. O ella decía que era camarera. Cindy lo contó como si Ed... Al principio a mí me pareció una absurda historia de fantasmas, pero ya no estoy tan segura.

La chica infiltrada de J. Edgar Hoover. Guidry maldijo a Cindy en silencio.

—Por eso no quería dejaros a solas con Cindy —le dijo—. Debería haber sido sincero desde el principio. Por eso no quería ir al lago Mead.

—¿Por qué? —preguntó Charlotte.

—Ed hace todo lo que puede por ella. Es la única hija de su hermana. Le ha pagado varios colegios privados. Cindy mezcla las cosas en la cabeza. Está un poco... trastornada, ya te habrás dado cuenta.

Era la letra correcta de la canción, pero Guidry se daba cuenta de que estaba emborronando la melodía. Charlotte lo miró a los ojos. Había que poner el corazón en la mentira, había que darlo todo. Pero él no quería hacerlo, no quería mentirle, jamás.

Sin embargo, ella asintió.

—Me he dado cuenta, sí.

—Cindy leyó algo en el periódico —le dijo él—. O vio algo en una película. Nadie se ahogó. Un día iría sentada en el autobús junto a una camarera del Stardust. Así es como funciona su mente. Nadie se ahogó en el barco de Ed.

—¿Quién es él, Frank?

—¿Ed?

—¿Quién es en realidad?

«Pon el corazón en esto», se advirtió a sí mismo. «Y hazlo ahora. Hazlo ahora o esto se acaba».

—Mira —le dijo—. Lo admito, Ed no es ningún santo. Por eso no quería que lo conocieras. Nada ilegal, pero hace negocios con algunos personajes cuestionables. Tiene que hacerlo de vez en cuando. Al fin y al cabo, estamos en Las Vegas.

—Tengo hijas, Frank —le dijo ella—. Tengo dos niñas. ¿Lo entiendes?

—Yo nunca haría nada que pusiera a las niñas en peligro. Jamás. Lo juro por mi vida. Y ya hemos acabado con Ed. Y con Cindy. ¿De acuerdo?

Ella tomó aire y lo dejó escapar muy despacio. Volvió a asentir. Le creía. Pero él se sentía avergonzado, y esa vergüenza le provocaba náuseas. Si realmente la amara, se daría la vuelta y se marcharía. Si ella le amara realmente, se daría la vuelta y huiría.

Sin embargo, la idea de perderla, de perder a las niñas, se le antojaba insoportable.

—Te quiero —le dijo.

—Frank —respondió ella con un suspiro.

—Es una locura, no hace falta que me lo expliques. Nos conocemos desde hace menos de una semana, pero...

Guidry había aprendido a conducir a los diez años. Los domingos por la mañana, mientras su padre dormía la borrachera del sábado por la noche. La camioneta era una Ford destartalada, con un botón de arranque y la palanca de cambios en el suelo. Guidry circulaba dando tumbos por las carreteras secundarias de la parroquia, con las palmas sudorosas aferradas al volante y los ojos llorosos porque le daba miedo parpadear. «No te olvides de mirar por el espejo. No te olvides del otro espejo». Consciente de cualquier pensamiento y movimiento. Cada movimiento requería primero un pensamiento.

Recordó entonces esa sensación. «No te olvides de respirar».

—Ya no soy un niño —le dijo a Charlotte—. Sé distinguir lo falso de lo real. Creo que sé hacerlo. Tú también sabes, ¿verdad?

Ella no dijo nada, pero permitió que le agarrara la mano y se la llevara a la mejilla.

—No he frotado una lámpara mágica deseando que aparecieras —le dijo él—. Pero, ahora, ¿qué puedo hacer? Quiero estar contigo y con las niñas, para siempre. No me imagino mi vida de otra forma.

—Frank...

—Ed me ha ofrecido un trabajo en el extranjero —continuó Guidry—. En Asia, en Vietnam. Tengo que ir a verle ahora. Es una oportunidad legítima, ningún asunto turbio. Quiero que vengáis conmigo. Las niñas y tú.

—¿Ir contigo? ¿A Asia? —preguntó ella sobresaltada.

—Venid conmigo. Vietnam es un país precioso. Piensa en todas las fotos que podrás sacar. Sombras que no encontrarás en ninguna otra parte. No puedo rechazar el trabajo, pero solo serán un año o dos, y luego iremos donde queramos.

Ella se quedó mirándolo, tratando de averiguar si hablaba en serio.

Guidry necesitaba de nuevo aquel primer sí. Necesitaba la oportunidad que ella le había dado en Santa María, cuando él se ofreció a llevarlas en su coche.

—Piénsalo antes de decidirlo —le pidió—. ¿De acuerdo? Es lo único que te pido. Que lo pienses antes de decidirte. Las niñas podrán aprender un nuevo idioma. Nosotros aprenderemos un nuevo idioma. Dijiste que querías ver mundo. Vamos a verlo juntos.

—Frank —dijo ella—, ni siquiera estoy divorciada aún.

—Eso no importa.

—Sí que importa. Me fui de Oklahoma para poder empezar una nueva vida, para mí y para las niñas. Tengo que hacerlo sola. Quiero hacerlo sola.

—Y puedes hacerlo. Lo harás. No tenemos que casarnos, eso tampoco importa. Lo único que importa es que estoy contigo y tú estás conmigo. Te quiero. Quiero a las niñas.

—No me estás escuchando, Frank.

—Sí te escucho —respondió él—. Por favor. No sé qué diablos me ha ocurrido. Mi vida tenía sentido antes de conocerte. Ahora... es como si me hubiera encontrado con vosotras y algo dentro de mí se hubiera roto. No. Es como si todo en mi interior se hubiese roto en mil pedazos al caer contra el suelo. No sé...

Le faltaban las palabras. ¿Cuándo le había pasado algo así en su vida?

Charlotte volvió a mirar hacia la ventana, de espaldas a él. Guidry no sabía si estaba contemplando las luces de la pista de karts o si miraba su propio reflejo en el cristal.

—Me siento muy agradecida por haberte conocido, Frank —le dijo—. No te haces una idea. Creo que yo sí debo de haber frotado una lámpara mágica, deseando que aparecieras y poder pasar juntos esta semana. No me había dado cuenta.

—¿Me quieres? —le preguntó él.

—No puedo irme contigo, Frank.

—Construiremos una vida juntos. La vida que tú quieras.

La agarró del brazo con tanta fuerza que sintió su pulso acelerado. Durante toda su vida, siempre se había esforzado en no desear jamás nada que no tuviera ya en la palma de su mano. No desear jamás algo de lo que después no pudiera deshacerse.

Ahora no.

—Por favor —le dijo—. Volveré dentro de una hora y podremos hablarlo entonces. Solo piénsalo. Dame una oportunidad.

—Oh, Frank.

—Nos queremos, lo demás no importa.

La besó en los labios y, pasados unos segundos, ella le devolvió el beso.

—Solo piénsalo —insistió—. ¿De acuerdo?

—De acuerdo —respondió Charlotte con un movimiento de cabeza.

29

Searchlight estaba a una hora de viaje hacia el sur, de camino a Bullhead City. Barone había pasado por allí cuando subía hacia Las Vegas. Había pasado por delante de El Condor.

Los matones de Moe Dalitz tenían nombre. Joey, el conductor, el que hablaba, el más joven de los dos, el más tonto de los dos, con el cuello ancho e irritado por la cuchilla de afeitar. Era él quien le había pasado el brazo por la espalda a Barone en el Hacienda. Shelley, en el asiento del copiloto, no hablaba, hacía pompas con el chicle y crujía los nudillos de la mano derecha, uno a uno. Antiguo boxeador, a juzgar por sus orejas destrozadas. Él tampoco parecía muy listo.

«Me vendría bien un hombre como usted por aquí». Eso le había dicho Dalitz, pero no era cierto. Dalitz y Sam Giancana tenían un par de tipos casi tan buenos como él. Pero, en su lugar, Dalitz había enviado a Joey el Hablador y a Shelley, el Paleto Boxeador, a buscar a Barone para cuidar de él.

¿Aquello significaba algo? ¿Estaría enviándole Dalitz algún tipo de mensaje? ¿Estaría diciéndole una cosa y queriendo que hiciera otra distinta? No lo sabía. No era su trabajo habitual. Moe Dalitz, Carlos, Seraphine. Ellos ocultaban todos sus movimientos. Decían la verdad con una mentira y una mentira con la verdad. Ellos colocaban las fichas de dominó y dejaban que algún tonto las empujara.

Barone notaba que empezaba a subirle la fiebre. Igual que le había sucedido en Nuevo México. Tenía la cabeza despejada durante unas horas y después, sin previo aviso, se hallaba flotando en el mar. Viajando en el tiempo hasta regresar al barrio francés, mientras el viejo hombre de color tocaba *'Round Midnight*.

La cuneta en la que había dejado al chico estaba al otro lado de Bullhead City. «Theodore, no me llames Ted, no me llames Teddy». Tal vez la policía hubiese encontrado ya su cuerpo. Solo un chico de color, ¿a quién le importa? La policía no se tomaría ninguna molestia para averiguar lo sucedido.

Tal vez después de encargarse de Guidry, Barone se olvidaría de Nueva Orleans. No sabía dónde iría, ni lo que haría. Su mente viajó hasta un lugar cubierto de nieve, donde el aire era frío y dulce. Alaska, quizá.

—¿Me oye?

Barone regresó de Alaska.

—¿Qué?

—He dicho que ya hemos llegado —dijo Joey el Hablador.

Barone entró en el hotel El Condor. Volvía a tener la cabeza despejada, las nubes se habían esfumado. Joey entró con él. Shelley se quedó en el coche para vigilar el aparcamiento. Por si acaso Barone trataba de escabullirse y darles esquinazo.

Joey habló con el encargado y regresó con la llave de Barone. La pequeña y destartalada habitación tenía una cama, una silla y una cómoda. Barone no vio nada que pudiera usar contra Joey. Las antenas de la tele, quizá. El cenicero de cristal. Si estuviera al cien por cien, habría podido con Joey, incluso aunque este fuese armado y él no. Pero Barone no estaba al cien por cien aquel día y llevaba las de perder.

Había aprendido hacía tiempo que, si se trataba de una pelea justa, entonces algo había hecho mal.

Se sentó al borde de la cama y Joey ocupó la silla. Barone volvió a levantarse y Joey hizo lo mismo.

—Voy a beber algo —le dijo.

—Lo que usted diga, señor Barone —respondió Joey.

El bar estaba en penumbra y casi vacío. Se sentaron a la barra. Barone escogió un taburete junto a las cocteleras y los vasos medidores, las cucharas y el colador, y un cubo lleno de hielo. Pidió un *whisky* doble con Coca-Cola para él y otro para Joey.

—Gracias —dijo Joey—. Ese es el espíritu de camaradería.

—Solo te falta sentarte en mi regazo —se quejó Barone.

Joey sonrió con suficiencia y acercó su taburete un poco más a él.

—Solo hago mi trabajo, señor Barone.

—Llámame Paul.

—Tengo un hermano que se llama Paul —comentó Joey—. Vive en el este, en Providence. Trabaja en la construcción. Si crees que yo soy grande, deberías ver a Paulie. Yo soy el enano de la familia.

—¿Quién le ha dado el chivatazo a tu jefe? —le preguntó Barone—. ¿Tienes alguna idea? Anoche no me seguíais. Me habría dado cuenta.

Joey sonrió de nuevo. Barone no le ponía nervioso. ¿Por qué iba a hacerlo? Joey era uno de los hombres de Moe Dalitz. Si te cargabas a uno de los hombres de Moe Dalitz, sería como cargarse al propio Moe, y entonces cuidado. Nadie sería tan tonto. Eso era lo que creía Joey. Barone entendía que la situación era más complicada que todo eso. Lo entendía mejor que nadie.

—Paulie era el que hacía los placajes en el Notre Dame —continuó Joey—. Deberías haberle visto jugar. Cuando golpeaba la línea defensiva, la volaba por los aires como si hubiera lanzado una granada de mano. Bum. Podría haber jugado profesionalmente. Todo el mundo lo decía.

Barone estaba volviéndose loco. Nadie sabía que había seguido a Guidry hasta el Hacienda. Solo Stan Contini. Solo Seraphine, si Stan había hablado con ella. ¿Cómo entonces...?

Seraphine.

Pero ella no querría poner trabas a su trabajo. Ella quería que acabase con Guidry. Necesitaba que acabase con Guidry. Seraphine estaba hasta el cuello, igual que él.

Sin embargo, alguien había dado el chivatazo a Moe Dalitz. Alguien... Joder, por fin empezaba a darse cuenta y era capaz de ir deshaciendo el nudo. Fue retrocediendo hasta Houston. ¿Cómo había conseguido Guidry escapar de Remy aquella primera noche, en el bar del hotel? Porque alguien le había dado el chivatazo. Guidry sabía que Remy estaba esperándolo.

Seraphine. Ella le había dado el chivatazo a Guidry en Houston. Y estaba entorpeciendo el trabajo de Barone en Las Vegas. O tal vez fuese el dueño de aquel Rolls Royce verde.

Joey le señaló la mano derecha, la mano herida, con el palito mezclador de su copa.

—¿Qué te ha pasado en la mano?

—Estaba en el lugar equivocado en el momento equivocado —respondió él.

—¿Duele mucho?

—Solo cuando me late el corazón.

—Tengo otro hermano, Gary, que trabaja para Ray en Boston —dijo Joey—. ¿Has oído hablar de él? Gary Ganza. Es el cerebro de la familia. No para de ascender. Gary Ganza. Estate atento, porque su nombre brillará uno de estos días.

Barone esperó hasta que Joey se inclinó para alcanzar un puñado de cacahuetes. Dio un empujón a su taburete con la rodilla. Joey era casi tan grande como el objetivo de Houston, más grande incluso, pero «dadme una palanca y moveré el mundo».

Joey se enderezó justo a tiempo, antes de caerse, pero golpeó la barra con la mano, desparramó los cacahuetes y soltó un taco. El camarero ya había visto antes ese numerito. Lanzó a Joey una mirada de advertencia y se alejó para seguir fumando en paz.

—¿Ya estás borracho, Joey? —le preguntó Barone—. ¿Después de una sola copa?

Joey ya no sonreía. Se agachó y miró hacia abajo.

—Le pasa algo al maldito taburete.

—Será mejor que escribas a tu congresista.

—Que te jodan —respondió Joey.

—He oído hablar de un Gary que trabaja para Patriarca —dijo Barone. El mango de madera barnizada del picahielos era curvo, con forma de reloj de arena. Barone sintió el tacto de la madera fría en el puño izquierdo, porque el camarero había dejado el picahielos junto al cubo del hielo—. ¿Cómo dices que se apellida?

Joey terminó de inspeccionar su taburete.

—Ganza. ¿Qué has oído sobre Gary?

—No quiero hablar más de la cuenta —respondió Barone.

—Vamos, suéltalo.

Barone le pasó un brazo por los hombros y Joey se inclinó para escuchar. Barone levantó la mano izquierda y le clavó el picahielos de quince centímetros en el oído. Rápido y limpio, entrar y salir, tanto que, por un instante, Joey no se dio cuenta de que estaba muerto. Batió las pestañas y apretó los labios. Después se desplomó. Barone, que ya estaba preparado, lo agarró antes de que pudiera caerse del taburete. Ni una gota de sangre. El ángulo tenía que ser el correcto, pero esa era la belleza de atravesar el cerebro con un picahielos.

Ahora venía lo difícil. Se agachó por debajo del brazo de Joey y lo incorporó. El enano de la familia, costaba creerlo. Se tambaleó, se encorvó y finalmente recuperó el equilibrio. Los muertos pesaban más que los vivos. Era un hecho.

—Vamos, amigo —le dijo—. Ya has bebido bastante. Vamos a meterte en la cama.

Dejó un billete de cinco sobre la barra. Cuando el camarero miró hacia allá, Barone lo miró encogiéndose de hombros como Moe Dalitz. Como diciendo: «¿Qué le vamos a hacer?».

Sacó a su amigo inconsciente del bar. Le costó trabajo y esfuerzo. Empezó a sudar, le temblaban las piernas. Dejó atrás las mesas de *blackjack*. Nadie les prestó atención. Se metió por el pasillo. Era una suerte que el hotel El Condor fuese tan pequeño, poco mayor que el vestíbulo del Dunes o del Stardust. Si hubiera tenido que cargar con Joey por el Dunes o el Stardust, jamás lo habría conseguido.

Por fin llegaron a la habitación. Abrió la puerta y dejó a Joey tirado sobre la cama. Probó con varias posturas, con los brazos y las piernas colocados de diferente manera, con almohada y sin almohada, hasta decantarse por una postura que pareciese natural, como un tipo que se hubiese desmayado a causa del alcohol.

Le quitó el arma y vio una gota de sangre que le salía del oído y resbalaba por la mejilla hasta la mandíbula. Encontró el pañuelo de Joey en el bolsillo de la pechera de su americana. Le limpió la sangre, dobló el pañuelo y volvió a guardarlo.

En Bélgica, cuando un proyectil explotaba cerca, la sacudida te atontaba por completo. La fiebre de Barone no era para tanto, era más bien como si todo vibrase a su alrededor, pero la sensación de mareo era la misma. Le entraron ganas de vomitar. Fue al cuarto de baño y se inclinó sobre la taza. No le salió nada. Estaba sudando a mares, pero solo tenía que esperar un minuto. Se le pasaría.

Seraphine. ¿Sería ella la que había dado el chivatazo a Guidry en Houston? ¿Quién estaría entorpeciendo su trabajo en Las Vegas?

Lo averiguaría, estaba seguro de ello. Después de encargarse de Guidry, tomaría el primer vuelo de vuelta a Nueva Orleans, echaría abajo la puerta de la casa de Seraphine en Audubon Park y le haría por placer todas las cosas que, durante aquellos años, ella le había obligado a hacer a él por trabajo.

Shelley, el Paleto Boxeador, tenía bajada la ventanilla del coche, con el brazo apoyado en el borde. Vio a Barone y trató de entender la situación. Barone iba solo, pero no huía. Iba solo, caminaba hacia él con expresión tranquila y amable. Barone dijo:

—Será mejor que entres, Joey está vomitando hasta la primera papilla. Debe de ser un virus.

Para cuando Shelley quiso sacar la pistola de su cartuchera, Barone ya estaba allí, y era demasiado tarde.

30

Cuando Charlotte dijo que consideraría la posibilidad de irse con él a Vietnam, que le daría la oportunidad de convencerla, Guidry experimentó un inmenso alivio, como cuando estalla un trueno y la lluvia comienza a inundar los campos resecos. Pero disfrutó de aquel momento como lo que era: un simple momento. Para cuando el ascensor le dejó en el vestíbulo y las puertas se abrieron, tenía un nudo en el estómago y la boca seca.

Primero la parte difícil, ahora la parte más difícil todavía.

Atravesó el aparcamiento. Aquella noche hacía frío y el viento soplaba con fuerza. ¿Qué diría Ed cuando le preguntara si podía llevar a Charlotte y a las niñas a Saigón? Podría decirle que sí. Podría encogerse de hombros y decir: «¿Por qué no?». Porque había que admitir que Ed estaba como una cabra. Podría pensar que sería lo más: Guidry en Saigón con June Cleaver y las dos pequeñas. Siempre y cuando Guidry hiciese el trabajo que Ed quería que hiciera, siempre y cuando lo hiciera bien. «Claro, hijo, ¿por qué no?». Ed querría saber todos los detalles. Hablarían todas las semanas.

Guidry preparó sus argumentos mientras conducía. «Ed, haré el trabajo que quieras que haga. Lo haré bien».

Charlotte y las niñas serían una ventaja en Vietnam, no un punto débil. Guidry necesitaba hacer amigos en las altas esferas. Habría muchos americanos en Saigón —tenientes coroneles y generales de brigada, oficiales de la embajada y consejeros económicos, procuradores y proveedores—, y muchos de esos hombres llevarían consigo a sus mujeres e hijos. Confiarían en otro hombre de familia como ellos. Barbacoas y bailes, charlas bajo el sol junto a la piscina del hotel. «Dime, Jim, ¿Susie y tú habéis encontrado ya una niñera de confianza?».

«¿No te das cuenta, Ed?», pensó.

Ed podría darse cuenta, si le permitía llegar tan lejos. Si no se reía en su cara y le pegaba un tiro antes de que pudiera empezar.

Pero ¿por qué preocuparse? El momento de preocuparse había quedado atrás. La historia de Guidry ya estaba escrita. Pensó en lo que le había dicho Leo: «Con cada decisión creamos un nuevo futuro. Destruimos los demás futuros». Él había tomado su decisión. Había destruido todos los futuros, salvo aquel.

Abandonó la autopista y tomó el camino serpenteante que conducía a casa de Ed. La noche no se decidía. ¿Oscura o clara? A ratos Guidry avanzaba sin poder ver más allá del alcance de los faros, pero entonces la luna se liberaba de las nubes. Surgían los cactus saguaro y los muros de piedra rojiza a su alrededor.

Llevaba la ventanilla bajada. Se estaba congelando, pero no quería empezar a sudar.

La casa de cristal de Ed estaba a oscuras. En una ventana lejana, distinguió lo que podría haber sido la punta de un cigarrillo encendido.

La puerta delantera tenía una pesada aldaba de latón que Guidry no había advertido la primera vez. Era la cara doliente de una gárgola con los ojos cerrados. Cuando Guidry levantó la aldaba para llamar, encontró una segunda cara debajo. La misma gárgola, pero sonriente y con los ojos abiertos, mirándolo.

Pasado un minuto, Leo abrió la puerta. Había cambiado su traje negro por un polo, unos vaqueros gastados y una sandalias de cuero.

—Perdón —dijo Guidry—. Buscaba a mi viejo amigo Leo.

A Leo le brillaban los ojos.

—Buenas noches, señor. El señor Zingel está en la biblioteca. Sígame.

Atravesaron el salón, oscuro y vacío. Después el comedor, oscuro y vacío. No se oía nada, solo el sonido de sus pasos sobre el mármol y el viento que golpeaba los cristales. La luna aparecía y desaparecía sobre el paisaje desértico. Guidry deseó que Cindy y sus amigos estuvieran allí, jugueteando en la piscina o tirados en la alfombra de piel de cebra. Los niños perdidos de Ed le daban escalofríos, pero la casa desierta era aún peor.

—¿Dónde está el grupo esta noche, Leo? —preguntó.

—El señor Zingel los ha enviado al cine —respondió Leo.

Una luz al final del túnel, el brillo dorado de una chimenea, la biblioteca de Ed. Estaba sentado tras una inmensa mesa de roble y Guidry ocupó uno de los sillones frente a él. No había gran cosa sobre la mesa. Un teléfono, una caja de puros, un sobre marrón bastante grueso. Y la pistola de Ed.

—Qué romántico, Ed —comentó—. Te agradezco el esfuerzo, pero enciende alguna lámpara, por el amor de Dios.

—Delibero mejor a oscuras —respondió Ed.

Apareció la luna. Dos de las paredes de la biblioteca estaban hechas de cristal.

Guidry asintió.

—Así está mejor —dijo—. Gracias.

—Por ti lo que sea, hijo.

—¿Sigues deliberando?

—Sobre esto no. Sobre ti no. —Ed miró el reloj—. He tomado una decisión hace escasos minutos.

Leo le llevó un vaso de *whisky*, sin hielo, y Ed señaló el sobre marrón.

—Los papeles que te llevarán hasta Nellis y te permitirán salir de allí para llegar hasta Vietnam —explicó—. Es todo más o menos legal. Trabajarás en gerencia intermedia para una empresa que tiene un contrato con el ejército. Parkas impermeables y pantalones de combate, prendas ligeras. Pedido 8901. Prendas y accesorios Fletcher e hijos, Holyoke, Massachusetts. Es una empresa de verdad, un contrato de verdad. Puede que incluso obtenga algo de beneficio.

—Siempre me ha interesado la empresa textil.

—Te llevará en su avión un buen piloto, y un ludópata empedernido, que responde al nombre de coronel Butch Tolliver. Su avión sale mañana por la tarde a las siete en punto. Una aeronave de mercancías. Todavía estoy trabajando en lo del pasaporte. Dame unas semanas. Para empezar no lo necesitarás, ya que volarás a Tan Son Nhut. Es la base aérea. Nguyen ya ha dispuesto todo lo necesario, así que, por el momento, seguirás siendo Frank Guidry. ¿Lo recordarás?

—Haré lo posible —respondió Guidry.

—Leo, ve abajo y tráenos una botella de las buenas, ¿quieres? —dijo Ed—. El Macallan del 46. Esto hay que celebrarlo. Sírvete uno tú también.

Ed golpeó el sobre con el dedo y este resbaló sobre la superficie pulida de la mesa hasta el lado de Guidry. Pero él no lo agarró.

—¿A qué esperas, hijo? No hay ningún giro inesperado. El giro inesperado es que no hay giro inesperado. Disfrutarás de una vida larga y plena. Y nosotros disfrutaremos de una colaboración larga y plena.

—Tengo que pedirte un favor, Ed.

Ed estaba a punto de cortar la punta de un puro, pero dejó el cortador y el puro sobre la mesa.

—Otro favor, querrás decir.

—Ya has hecho mucho por mí —admitió Guidry—. Nadie lo sabe mejor que yo.

—No lo creo —respondió Ed—. De lo contrario, no estarías pidiéndome otro favor. ¿Tienes idea de lo que he sacrificado por ti? ¿El dinero que he puesto sobre la mesa? Imagina el precio que ha puesto Carlos a tu cabeza.

—De modo que has estado preguntando por ahí.

—Claro que sí. No te hagas el sorprendido.

—No estoy sorprendido.

—Tú habrías hecho lo mismo, hijo, de haber estado en mi lugar. O al menos eso espero.

Guidry se bebió todo el *whisky* de un trago.

—Quiero llevarme a Charlotte y a las niñas a Vietnam.

La luna se apagó y la estancia quedó de nuevo a oscuras. Guidry no distinguía la expresión de Ed. El viento de fuera hizo una pausa para tomar fuerzas y golpeó de nuevo el cristal.

—Tienes cojones —dijo Ed—, te lo reconozco.

—Centrémonos en las ventajas —contestó Guidry—. Lo he pensado bien, Ed. Haré el trabajo que quieras que haga. Lo haré bien. Esto no cambiará nada.

Al oír sus propias palabras en voz alta, Guidry supo que su argumento estaba condenado. Lo había sabido desde el principio y se había negado a admitirlo. Tener cojones estaba bien, pero ¿ponerlos encima de la mesa por una mujer y unas niñas a las que conocía desde hacía una semana? ¿Quién diablos confiaría en el criterio de un hombre así?

—Santo Dios —dijo Ed.

—Ed...

—De acuerdo. Puedo arreglarlo.

La inercia de Guidry estuvo a punto de hacerle pronunciar su siguiente frase. «Ed, escúchame. Confiarán más en un hombre de familia que en un soltero...».

—¿Qué? —preguntó.

—He elegido mi caballo, hijo. Ahora quiero verlo correr. Ya veremos si sale rentable o no. Además, ¿quién soy yo para entorpecer el amor verdadero?

«¿Qué?».

Pero entonces Ed cambió de posición en su silla, le lanzó una sonrisa brillante desde la oscuridad y colocó la mano sobre la pistola.

—Solo una condición —dijo—. Yo me quedo con una de las niñas. Tú eliges. Me da igual cuál.

Guidry trató de devolverle la sonrisa.

—Eso es absurdo, Ed —respondió.

—¿Lo es? —preguntó Ed—. A mí me parece un buen trato.

Saldrás ganando. Puedes lanzar una moneda si quieres. ¿Cómo dices que se llamaban?

Un tronco de la chimenea estalló en un confeti de chispas brillantes. La luna apareció de nuevo y Ed se carcajeó.

—Deberías haberte visto la cara, hijo.

—Maldito seas, Ed.

—¿Acaso soy un monstruo? —preguntó Ed—. ¿Es eso lo que piensas de mí? Me siento decepcionado. Y halagado.

—Maldito seas.

Ed agarró de nuevo su puro y le cortó la punta.

—Ya lo he arreglado. Charlotte y las niñas. Los cuatro salís en ese avión mañana.

—¿Ya sabías...?

—Sabía que querrías llevarlas contigo. O al menos había muchas probabilidades. Todo lo que necesitarás está en ese sobre. Adelante, guárdatelo.

Ed advirtió que Leo seguía de pie junto a la puerta.

—¿Son imaginaciones mías, Leo, o acabo de pedirte que vayas abajo a por esa botella de Macallan del 46 para celebrarlo?

Guidry agarró el sobre marrón y le dieron ganas de saltar por encima del escritorio para darle un abrazo a aquel cabrón.

—Maldito seas, Ed.

—Yo también estuve enamorado una vez —comentó Ed—. Apuesto a que no lo sabías. Hace mucho, pero recuerdo lo que se siente. El amor no dura, pero eso no significa que no haya existido.

—No sé si es amor —respondió Guidry—. No sé lo que es.

—Pero no me vengas llorando cuando te aburras y quieras enviar a la mujer y a las niñas de vuelta a Estados Unidos. Por cierto, esta noche te quedas aquí. Estarás más seguro.

—¿Más seguro?

—Enviaré a Leo a buscar a las chicas. Llámalas. Diles que va de camino. —Ed volvió a mirar hacia la puerta—. ¡Leo! ¡Espabila, por el amor de Dios!

Leo no se había apartado aún de la puerta. Guidry tuvo solo

medio segundo para preguntarse por qué, medio segundo para preguntarse por qué Leo tenía una pistola en la mano, y el tiempo entonces se aceleró. Leo ya tenía el brazo levantado y había apretado el gatillo. El sonido ensordecedor del disparo dirigido a Ed, su cabeza hacia atrás y un reguero de sangre.

Leo.

Leo.

Leo, que sabía lo valioso que era Guidry para Carlos, vivo o muerto.

A Guidry ya le habían disparado antes, muchas veces, durante la guerra, de modo que no se quedó helado cuando Leo se giró y le apuntó con la pistola. Se cobijó detrás del escritorio. Madera de roble bien resistente entre la puerta y él. Sintió y oyó el crujido de la madera; la segunda bala estuvo a punto de alcanzarlo. La pared de cristal situada tras la silla donde había estado sentado quedó resquebrajada.

Lo único que Leo debía hacer era dar unos pocos pasos a su izquierda. Guidry estaba en un rincón, sin escapatoria ni lugar donde esconderse. Ed, a modo de último favor antes de morir, había logrado agarrar su pistola y tirarla sobre la alfombra. Pero estaba demasiado lejos, al otro lado del escritorio.

Leo. Su gran momento. Cargarse a Ed y entregar a Guidry. Ed se habría quedado impresionado, si no le hubieran volado los sesos.

—Sal de ahí —ordenó Leo.

—Leo, vamos a hablarlo con tranquilidad.

¿A qué estaría esperando? No habría visto todavía la pistola de Ed. Pensaría que la tenía Guidry.

—Sal de ahí —repitió Leo.

La luna volvió a apagarse. No podía vacilar, así que se lanzó a por la pistola de Ed, oyó el disparo y después el grito de una chica. Un grito de furia enloquecida.

La bala no le alcanzó, no estaba muerto. O eso le parecía. Se incorporó y vio una especie de demonio enganchado a la espalda de Leo. Cindy le clavaba los dedos en la cara, como si intentara arrancarle la piel del cráneo.

Leo empezó a dar vueltas, buscando la manera de disparar por encima del hombro. Se tambalearon juntos por la biblioteca, Leo disparó y le voló la cabeza a Cindy. La chica seguía aferrada a él. Leo volvió a darse la vuelta, se la quitó de encima y la lanzó contra el ventanal dañado por la bala anterior. El cristal se hizo añicos y Cindy cayó sobre las rocas negras de fuera.

Leo se volvió hacia Guidry y este le disparó en el pecho. El mayordomo dejó caer la pistola y se arrodilló en el suelo. Se carcajeó con una voz profunda y Guidry volvió a dispararle. Cayó al suelo boca abajo y escupió una última burbuja de sangre.

Cindy también estaba muerta. Ed estaba muerto. Guidry se permitió tomar aliento tres veces. Una, dos, tres. Eso era todo lo que podía permitirse, nada más. Se aseguró de llevar encima las llaves de su coche y el sobre marrón.

Atravesó la casa y salió por la puerta. No oyó ni vio a nadie más. O Cindy había regresado sola del cine o los demás chicos habían huido al oír los disparos.

Un último aliento, para emprender el camino de vuelta. Se metió en el coche y puso en marcha el motor.

31

Charlotte tenía claro que Frank estaba ocultándole algo. Tal vez estuviera ocultándoselo todo. Sobre Ed y sobre sí mismo. Pero hubo algo que le provocó mayor desasosiego; no estaba escuchándola, había dejado de escucharla.

—Me fui de Oklahoma para poder empezar una nueva vida, para mí y para las niñas —le dijo—. Tengo que hacerlo sola. Quiero hacerlo sola.

—Solo piénsalo —respondió él—. Dame una oportunidad. Nos queremos. Lo demás no importa.

La besó y ella le devolvió el beso.

—Solo piénsalo —insistió él—. ¿De acuerdo?

—De acuerdo —dijo ella asintiendo con la cabeza.

Sí que le quería, o eso imaginaba. Pero, en ese momento de su vida, había otras cosas que también importaban. Muchas más cosas que importaban más. Él lo habría entendido si la hubiera escuchado.

—Adiós, Frank —le dijo.

—Volveré dentro de una hora.

La puerta se cerró tras él. Charlotte se sentó en la cama a esperar. La colcha de felpilla color crema tenía un estampado de rosas. Las contó una a una. Cuando llegó a cincuenta, cuando le hubo dado a Frank tiempo suficiente para bajar en el ascensor y caminar hasta su coche, cuando estuvo segura de que no regresaría porque se hubiera olvidado las llaves del coche o la cartera, se levantó y atravesó el pasillo.

Dejó la luz de su habitación apagada —la luz procedente del campo de minigolf sería suficiente— y abrió los cajones de la cómoda sin hacer ruido.

Las niñas se mostrarían indignadas. Siempre insistían en hacerse ellas la maleta y daban mucha importancia a qué cosa iba dónde y en qué orden. Pero Charlotte no quería despertarlas todavía, no hasta que estuviera todo listo. Rosemary tendría demasiadas preguntas. Charlotte tendría que pararse y explicarle por qué se marchaban ahora, por qué Frank no las acompañaba, por qué debían darse prisa, mucha prisa. Disponía solo de una hora antes de que regresara Frank. No quería tener que decirle adiós una segunda vez.

«Subid al taxi, niñas. Deprisa, deprisa, deprisa. Os lo explicaré cuando estemos en el autobús».

¿Habría un autobús nocturno a Los Ángeles? Sí, seguro que sí. Si no, ya se enfrentaría a ese problema cuando tuviera que hacerlo.

¿Preguntarían las niñas por qué Frank no se había despedido de ellas? Oh, sí, claro que lo preguntarían. Aún no tenía ni idea de qué les respondería. Ya lo afrontaría más tarde.

No encontraba uno de los zapatos de Joan. Se arrodilló y lo buscó bajo la cama. El perro se acercó y le olisqueó el cuello con su hocico frío.

—No te preocupes —le susurró ella—. No me he olvidado de ti.

El perro se desplomó junto a ella y dejó escapar un suspiro escéptico.

—No te dejarán fuera del autobús —le aseguró—. No lo permitiré.

Charlotte se sentía... bien. Optimista y con la cabeza despejada. Hacía poco más de una semana, estaba sentada, agotada y anestesiada en el comedor mientras Dooley trinchaba el asado del domingo. Hacía poco más de una semana, la idea de vivir un día más aquella existencia le daba ganas de hacerse un ovillo y no volver a moverse.

Ahora, aun sabiendo que tendría que enfrentarse a muchas pruebas, no podía esperar a mañana. No podía esperar a ver qué ocurría.

Por fin encontró el zapato desaparecido, escondido entre la papelera y la pata del escritorio. Se incorporó y vio un sobre encima de la mesa. Casi se le había olvidado. Dentro estaban los revelados del carrete de fotos que le había dado a Gigi.

Charlotte las ojeó un instante. La foto del campo de minigolf había salido bastante bien, aunque no como ella esperaba. El obturador se había retrasado un poco, proyectando las sombras del molino de viento sobre Frank y las niñas. Pero aquel segundo extra había dado a la pirueta de Rosemary cierta elevación, había otorgado a la bola de golf de Joan un relieve blanco y había captado en Frank el comienzo de una sonrisa.

Se guardó las fotos en el bolso y terminó de hacer las maletas. Comprobó que las chicas siguieran durmiendo. El día en el lago las había agotado, ni siquiera se habían movido en la cama. Sería complicado despertarlas y vestirlas, pero tenía tiempo.

Cruzó de nuevo el pasillo y, en la habitación de Frank, encontró un bolígrafo y una hoja de papel del hotel. No sabía qué escribir. ¿Qué más podía decirle? Ya había comenzado a transformarse en su cabeza, pasando de ser una persona real a un recuerdo agradable. Un recuerdo que, con el tiempo, tal vez se volviera más agradable, pero también menos real.

Se planteó darle la foto, la del minigolf. Sin embargo, era la mejor de todas, de modo que decidió quedársela.

Cuando abrió la puerta para marcharse, le sorprendió encontrar a un hombre allí de pie. Estaría a punto de llamar a la puerta, supuso, aunque tenía los brazos pegados a los costados.

—Ah —dijo ella—. Hola.

—Soy del hotel —respondió el hombre.

—¿Hay algún problema?

—Vuelva a entrar.

Lo primero que pensó fue esto: «Un incendio, las niñas, ¿por qué no había oído la alarma? Tenía que ir a buscarlas, tenía que verlas cuanto antes».

—Mis hijas. Tengo que...

—Vuelva a entrar —repitió el hombre. Dio un paso al frente y ella tuvo que dar uno atrás. Antes de que pudiera darse cuenta de lo que ocurría, el hombre había cerrado la puerta tras él y había echado el pestillo.

Estaba pálido, sudaba y tenía el flequillo pegado a la frente. Parecía que hubiese dormido con el traje puesto.

No trabajaba para el hotel. Recorrió la habitación con la mirada. Llevaba la mano derecha vendada, desde la muñeca hasta las puntas de los dedos. No se había fijado antes. En la mano izquierda sujetaba una pistola. ¿De dónde había salido el arma? Tampoco se había fijado en eso.

Se sintió mareada. Tal vez aquel hombre sí que trabajara para el hotel. La seguridad del hotel. Tal vez...

—¿Dónde está? —preguntó el hombre.

—Esta no es mi habitación —respondió ella.

—¿Dónde está?

—No está aquí. Ha ido a visitar a un amigo.

—Siéntese. En la cama.

Si gritaba, tal vez se despertaran las niñas. Entrarían allí corriendo. Sabían dónde estaba. Cada noche, cuando las metía en la cama, se aseguraba de explicárselo. «Estoy al otro lado del pasillo. Volveré a las diez. Si necesitáis algo, cualquier cosa, venid a buscarme».

Si gritaba y el hombre la disparaba, las niñas oirían el disparo y entrarían corriendo. Las dispararía a ellas también.

«Las niñas, las niñas, las niñas». Su cerebro había entrado en bucle. «Las niñas, las niñas, las niñas...». No era capaz de pensar en otra cosa. Sucediera lo que sucediera, hiciera lo que hiciera, tenía que mantener a aquel hombre alejado de Rosemary y de Joan.

Había sido una estúpida. Se trataba de Frank. No, se trataba del hombre que creía que era Frank. ¿Cómo había podido ser tan estúpida? Le temblaban las manos. Cerró los puños y los apretó contra la colcha de felpilla y su estampado de rosas.

—¿Cuándo volverá? —preguntó el hombre.

—No estoy segura —respondió ella—. En unos cuarenta y cinco minutos, calculo.

El hombre se asomó al cuarto de baño y al armario. Corrió las cortinas.

—No voy a hacerle daño.

Su voz, tranquila y calmada, debería haberla relajado, pero no fue así. Apartó la silla del escritorio y se sentó junto a la puerta. Utilizó la mano vendada para secarse el sudor de la frente.

Tendría más o menos la edad de Frank. Más bajo, más delgado... una persona normal. Esa era la única palabra que se le ocurrió para describirlo. De no ser por la palidez, habría podido ser cualquiera de los múltiples hombres, entre recepcionistas, camareros y huéspedes, con quienes se había cruzado en el hotel. Dos ojos, una nariz, una boca. Esperó a que parpadeara mientras observaba la habitación una vez más, pero no lo hizo.

Cruzó las piernas y apoyó el brazo de la mano vendada sobre el respaldo de la silla. Dejó la pistola sobre su rodilla, con el cañón apuntando a un punto situado a pocos metros a su izquierda.

No estaba nervioso. ¿Por qué sudaría? Tampoco estaba borracho.

—¿Entiende lo que pasaría si me causa usted algún problema? —le preguntó.

Charlotte se obligó a ignorar la pistola y se concentró en la punta de su zapato negro. «Las niñas, las niñas, las niñas». ¿Y si Rosemary tenía una de sus pesadillas y no lograba calmarse? Joan sabía lo que había que hacer. Ir a buscar a mami. ¿Y si Joan se despertaba con dolor de tripa? Rosemary sabía lo que había que hacer. Ir a buscar a mami. Estaba al otro lado del pasillo.

Un golpecito muy flojo en la puerta. Sucedería en cualquier momento. El hombre se daría la vuelta. Charlotte gritaría con todas sus fuerzas. «¡Corred!». Se lanzaría contra el hombre, le quitaría la pistola y seguiría gritando. «¡Corred!».

¿Lo harían? ¿Las niñas saldrían corriendo? Casi cualquier decisión que tomaban juntas Rosemary y Joan requería mucho tiempo y argumentación. Cuántas veces se las había encontrado susurrando, con las cabezas muy juntas, deliberando como dos abogadas en el juzgado. Su grito podría ponerlas en marcha o inmovilizarlas.

Ella no viviría lo suficiente para averiguarlo. Moriría sin saber si estaban a salvo o no.

—¿Entiende lo que pasaría si me causa usted algún problema? —repitió el hombre.

Ella lo miró.

—Déjeme marchar —le dijo—. Por favor. Yo me iba. Ya tengo hechas las maletas. Sea lo que sea, lo que quiera de Frank o de Ed, yo no tengo nada que ver. No... no me importa.

—No voy a hacerle daño. —Pero el hombre no lo dijo hasta después de una pausa, como si fuera un actor que sale al escenario para decir la frase que se espera de él.

—Por favor —repitió ella—. Déjeme marchar.

Él dejó caer los hombros y su mirada se suavizó. ¿Qué estaría ocurriéndole? En una ocasión, Charlotte había sacado una tarta de chocolate del horno antes de tiempo, uno de sus primeros intentos, y vio cómo se hundía ante sus ojos.

El hombre logró erguirse de nuevo. Estiró la espalda. No dejó caer la pistola.

—¿Ted? —preguntó.

—No —respondió ella—. Se llama Ed. No sé su apellido. Es amigo de Frank.

El hombre se estremeció y recuperó un poco de color en las mejillas y en los labios.

—Está enfermo —le dijo ella—. Tiene fiebre.

—He estado peor —respondió él.

—Me llamo Charlotte. ¿Y usted?

Sabía que aquello era inútil. El hombre la miró del mismo modo en que miraba el flexo del escritorio o el cenicero de cristal de la mesilla de noche o la pared vacía que tenía ella detrás.

—Si alguien me pregunta, juraré no haberle visto nunca —le aseguró Charlotte.

—Cállese.

—¿Quiere que le traiga un vaso de agua?

¿Qué podía hacer? «Las niñas, las niñas, las niñas». Los golpecitos en la puerta de un momento a otro. ¿Qué ocurriría cuando regresara Frank?

—¿Dónde están sus hijas? —preguntó el hombre.

Entonces la que se estremeció fue ella. Podía leerle el pensamiento. No. Recordó que ella misma le había hablado de las niñas, incluso antes de que entrara en la habitación. Qué estúpida. Había sido una estúpida desde el principio.

—He dicho que dónde están sus hijas.

—Abajo —respondió ella—. En la guardería.

—La guardería está cerrada.

Él no sabía si la guardería estaba cerrada o no, pero Charlotte se dio cuenta de ello demasiado tarde. El hombre captó su vacilación inicial.

—¿Están al lado? —preguntó—. ¿Al otro lado del pasillo?

—¿Qué le ha pasado en la mano? Llevo aspirinas en el bolso. —Cualquier cosa con tal de cambiar de tema—. ¿Frank Wainwright es su nombre real? Me dijo que vendía seguros en Nueva York. Soy una estúpida.

El hombre descruzó las piernas y apoyó las suelas de los zapatos en la moqueta. Apoyó un codo contra el respaldo de la silla, pero logró levantarse solo unos pocos centímetros antes de volver a desplomarse. Charlotte pensó que tal vez dejaría la pistola en el suelo o en la cómoda y usaría la mano sana para incorporarse. Pero no lo hizo y, cuando trató de ponerse en pie una segunda vez, lo consiguió.

—Láncelas aquí —ordenó.

—¿Qué?

—Las aspirinas.

Charlotte abrió el bolso. El sobre de las fotos, una lima de uñas, una caja de cerillas, el maquillaje y el lápiz de labios, una llave de hotel con un llavero de plástico en forma de diamante. Nada que pudiera usar como arma. Un chicle. El cochecito favorito de Rosemary, un juguete desmontable de una caja de Rice Krinkles.

—Láncelas aquí —insistió el hombre.

Atrapó el bote de aspirinas entre la mano vendada y su pecho. Quitó la tapa con los dientes, se metió las pastillas en la boca y las masticó.

—Puedo traerle un vaso de agua —dijo ella.

—Vamos a ver a sus hijas.

Posiblemente dijera algo más, pero Charlotte no lo oyó. Por un momento se quedó sorda. Solo oía un leve zumbido en los oídos, cada vez más fuerte, como el pitido de una olla a presión. ¿Cuánto tiempo podría permanecer viva después de que se le parase el corazón?

—No —respondió ella.

—Lléveme a su habitación. Esperaremos a Frank allí.

—Podemos esperarle aquí.

—¿No quiere estar con sus hijas?

Iba a asesinarlas a las tres. Charlotte no tenía ninguna duda. Podía verlo. Veía el brillo de la porcelana, de los azulejos y del espejo. El cuerpo sin vida de Rosemary en la bañera. El cuerpo de Joan acurrucado junto a ella. La cortina de la ducha arrancada de las argollas. Ella muerta en el suelo. El grifo abierto y una mano de hombre cogiendo el agua con la palma.

Charlotte veía exactamente lo que veía el hombre de la pistola. Era como si ambos estuvieran junto a una ventana, contemplando el futuro que compartirían.

—Levántese —ordenó él.

—No —repitió Charlotte.

Él levantó la pistola y la apuntó. A ella le entró el pánico. «Las niñas, las niñas, las niñas». Y, aun así, al mismo tiempo, sintió en su interior algo más poderoso que el pánico, algo que la tranquilizó, que le hizo olvidar el miedo y las distracciones.

Dejaría que le disparase. Las niñas oirían el disparo, pero también los demás huéspedes de ese ala del hotel. Alguien llamaría a recepción, a la policía. El hombre tendría que huir, y lo sabía. Por eso no quería dispararla. Quería llevarla al otro lado del pasillo y no hacer ruido. Suponía que Charlotte mantendría a las niñas calladas. «Shh», esperaba que les dijera. «No pasa nada, no va a hacernos daño».

—Levántese de una vez.

Charlotte sabía que le dispararía. Le daba igual. Lo vio como lo que era: un hombre débil, incapaz de moverla mientras ella se negara a hacerlo.

Y podía negarse. No le cabía duda.

—¿Qué le ha pasado en la mano? —le preguntó ella de nuevo.

—Levántese o si no... —repitió él—. No volveré a repetírselo.

—¿Tiene a alguien?

—¿Que si tengo a alguien?

—Esposa. Novia. Alguien que cuide de su mano.

Se le notaba tambaleante. Sudaba y temblaba. Vio que empezaba a suceder de nuevo: los hombros caídos, el tambaleo, la fiebre. Él también se dio cuenta. Se quedaron los dos allí, mirando por su ventana, contemplando el futuro que compartían. A él le brillaban los ojos, le temblaban las rodillas, la pistola se le resbalaría y caería sobre la moqueta con un ruido amortiguado.

—Está muy enfermo —le dijo ella—. ¿No cree que debería volver a sentarse?

Él dejó la pistola sobre la cómoda. Entonces atravesó la habitación con dos rápidas zancadas, se situó frente a ella, la agarró del cuello con una mano y la empujó boca arriba sobre la cama, cayendo sobre ella. Charlotte sintió como si le hubieran caído encima quinientos kilos. No podía respirar. Intentó retorcerse, pero eso lo empeoró. El cuello. Le sorprendió la fuerza de sus dedos al apretar. Tenía los hombros aprisionados contra la cama. No podía respirar ni moverse. Empezó a nublársele la vista.

—Mierda —murmuró él en su oído. Charlotte olió la aspirina

en su aliento. Olió la peste de la venda sucia. Su sudor resbaló y se le metió en los ojos—. Mierda.

Porque había comenzado a flotar. Eso era lo que parecía. Como si poco a poco fuese elevándose, retirando su peso, kilo a kilo, como si fueran cenizas esparcidas por el viento. Trató de aguantar. Se estremeció, le brillaban los ojos.

Charlotte pudo por fin mover un brazo, solo un poco. ¿Qué estaba buscando? No lo sabía. Su pistola, guardada en la cintura del pantalón. No. La había dejado sobre la cómoda. Era demasiado listo.

Kilo a kilo, partícula a partícula, fue elevando su peso, y Charlotte sintió que la presión en su garganta cedía. La fiebre había vuelto a apoderarse de él, pero no lo suficiente. Seguía sin poder respirar.

Ahora tenía la mano atrapada, enredada en un bolsillo, el bolsillo de su americana. Palpó una empuñadura de madera. Notó una hoja de acero pegada a la empuñadura, fina como una aguja. Sintió el pinchazo de la punta en la yema del dedo índice.

Agarró el mango de madera y, con la poca energía que le quedaba, empujó el picahielos contra su cuerpo. ¿En su estómago? ¿En el muslo? ¿Entre las costillas? No lo sabía. No sabía siquiera si lo había sentido. Al hombre se le aceleró ligeramente la respiración, pero podría deberse solo a la fiebre y nada más.

Y entonces notó que le soltaba el cuello. Se deslizó por encima de ella y quedó tendido de costado sobre la cama, con la cabeza apoyada en el brazo. Charlotte no sabía si estaba vivo o muerto. Podría haber parecido un hombre que se despertaba de la siesta, a punto de abrir los ojos y bostezar, de no ser por la mancha oscura que se extendía justo debajo de su vientre.

Charlotte rodó sobre la cama y se puso en pie. Le ardía la garganta y tuvo que aprender a respirar de nuevo. Inspirar, espirar. Estaba viva. Estaba segura de ello.

Encontró su bolso y cerró a su espalda la puerta de la habitación de Frank. Sabía que en algún momento, pronto, todo aquello la sobrepasaría. La magia negra que estaba empleando para controlar el pánico y el terror pronto se esfumaría y ella se quedaría durante días perdida en aquel torrente de emociones, incapaz de recordar su nombre o de poner un pie delante del otro.

Pronto, pero todavía no.

32

Guidry se obligó a conducir sin rebasar el límite de velocidad, sin salirse del carril y señalizando todos los giros. Obligó a su mente a ir despacio también, tomándose su tiempo para ver la imagen en su conjunto y no perderse nada.

La casa de Ed estaba en mitad de ninguna parte. Bien. No habría vecinos cotillas ni visitas que se pasaran a charlar o a pedir una taza de azúcar. Los amigos de Cindy no llamarían a la policía. Esos chicos sabían cómo funcionaba el mundo. Si no se habían marchado ya, pegarían la espantada en cuanto olfatearan la mierda en la que se habían metido.

Así que Guidry tenía tiempo. El ama de llaves de Ed no entraría a trabajar y descubriría los cuerpos hasta la mañana siguiente. O tal vez Ed no tuviera ama de llaves. Tal vez fuera Leo el que fregaba los suelos y los retretes, el que retiraba del desagüe los cabellos rubios de los jóvenes. Y esa indignidad le había hecho ponerse en contra de Ed y tratar de alcanzar el éxito.

Guidry no se lo tomaba como algo personal. Leo había visto su oportunidad y la había aprovechado. Pero necesitaba saber si había negociado un precio por él por anticipado. Esperaba que Leo hubiese actuado por impulso al apretar el gatillo, porque, si no...

¿Habría hablado con alguien de Guidry? ¿Habría revelado que se hospedaba en el Hacienda? ¿Un gesto de buena voluntad para demostrar que había encontrado a la gallina de los huevos de oro?

No. Leo no haría eso. Si revelaba el paradero de Guidry, se convertiría en alguien prescindible. Él no se excluiría de su propio trato. O eso esperaba Guidry.

Miró el velocímetro. La aguja había empezado a subir. «Tranquilo». Estaría en el Hacienda en diez minutos. Tendría a Charlotte y a las niñas listas en veinte. Estarían de vuelta en el coche y en la carretera antes de que la sangre de la biblioteca de Ed hubiera dejado de humear.

Tenían que marcharse de Las Vegas. Tampoco demasiado lejos. Algún motel en uno de esos pequeños pueblos desérticos que salpicaban la autopista 90, un lugar seguro en el que dejar pasar el día.

Un día era lo único que necesitaban. Porque, aunque Ed hubiera muerto, el coronel Butch Tolliver, ludópata empedernido, seguía vivo. Su avión despegaría de Nellis al día siguiente a las siete en punto de la tarde y Guidry, Charlotte y las niñas irían a bordo de ese avión.

¿Por qué no iba a ser así? Guidry dio por hecho que el coronel Butch habría recibido un pago por adelantado y no estaría esperando a que Ed le diera luz verde. Ed habría usado un intermediario para acordar los detalles. Lo más probable era que el coronel Butch ni siquiera supiera quién le había dado el dinero.

Guidry miró el sobre marrón, que yacía en el asiento del copiloto. El papeleo era válido hacía una hora. Con suerte seguiría siéndolo.

«Esta noche te quedas aquí. Estarás más seguro».

Las últimas palabras de Ed. No había pensado en ellas hasta ese momento. ¿Qué significarían? Tal vez que Seraphine lo había localizado en el Hacienda. Tal vez significaban que, si no daba media vuelta en ese mismo instante, su tiempo se habría acabado ya.

No dio media vuelta. Las niñas ya estarían dormidas. Eran casi las diez y media. Las llevaría hasta el coche, una en cada cadera, como había hecho aquella primera noche en Flagstaff. Aún sentía su calor contra su cuerpo, la suave mejilla de Rosemary contra la suya,

291

el aliento de Joan en su cuello. Aún veía a Charlotte, en lo alto de las escaleras, sonriéndole.

Recordó la primera vez que ella le sonrió. Recordó la primera vez que él le hizo reír. En la cafetería de Santa María, Pat Boone sonando en la gramola, poco después de poner en marcha su retorcido plan. La risa comenzó en sus ojos y, en aquella primera chispa, Guidry la vio de principio a fin, vio su pasado, su presente y su futuro, la niña que había sido y la anciana en quien se convertiría algún día.

«Esto va a funcionar», recordó que pensó. Espero que funcione.

¿Qué clase de padre sería? ¿Qué clase de marido? Uno lamentable, tenía que admitirlo. No sabía cómo ser padre ni marido, pero pensaba esforzarse al máximo. Ese era el precio que estaba dispuesto a pagar.

Y quién sabe. Tal vez pasados veinte, treinta o cuarenta años, echaría la vista atrás, vería a aquel hombre bien vestido sentado en el Carousel Bar del hotel Monteleone de Nueva Orleans y apenas lo reconocería, solo como a un viejo conocido cuyo nombre ya no recordaba.

El extremo sur de Las Vegas Boulevard. Las luces de la pista del aeropuerto McCarran justo delante. Y, al otro lado, el vaquero de neón del Hacienda subido en su caballo salvaje, diciendo hola y adiós. Aparcó el coche lo más lejos que pudo del cartel, en la zona más oscura y desierta del aparcamiento.

«Esta noche te quedas aquí. Estarás más seguro».

Se dio cuenta entonces de que se había equivocado. Esas no habían sido las últimas palabras de Ed. Sus últimas palabras habían sido: «¡Leo! ¡Espabila, por el amor de Dios!».

Las niñas habían dejado su libro de Disney en el asiento trasero. Las auténticas aventuras de las criaturas que acechaban y se movían en la oscuridad. *Secretos del mundo oculto*.

Guardó la pistola de Ed en la guantera y fue directo a la habitación de Charlotte. Llamó con suavidad. ¿Qué diablos le diría para convencerla de que se marcharan sin previo aviso a esas horas de la noche?

Volvió a llamar. Para calmar los nervios, escogió un lugar para vivir en Saigón. Una casita color crema con ventanas altas y arqueadas, balcones de hierro fundido, en una calle adoquinada decorada con palmeras. No sabía si las calles estaban adoquinadas en Saigón, y su casita imaginaria se parecía sospechosamente a la que había en la Esplanade Avenue de Nueva Orleans. Pero Indochina había sido colonia francesa, ¿no? De modo que era posible.

Un jardín en la parte de atrás donde las niñas pudieran leer, jugar y extender una manta para hacer pícnics, con una fuentecita y la buganvilla cubriendo el muro de piedra, como la espuma que se desborda en una jarra de cerveza.

Agarró el picaporte. No estaba cerrado por dentro, pero no intentó girarlo. Mientras no abriera la puerta y entrara, mientras no encendiera la luz y viera con sus propios ojos las camas vacías, las perchas desnudas, las maletas desaparecidas, podría seguir fingiendo que Charlotte y las niñas seguían allí.

Pero sabía que se habían marchado. Claro que se habían marchado. Ese último beso. «Adiós, Frank». Había sabido entonces lo que sucedía, pero se había negado a creerlo. Claro que Charlotte estaba despidiéndose. Era demasiado lista para quedarse a su lado, para confiar por segunda vez en un hombre como él. Era una de las razones por las que se había enamorado de ella.

Aunque tal vez Rosemary no pudiera dormir y hubieran bajado las tres a la cafetería a por galletas y leche caliente. Tal vez estaban volviendo a la habitación en ese preciso instante...

Oh, el poder del autoengaño. Qué fuerza sobrehumana, qué hazaña inenarrable.

Abrió la puerta y encendió la luz. Camas vacías, perchas desnudas, maletas desaparecidas. Claro que se habían marchado. Por supuesto.

Guidry pensaba que estaba preparado para el dolor, pero no, ni de lejos. Había esperado un golpe, un desgarro, una sacudida. Se agacharía, aguantaría la tormenta y dejaría que pasara. En lugar de eso, el dolor que sintió dentro fue como una marea oscura, que subía centímetro a centímetro, sin nada capaz de contenerla, salvo el borde lejano de su vida en la tierra.

No se molestó en regresar a su propia habitación. Podría comprarse un nuevo cepillo de dientes. Si Charlotte le había dejado una nota, no quería leerla.

En el vestíbulo del hotel, un botones se fijó en él.

—Señor Wainwright —le dijo—. Me preguntaba dónde estaría. Metí a las señoritas en un taxi con destino a la estación de autobuses hace media hora. Tenían prisa. Será mejor que...

Y entonces el botones sumó dos más dos. Oh. Se dio cuenta de que el pobre señor Wainwright había sido abandonado.

—Oh, vaya, señor Wainwright —dijo—. Pensaba que...

—No te preocupes, Johnny, me reuniré con ellas allí. —Guidry le ofreció al pobre muchacho una sonrisa tranquilizadora—. Todo va bien. No podría ir mejor.

Atravesó el aparcamiento. Llegó hasta su coche con la sonrisa pegada en la cara, sintiendo como la marea de dolor subía y subía.

—Frank.

De entre las sombras emergió un hombre con la cara tan blanca que parecía brillar. Un fantasma. Tal vez Cindy tenía razón con lo del más allá.

—Me has confundido con otra persona, amigo —respondió él.

El fantasma se detuvo a tres metros de distancia y levantó una pistola. Guidry sintió alivio, no miedo. Charlotte y las niñas estaban a salvo. Habían escapado justo a tiempo. Solo él iba a morir. Cualquier queja que pudiera tener contra Dios y el universo quedó olvidada en aquel instante.

—Coche —dijo el fantasma.

Guidry no entendía nada.

—¿Qué?

—El coche.

—¿Quieres el coche? —le preguntó Guidry—. Tú mismo.

—Sube. Tú conduces.

Entonces lo entendió. En algún lugar del desierto, habían cavado un agujero para él, su tumba le esperaba. Pero se negaba a ponerle las cosas fáciles a su asesino.

—Olvídalo —respondió—. No voy a ninguna parte.

El fantasma avanzó lentamente hacia el lado del copiloto. Tomaba aire y daba un paso. Aire y daba un paso. Al principio Guidry creyó que le faltaba la mano derecha, pero no, la llevaba metida entre los botones de la americana. El fantasma se abrazaba, inclinado hacia delante como si le doliese el estómago, pero no dejaba de apuntarle con la pistola.

—¿Trabajas para Carlos? —le preguntó Guidry.

—¿A ti qué te parece?

—¿Quién te ha matado?

—¿Qué?

—Pareces un fantasma.

El fantasma consiguió abrir la puerta del copiloto. La luz del interior se encendió y le iluminó la cara. Tenía peor aspecto que cualquier fantasma. Guidry dudaba que le quedara una sola gota de sangre en el cuerpo.

—¿Eres Paul Barone? —le preguntó.

—¿A ti qué te parece? Sube.

En el interior del coche, Guidry podría arrebatarle la pistola. O quizá lograse sacar de la guantera la pistola de Ed. Sin embargo, ¿de qué serviría?

—Ya te lo he dicho —respondió—. No voy a llevarte a ninguna parte.

—Nueva Orleans —dijo Barone.

—¿Qué?

—Sube. Tú conduces.

—¿Quieres que te lleve hasta Nueva Orleans?

Las palabras de Barone no tenían sentido. Intentó subirse al coche, pero resbaló y cayó sobre una rodilla. Cuando intentó incorporarse, resbaló de nuevo y dejó caer la pistola. Esta vez se quedó arrodillado, con la cabeza agachada, como si rezara.

Guidry rodeó el coche y alejó la pistola de una patada. Advirtió que la mitad inferior de la camisa de Barone estaba empapada en sangre, al igual que los paneles frontales de la americana y los pantalones del traje hasta la entrepierna.

En efecto le faltaba una mano. Eso fue lo que pensó Guidry al principio; un muñón ensangrentado enganchado al picaporte de la puerta. Pero entonces se dio cuenta de que el muñón era una mano envuelta en una venda ensangrentada, con unos dedos de uñas sanguinolentas asomando por encima.

Barone no lo miró. Su respiración sonaba como una hoja seca que se arrastra por la acera movida por el viento.

—Voy a matarla —dijo.

Guidry pensó de nuevo en el peligro que había hecho correr a Charlotte y a las niñas. Era imperdonable. Él era imperdonable.

—Demasiado tarde —le dijo a Barone—. Se te acabó la suerte.

—Ella te dio el chivatazo —murmuró Barone.

Guidry se acuclilló para poder oírlo mejor, pero mantuvo la distancia. Si aquel era Barone, o alguien como Barone, podría quedarle un último as en la manga.

—¿Qué has dicho? —le preguntó.

—Ella te dio el chivatazo en Houston —respondió Barone—. Y también aquí.

—¿Quién?

—Ella sabía lo que hacía. Zorra. Desde el principio.

Guidry se dio cuenta de que Barone tenía que estar hablando de Seraphine. Aquel tipo había perdido la cabeza.

—Seraphine no me ha dicho absolutamente nada —le aseguró—. Ni aquí ni en Houston.

—Voy a matarla —repitió Barone.

—No vas a salir de este aparcamiento —le dijo Guidry.

Barone parecía saberlo. Tenía la cabeza cada vez más agachada y apenas se le oía respirar.

—Carlos te encontrará —murmuró—. Siempre lo hace.

—Ya puede empezar a buscar —respondió Guidry.

—Si no te encuentra, irá a por ella. Sabe cómo hacerte daño.

Seraphine llevaba una semana y media intentando matarlo. En esos momentos no sentía mucha compasión por ella.

—Seraphine no es asunto mío —le dijo a Barone—. No me importa.

—Ella no —respondió Barone.

—¿Quién entonces?

Por fin Barone giró la cabeza para mirarlo. Con unos litros de sangre más dentro del cuerpo, tendría el mismo aspecto que los tipos con los que Guidry había servido en el ejército. El mismo aspecto que los tipos de Nueva Orleans. Otro de los hombres de Carlos. Probablemente se hubiese cruzado con él docenas de veces.

—La mujer —dijo Barone—. Sus hijas. Carlos sabe cómo hacerte daño.

Por un segundo, Guidry sintió que el aire no le llegaba a los pulmones, que su corazón no bombeaba. Notó como la maquinaria en su interior fallaba.

Charlotte. Las niñas.

Barone le había seguido hasta el Hacienda. Había visto a Charlotte y a las niñas. Lo que significaba que probablemente le hubiese hablado a Carlos de ellas.

—Carlos no puede hacerme daño —le aseguró Guidry.

—Sabes que no le gusta perder —dijo Barone. No era una advertencia ni una amenaza, solo un hecho tan evidente para ambos que apenas hacía falta decirlo—. Ayúdame a levantarme.

—La mujer no significa nada para mí.

—Ayúdame a levantarme —repitió Barone—. Sube al coche. Tú conduces. Nueva Orleans.

—Carlos jamás las encontrará —dijo Guidry—. No sabe cómo se llama. Tú no sabes cómo se llama. No les pasará nada.

Barone no respondió. Había muerto, al fin. Soltó el picaporte de la puerta, un dedo ensangrentado tras otro, y cayó sobre el asfalto.

Aquella noche Guidry se quedó en Henderson, a media hora al sur de Las Vegas, en un motel pegado a una bolera. Su habitación compartía pared con la bolera. Tumbado en la cama, escuchaba el pum de la bola al golpear el suelo y, unos segundos más tarde, el estruendo de los bolos al salir volando. ¡Pum! ¡Plaf! Una y otra vez.

Sin embargo, no fue eso lo que le mantuvo despierto hasta las tantas. Lo que le impedía dormir era el silencio entre medias, la anticipación, la espera entre el pum y el plaf.

Pum.

Charlotte y las niñas estarían a salvo. Carlos no tenía manera de localizarlas. Claro, enviaría a alguien al Hacienda a investigar, pero todos los empleados allí daban por hecho que el apellido de Charlotte era Wainwright.

¡Plaf!

Pum.

El portero sabía que Charlotte había tomado un taxi a la estación de autobuses. Era posible que el empleado de la estación se acordara de ella, podría acordarse de la dama atractiva con dos niñas pequeñas y bien educadas que había comprado un billete a Los Ángeles a última hora de la noche.

¡Plaf!

Pum.

Pero ¿y qué? Charlotte era una aguja y Los Ángeles era el mayor pajar de la costa oeste. Aunque era posible que alguien la reconociera en la estación de Las Vegas y en la del centro de Los Ángeles, y entonces...

¡Plaf!

Al final se quedó dormido y llegaron los sueños. Un sueño extraño porque no tenía nada de extraño. Guidry estaba de nuevo en

298

el Monteleone, hablando otra vez con el viejo Mackey Pagano. La misma conversación que ya habían tenido.

«Estoy en un aprieto, Frankie. Puede que sea algo serio».

«Lo siento, Mack».

Un nuevo sueño se fundió con el anterior. Guidry volvía a ser un chico de quince años. Sabía cuántos años tenía porque se hallaba en el porche de la destartalada vivienda de St. Amant, despidiéndose de Annette. Ella tenía once años cuando Guidry se marchó a Nueva Orleans. Dos meses más tarde, en Nochebuena, su padre se emborrachó más de lo normal y la mató a golpes con el atizador de la chimenea. Normalmente su padre usaba el atizador con él, pero él ya no estaba allí; se había largado a la gran ciudad y se había salvado.

«¿Por qué tienes que irte, Frick?».

«Lo siento, Frack. Te llevaré conmigo cuando tenga una casa grande y bonita».

Guidry había estado reviviendo aquel momento cada día durante los últimos veintidós años. Habría dado cualquier cosa por retroceder en el tiempo y poder hacer todo de otra manera. Confiaba en que el sueño se lo permitiera, pero no era esa clase de sueño.

«Cuánto tiempo, Frick».

«Cuánto tiempo, pequeña».

Guidry pasó el día siguiente, el martes, sin demasiados problemas. Durmió hasta tarde. Se pasó por la bolera para tomar una hamburguesa y un par de cervezas. Pum. Plaf. Leyó el periódico de la mañana. Seguían con el tema del asesinato del presidente. *Descubran la verdad*. En Nueva Orleans, Carlos se enfurecía. Con él y con la comisión Warren.

A las seis en punto, el taxi le dejó en Nellis. Guidry entregó su tarjeta al cabo. La tarjeta parecía oficial. Tal vez lo fuera. El cabo descolgó su teléfono y dijo algunas palabras que él no distinguió. Colgó el teléfono y escribió algo en su cuaderno. Escribió y escribió. Si había policías militares esperando para arrestarlo, aquel era el momento perfecto para que salieran de su escondite.

El cabo terminó de escribir y le devolvió a Guidry su tarjeta.

—¿Sabe a dónde va, señor? —le preguntó.

—Vuelo con el coronel Tolliver esta noche —respondió Guidry—. ¿Sabe dónde puedo encontrarlo?

—Pruebe en las dependencias de los oficiales. De frente, el último edificio a la izquierda.

—Gracias.

Guidry volvió a guardarse la tarjeta en el bolsillo. Cuando atravesara esa puerta, cuando se subiera al avión y este despegara, sería un hombre libre.

¿Carlos buscaría a Charlotte y a las niñas? ¿Las encontraría y las mataría? ¿Haría algo peor que eso? ¿Las obligaría a pagar por sus pecados?

No lo sabía. Nunca tendría por qué saberlo. En Vietnam, a miles de kilómetros de allí, volvería a ser un hombre libre. Podría elegir creer aquello que deseara creer.

El cabo tenía cosas mejores que hacer que verlo allí plantado.

—¿Hay algún problema, señor? —le preguntó.

Guidry pensó en la pregunta y negó con la cabeza.

—No.

33

Se aproximaron desde el oeste, fueron descendiendo y comenzaron a atravesar las nubes. Al principio solo algunas nubecitas pequeñas, después más gruesas, unas encima de otras, tan densas que al avión parecía costarle trabajo atravesarlas, como si fuera un cuchillo desafilado tratando de rajar un lienzo gris.

Decían que Vietnam tenía un clima más cálido y húmedo que Nueva Orleans. Eso era lo que Guidry había oído en alguna parte. Le gustaba volver al calor y a la humedad. El desierto, con un aire demasiado seco, había estado a punto de acabar con él. Se alegraba de estar de vuelta en su hábitat natural.

Volaban cada vez más bajo. Se desplegó el tren de aterrizaje y dejaron atrás las nubes. A sus pies, un paisaje tropical plagado de arroyos, pantanos y canales resplandecientes bajo el sol de la tarde.

Guidry se planteó la posibilidad de ir a comer algo primero. Pero ¿prefería el bocadillo de Central Grocery o el de Frank's? ¿La sopa de verduras de Bozo's en el centro de la ciudad o la sopa de Uglesich's? Dios, ¿qué sopa quería? Sería incapaz de tomar una decisión. De modo que se montó en su coche y fue directo a The Famous Door, en Bourbon Street.

Era demasiado temprano para los espectáculos de *jazz*, pero, años atrás, el propietario del club había instalado una cocina y había convertido la sala de atrás en un club social al que solo se accedía con invitación. The Spot, lo llamaba. Solo libertinos y ratas callejeras, muchas gracias. Los miércoles, cuando la esposa del dueño preparaba su legendario *braciole* con salsa de tomate, el local estaba a reventar. Carlos, un glotón empedernido en una ciudad de glotones empedernidos, nunca se quedaba sin su *braciole* de los miércoles, ni siquiera aunque el barrio hubiese estado en llamas.

Se hallaba sentado a su mesa habitual, con Seraphine sentada a su derecha y Frenchy Brouillette a su izquierda. Frenchy hablaba sin parar y mantenía a Carlos entretenido mientras comía. No había guardaespaldas. Carlos casi nunca llevaba guardaespaldas, al menos cuando estaba en la ciudad. ¿Para qué? Si alguien trataba de atentar contra él en Nueva Orleans, estaría muerto antes de darse cuenta.

Frenchy fue el primero en ver a Guidry; estuvo a punto de caerse de su silla. Seraphine, que acababa de dar una calada a su cigarrillo, aguantó el humo unos segundos y después lo dejó escapar por la nariz. Era su equivalente a caerse de la silla. Llevaba un recatado vestido de punto de color verde, con la cintura ceñida y la falda plisada. Una chaqueta blanca sobre los hombros, el flequillo rizado, el pelo recogido con una coleta y una cinta a juego con el vestido. Parecía una estudiante de 1954 a punto de matricularse en un instituto de Alabama.

Carlos levantó la mirada, pero siguió comiendo.

—Frenchy —dijo.

—¿Qué? —preguntó Frenchy—. Ah.

Frenchy se escabulló y Guidry se sentó frente a Carlos.

—¿Quieres un plato? —preguntó Carlos.

—No, gracias. —A Guidry le gustaba el *braciole* de The Spot, pero no creía que fuera para tanto. Tal vez sabía mejor si eras italiano—. Pero me tomaré el resto del vino de Frenchy, si crees que a él no le importa.

—Adelante —respondió Carlos.

Seraphine miró a Guidry sin mirarlo realmente, más tensa de lo que jamás la había visto. Estaría preguntándose qué iba a decir sobre ella para intentar salvar su propio pellejo.

Barone aseguró que ella le había dado el chivatazo. Guidry

había estado pensando en ello durante el vuelo desde Las Vegas. Había recordado la última conversación que mantuvo con ella. Desde la cabina telefónica de la gasolinera de La Porte, en Houston, justo después de deshacerse del Cadillac en el canal de los barcos.

«¿Pasarás la noche en el Rice?».

El desliz que le había hecho pensar: «¿Por qué me pregunta eso? Sabe perfectamente que voy a pasar la noche en el Rice».

Salvo que no había sido un desliz. Seraphine nunca cometía un desliz. Conocía el terreno fértil de la mente suspicaz de Guidry. Había plantado la semilla de la duda con un propósito. Le había salvado la vida. Quizá también le hubiera salvado la vida en Las Vegas y él ni siquiera se había dado cuenta.

Carlos siguió comiendo como un animal. La servilleta de lino que colgaba de su cuello no era de adorno, estaba ahí por algo.

—Se suponía que tenías que estar muerto, Frank —comentó.

—A mí me lo vas a decir —respondió Guidry.

—Eres como un gato —murmuró Carlos—. Tienes cinco vidas.

—Siete.

—No cuentes con ello.

Todos los presentes intentaban no quedarse mirándolos. Hasta la esposa del dueño, que picaba ajo en la cocina, se asomaba por la ventanilla de los pedidos. A Guidry le gustaba pensar que la gente contaría aquella historia durante años, fuese cual fuese su final.

«Entró tan tranquilo».

«No es verdad».

«Se sentó justo enfrente de Carlos».

«No. ¿Y tú lo viste todo?».

«Estaba justo allí».

Carlos mojó el pan francés en la salsa de tomate. Seraphine aún no había dicho una sola palabra. Se encendió otro cigarrillo, aunque la llama de la cerilla no fue tan firme como le habría gustado.

—¿Qué es lo que quieres, Frank? —preguntó Carlos—. ¿Qué haces aquí?

Guidry alcanzó la botella de vino tinto y se llenó la copa.

—Quiero hacer un trato.

—De acuerdo.

—Tú me dejas en paz y yo te dejo en paz a ti —propuso Guidry—. Ojo por ojo, *quid pro quo*.

Carlos sonrió. Solo sonreía cuando tenía ganas de matar.

—¿Vas a dejarme en paz? —preguntó—. Eres todo un cómico, Frank. Se me había olvidado.

—Déjame en paz o acudiré a los federales —dijo Guidry—. Les contaré lo que sé y les contaré todo lo que me contó Barone antes de palmarla. Me contó cosas que me pusieron los pelos de punta. Se lo contaré a los federales, a los periódicos y también a Earl Warren, si quiere escucharme. Seguro que sí. Y, para que quede claro, tío Carlos, yo nunca te habría delatado, no si tú no hubieras intentado acabar conmigo primero.

Fue una suerte que Carlos ya hubiese terminado su cena, de lo contrario podría haberse ahogado con ella. Guidry vio que las bolsas que tenía bajo los ojos se volvían más oscuras. Bien. Quería enfurecerlo. Quería que se enfadara tanto que se olvidara de todos menos de él.

Seraphine miraba a Guidry con los ojos muy abiertos. Incrédula. Él se volvió para mirarla.

—¿Fue idea tuya, cielo? —le preguntó—. ¿Tirar a la basura al viejo de Frank Guidry? Al diablo contigo. Porque, cuando largue todo lo que sé, tú no pasarás el resto de tu vida en Leavenworth o en Guatemala como el tío Carlos. Tú estarás en un péndulo, mi dulce Seraphine.

«¿Te lo puedes creer?».

«¿Estuviste ahí? ¿De verdad?».

«Justo ahí. No pude oír lo que decían, pero se sentía en el aire. Sabes lo que quiero decir, ¿no? Todo el local estaba con los nervios de punta».

—¿Tenemos un trato? —preguntó Guidry.

Carlos se quitó la servilleta del cuello y se quedó mirándola para ver si tal vez pudiera estrangularlo con ella, allí mismo.

—¿Tenemos un trato o no? —insistió Guidry.

—Sí —respondió Carlos. Y sonrió. Se puso en pie, lanzó la servilleta sobre la mesa y salió de allí. Tal vez cualquier otro no se hubiera fijado en la mirada que le dirigió a Seraphine, en el sutil movimiento de cabeza de ella, pero Guidry se lo esperaba.

Cuando Carlos se marchó, Seraphine sacó su bolsa de maquillaje y se retocó los labios.

—Gracias —dijo.

—Te debía una, ¿verdad? —respondió él—. Quizá más de una.

—Yo no estaba de acuerdo con la decisión.

—Pero tampoco luchaste por mí. No te preocupes. Yo tampoco lucharía por mí.

—¿Qué estás haciendo, Frank? —le preguntó ella en voz tan baja que apenas pudo oírla. ¿Y qué era aquello? Un brillo húmedo en el borde de la pestaña. ¿Una lágrima de verdad? Probablemente no, pero soñar era gratis.

—Ya sabes lo que estoy haciendo —respondió él.

—¿Por qué lo haces?

—Es cuestión de tiempo. Soy realista. Carlos me atrapará. Tú me atraparás. De esta forma yo hago que sea fácil y rápido para vosotros. Y tú harás que sea fácil y rápido para mí.

Ella no le creyó, pero tampoco se le ocurría ninguna otra razón que explicara lo que estaba haciendo. Por primera vez en su larga colaboración, amistad, relación, era incapaz de entenderlo. Guidry la había sorprendido con algo inesperado, con secretos del mundo oculto.

Si le contaba a Seraphine que había decidido ofrecer su vida por Charlotte y las niñas, ella se quedaría perpleja. Lo miraría con la boca abierta, como si fuera un total desconocido.

—Tú harás que sea fácil y rápido para mí —repitió Guidry—. Quiero recalcar esa parte.

—Eres tonto.

—Prométemelo —le pidió Guidry—. Un último gesto amable por un viejo amigo.

—Eres tonto —repitió ella.

—¿Cuánto tiempo necesitas para arreglarlo? ¿Un par de horas?

Pensó que tal vez Seraphine se negara a contestar. Pero entonces cerró la bolsa del maquillaje, volvió a guardársela en el bolso y dijo:

—Sí.

Guidry se puso en pie.

—De acuerdo. Me apetece dar un paseo por el parque. ¿Conoces el dique que hay detrás del zoo? Hay una bonita vista del río, un lugar muy íntimo, un buen sitio donde meditar. Debo de haberte hablado de ello miles de veces. Seguro que adivinarías que es ahí donde iría.

Seraphine recuperó la compostura, si acaso la había perdido alguna vez, y pagó la cuenta.

—Adiós, *mon cher* —dijo antes de marcharse sin mirar atrás.

Guidry siguió los raíles del tranvía hasta la parte norte de la ciudad y dejó el coche aparcado frente a Loyola. La estatua del Sagrado Corazón de Jesús le rogaba con los brazos en alto, pidiéndole... ¿qué? ¿Que no se apartase del camino? ¿Que se diese media vuelta y huyese?

El parque siempre daba miedo en los ocasos invernales. No había mucha gente por allí, los robles estaban cubiertos de musgo y las sombras del camino se mezclaban unas con otras. Se arrepintió de no haber visto nunca ninguna de las fotos de Charlotte. Resultaba curioso. Ella tendría una foto de su sombra sobre el muro de ladrillo en Flagstaff, pero no tendría una foto suya.

El zoo ya estaba cerrado a esa hora. Atravesó River Drive y subió a lo alto del dique. No había nadie por allí. Encontró una agradable zona de hierba y extendió encima la americana de pata de gallo que había comprado en Nuevo México.

Se arrepintió también de no haber pasado por su apartamento a cambiarse de ropa y ponerse la suya. Pero ¿qué traje? Al igual que con la sopa de verduras, le habría resultado imposible elegir. Solo esperaba que el *Times-Picayune* no le sacara una foto con aquella pinta. Su reputación nunca se recuperaría.

Se sentó sobre la americana. El trayecto en coche desde el barrio francés le había llevado veinte minutos, el paseo por el parque otra media hora. Si el sicario de Seraphine tuviera algo de sentido, conduciría por Walnut hasta la calle sin salida y se ahorraría la caminata.

A Guidry no le daba miedo morir. Bueno, le aterrorizaba morir, pero más le aterrorizaba morir de mala manera. Mucha de la gente que se cruzaba con Carlos moría de esa forma. Sin embargo, respecto a ese asunto, confiaba en Seraphine. Rápido y fácil era algo que a ella le interesaba casi tanto como a él.

La vista del río sí que era bonita. Las ondas del agua, las alegres luces de las barcazas y los remolcadores.

Se suponía que tu vida pasaba ante tus ojos justo antes de morir. El tiempo se ralentizaba, se estiraba. A Guidry no le importaría. Ay, las pelirrojas, las morenas y las rubias. O tal vez fuese mejor viajar ligero de equipaje al más allá, y que el último recuerdo en tu cabeza, cuando se acabara la función, fuese aquel que se te permitiría conservar durante toda la eternidad. Si tenías suerte, si sabías lo que te esperaba, lograbas escoger tu recuerdo. Esa idea le gustó más.

Pasados unos minutos, oyó las pisadas a su espalda.

Cerró los ojos y esperó.

2003

EPÍLOGO

El caso es que le encanta su vida. Incluso en días como hoy, cuando su hijo se niega a dirigirle la palabra durante el desayuno (Rosemary no le deja ir a pasar las vacaciones de Semana Santa a Hana con su padre y la Spice deportista; Rosemary se niega a llamar a la novia de su exmarido por su verdadero nombre; Rosemary no puede evitar ser tan «odiosa, mamá, por el amor de Dios»). Incluso en días como hoy, cuando su hija asegura de camino a clase que el instituto es una estafa y no sé qué sobre el capitalismo en fase avanzada («Cariño, vas a ir a clase aunque tenga que arrastrarte hasta allí»). Incluso en días como hoy, cuando todos los guionistas con los que ha hablado le sugieren como idea que unos compañeros incompatibles se alíen para resolver un asesinato, cometer un robo o montar una guardería.

¡A Rosemary le encanta su vida! Tiene dos hijos sanos, inteligentes, amables, a veces maravillosos, siempre exigentes y jamás aburridos. Es vicepresidenta de producción en un importante estudio cinematográfico (¿cuántas mujeres en Hollywood pueden decir eso?). Tiene amigos de verdad, de los que te ayudarían a descuartizar un cuerpo y enterrarlo sin hacer preguntas. Tiene cuarenta y seis años, pero aparenta treinta y tantos, gracias a una piel con una bendición genética y a su aversión a las playas y al tabaco. Treinta y tantos siguen siendo demasiados para los estándares de la industria, pero da igual. El año pasado corrió una media maratón. Su ex es un buen padre y no es un mal tipo.

311

Rosemary es un cliché. En muchos aspectos, sí. Pero ¿quién no lo es? Al menos ella escogió un cliché con el que se siente a gusto.

—No tienes que casarte con él —le está diciendo Joan—. Es una primera cita. Tomad algo. A ver qué te parece. Es tu tipo.

Joan debe de estar conduciendo por el cañón. Se le va la voz. Rosemary entiende lo que quiere decir. Joan se enamoró en la escuela de medicina y lleva con su novia desde entonces, casi media vida. Teme que Rosemary no encuentre nunca a su alma gemela, que se haga vieja y se muera sola.

—Adivina quién va a fundar su propia productora y quiere que la dirija —le dice Rosemary.

—No tengo ni idea —responde Joan.

—Es una gran estrella.

—No tengo ni idea.

A Rosemary le encanta que Joan se empeñe en seguir ajena a todo lo que tenga que ver con Hollywood. Joan se crio en Los Ángeles y vive en Los Ángeles, su hermana trabaja para un estudio y su madre se pasó veinticinco años trabajando en los departamentos de publicidad de diversos estudios. Sin embargo, sería muy probable que Nicole Kidman entrase en la consulta de Joan y esta le dijese: «Oh, me gusta tu acento, ¿eres de Australia?».

—Me encanta lo que hago ahora —continúa Rosemary—, pero un cambio sería divertido. Aunque también arriesgado. En Hollywood solo te dan una segunda oportunidad si tienes menos de cuarenta. Soy demasiado mayor para equivocarme.

—Pues quédate donde estás —sugiere Joan.

—O podrías decir: «No, Rosemary, claro que no eres demasiado mayor. Claro que no vas a equivocarte».

—Ya casi he llegado. ¿Has llegado tú?

—Joan.

—¿Qué?

—¿Crees que seríamos amigas si no fuéramos hermanas?

—No.

Otra de las cosas que a Rosemary le encanta de Joan. No tiene pelos en la lengua. Rosemary imagina que ella tampoco.

En el cementerio, suben por el camino agarradas del brazo, como hacían de niñas al volver a casa del colegio. Rosemary ha traído margaritas y consueldas; Joan, gladiolos. Rosemary también lleva el resguardo de una entrada de su última película, una comedia romántica que funcionó mejor de lo esperado. Lo mete entre las consueldas. Su madre veía todas y cada una de las películas de Rosemary. Al final, en el hospital, leía todos los guiones. Y le hacía sugerencias, vaya que si lo hacía.

Joan deja allí la foto de una niña afroamericana de siete u ocho años. Cada vez que su madre veía a Joan, le preguntaba: «¿A quién le has salvado la vida hoy, pichoncita?». Si Joan había salvado una vida, o dos, su madre quería conocer todos los detalles.

—¿Sabes lo que me dijo mamá una vez? —pregunta Rosemary, y mira a Joan. Su hermana está llorando, en silencio, sin expresión alguna. Uno de sus muchos talentos—. Probablemente a ti también te lo dijo.

—¿Qué?

—Que cuando era joven quería ser fotógrafa. Fotógrafa de verdad, quiero decir. No sé, como Annie Leibovitz.

—Lo sé —responde Joan.

—Sí, me lo imaginaba.

—Tenemos almacenadas todas esas cajas de fotos. Tendremos que echarles un vistazo en algún momento.

—Siempre que voy a algún evento de la industria —dice Rosemary—, alguien se me acerca y me dice: «Ah, yo trabajé con tu madre en Warner». «Ah, yo trabajé con tu madre en Paramount». «Siempre era la más lista de la sala». «Siempre era la más dura de la sala».

Una lágrima resbala por la mejilla de Joan y se cuela por la comisura del labio. Rosemary saca del bolso un paquete de pañuelos de papel y se queda con un par antes de pasárselo a Joan. Rosemary nunca llora en el trabajo ni en casa. Solo cuando está allí, con Joan.

—¿Puedes creer que hace ya cuatro años que murió? —pregunta.

Joan lo piensa un instante.

—Es una pregunta retórica, Joan.

Joan se suena la nariz.

—La otra noche soñé con Lucky.

Su viejo perro, su fiel compañero durante los años de colegio y de instituto.

—¿Te acuerdas de...? No recuerdo si es un recuerdo de verdad —dice Joan—. Había un motel, y puede que mamá tuviera que colar a Lucky porque no admitían perros.

Los recuerdos que Rosemary guarda de aquella época son confusos. El viaje desde Oklahoma hasta California aparece borroso. Lo mismo le pasa a Joan, lo han hablado entre ellas. Rosemary recuerda el Gran Cañón y el hotel de Las Vegas. Joan recuerda un viaje en barco por un lago y un hombre que les hizo trucos de magia con cartas. Recuerda, o asegura recordar, que conocieron al espantapájaros de *El mago de Oz*. Claro, Joan, claro.

Ninguna de las dos recuerda el accidente de coche que las dejó tiradas en Nuevo México. Rosemary se acuerda del buen samaritano que se ofreció a llevarlas a Las Vegas. ¿Cómo se llamaba? Y, por cierto, ¿en qué coño estaba pensando su madre para montarse en el coche de un desconocido para que las llevase a California? Rosemary imagina que eran otros tiempos más ingenuos. Hollywood aún no había producido docenas de *thrillers* sobre asesinos en serie que matan a autostopistas inocentes.

Rosemary quiere decir que el buen samaritano se llamaba Pat Boone, pero sabe que eso no puede ser cierto. Tenía una bonita sonrisa, de eso está bastante segura.

—¿Sabes lo que de verdad recuerdo? —pregunta Rosemary—. Aquel día.

Joan se suena la nariz y sonríe.

—Sí.

Es el primer recuerdo real que Rosemary tiene de California, el más intacto y desarrollado. Llevaban un mes o dos viviendo con la tía Marguerite, en su pequeño *bungalow* a cinco manzanas del océano. Su padre y su tío, el hermano mayor de su padre, fueron a visitarlas desde Oklahoma. Su padre las llevó al muelle y montaron en el tiovivo.

Cuando regresaron a casa, su madre y su tío seguían sentados en el salón. Su madre en el sofá y su tío en el sillón de satén a rayas escarlatas y beis. Rosemary y Joan, en el pasillo, observaron la escena a través del umbral de la puerta. Su madre y su tío no las oyeron entrar. Su padre seguía fuera. ¿Aparcando, quizá?

—Charlie, te lo advierto una vez más. —Su tío tenía la cara del mismo color que el sillón: escarlata y beis—. Le buscaré a Dooley el mejor abogado que el dinero pueda comprar. Los dos mejores abogados. Si las niñas y tú no regresáis a casa con nosotros ahora mismo, te prometo que te enfrentarás a la batalla de tu vida.

Su madre. Ay, su madre. Fría y pausada, con una agradable sonrisa. Por su apariencia, podría haber estado hablando con una amiga sobre qué sombra de ojos le sentaba mejor.

—Muy bien —dijo su madre—. Supongo que será mejor estar preparada.

Ha empezado a formarse niebla. El tiempo plomizo de Santa Mónica en el mes de junio. Rosemary también se suena la nariz.

—Era una fuerza de la naturaleza —comenta.

—No parece que lleve muerta cuatro años —dice Joan—. Pero al mismo tiempo parece una eternidad.

—Sí.

—No quiero olvidarla.

—No seas estúpida, Joan —dice Rosemary.

—Vale —responde Joan.

AGRADECIMIENTOS

Es una gran suerte tener un agente, Shane Salerno, que se preocupa tanto por sus clientes y trabaja por ellos con gran pasión. Siempre ha estado a mi lado, día y noche, con la respuesta correcta o la pregunta adecuada. Estoy en deuda con Don Winslow, Steve Hamilton y Meg Gardiner por conducirme hasta Shane.

Mi editora, Emily Krump, no solo es tan lista que da miedo y tiene un talento asombroso, sino que además es un placer trabajar con ella. Estoy agradecido a la asombrosa Liate Stehlik, y a Lynn Grady, Carla Parker, Danielle Bartlett, Maureen Sugden, Kaitlin Harri y Julia Elliott. Hay muchas personas magníficas en William Morrow y HarperCollins. A muchas de ellas no las conozco personalmente, pero sé todo lo que hacen por mí y agradezco mucho su apoyo.

Me gustaría dar las gracias a mis amigos y familiares. No los merezco. Algunos son dignos de una mención especial: Ellen Berney, Sarah Klingenberg, Lauren Klingenberg, Thomas Cooney, Bud Elder, Ellen Knight, Chris Hoekstra, Trish Daly, Bob Bledsoe, Misa Shuford, Alexis Persico y Elizabeth Fleming (y a todos los Diefenderfers, que me proporcionan un lugar agradable para escribir cada día).

Lo mejor de ser escritor de misterio es que puedes formar parte de su comunidad. Quiero dar las gracias a todos los escritores, lectores, críticos, blogueros, vendedores y libreros que han sido una valiosa fuente de ánimos y consejos.

Este libro le pertenece a mi esposa, Christine; como todos los anteriores y todos los que vendrán.